HEYNE BÜCHER

W0198947

Fantasy

Herausgegeben von Wolfgang Jeschke

Ein Verzeichnis weiterer Bände dieser Serie
finden Sie am Schluß des Bandes.

LEONARD CARPENTER

CONAN

DER KRIEGSHERR

Neununddreißigster Roman der Conan-Saga

Deutsche Erstausgabe

WILHELM HEYNE VERLAG
MÜNCHEN

HEYNE SCIENCE FICTION & FANTASY
06/5044

Titel der amerikanischen Originalausgabe
CONAN THE WARLORD
Deutsche Übersetzung von Edda Petri
Das Umschlagbild malte Thomas Thiemeyer
Die Karten auf Seite 6, 7 und 12 zeichnete Erhard Ringer
Die Innenillustrationen sind von Klaus D. Schiemann

Redaktion: Friedel Wahren

Der Roman erschien ursprünglich bei TOR Books,
Tom Doherty Assoc., New York

Printed in Germany 1993
Umschlaggestaltung: Atelier Ingrid Schütz, München
Technische Betreuung: Manfred Spinola
Satz: Schaber Satz- und Datentechnik, Wels
Druck und Bindung: Presse-Druck, Augsburg

ISBN 3-453-06583-2

Die Hyborische Welt Conans

NORDSEE
VANAHEIM
ASGARD
CIMMERIEN
HYPER-
BOREA
ZINGARA
AQUILONIEN
BRYTHUNIEN
NEMEDIEN
OPHIR
ARGOS
CORINTHIEN
ZAMORA
VILAYET
MEER
KOTH
SHEM
TURAN
STYGIEN
KUSH
WESTL. OZEAN
DARFAR
KESHAN
PUNT
IRANISTAN
ZEMBABWEI
MEER
AMAZON
ATLAIA

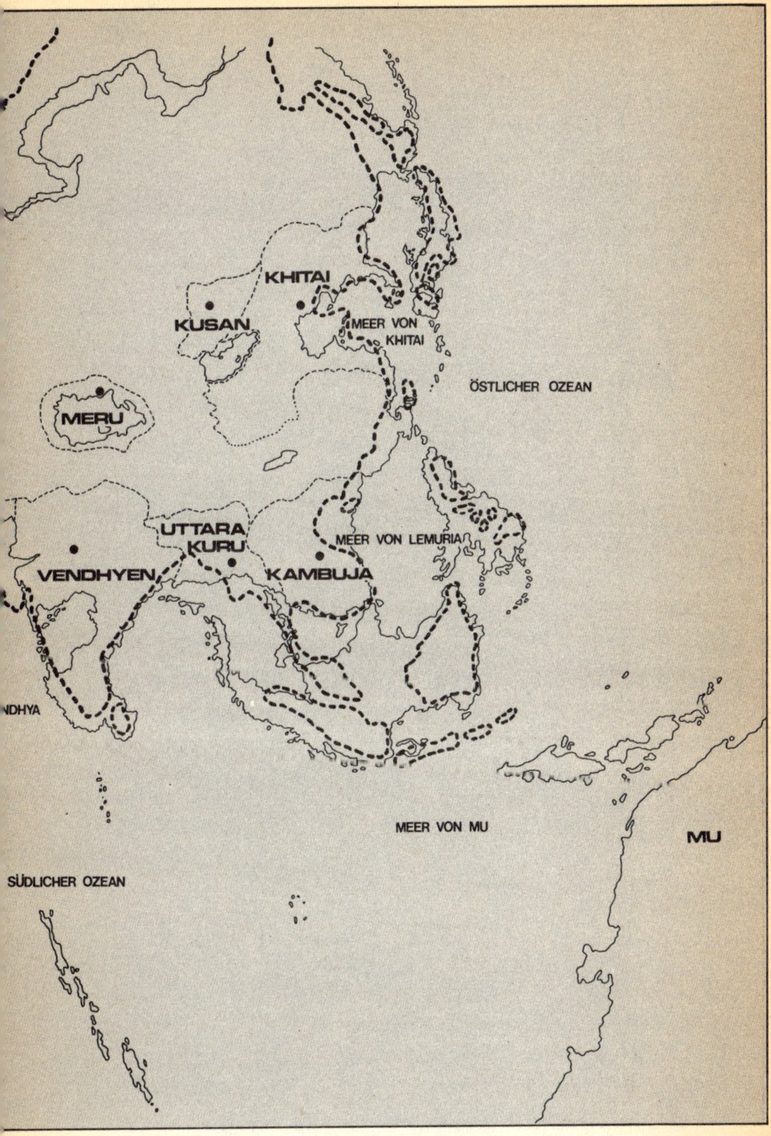

KHITAI
KUSAN
MEER VON KHITAI
ÖSTLICHER OZEAN
MERU
UTTARA KURU
VENDHYEN
KAMBUJA
MEER VON LEMURIA
NDHYA
MEER VON MU
MU
SÜDLICHER OZEAN

INHALT

CONAN
DER KRIEGSHERR

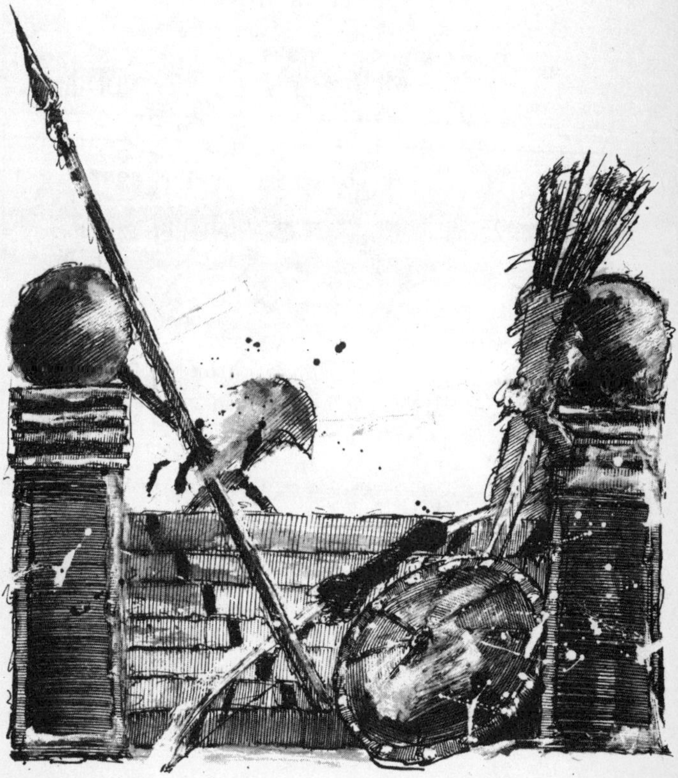

Ben Morgh
Bruthelm
EGLOPHIANSCHES GEB
Paß
BLAUE BERGE
ASGARD
CIMMERIEN
HYPER
Paß
Gletscher
Wolfraven
Haloga
Venarium
Pohiola
Paß
Sigtona
Galparan
Schädeltor
GRAASK
anasul
RAMAN
Atzels
Burg
Volsino
PHALKAR
Cragsfell
Mt. Golamira
Alkarion
KARABAN
GRENZKÖNIGREICH
Croton
SALZMARSCHEN
DER KÖNIGE
Burg
VARAKIEL
Tor
Edram
Charnina
VALKIA
Kelbaza
Höhle v.
NEMEDIEN
Lema
BRYTHUNIEN
PELLIA
Zelata
Ebenen
Zikkurat
Hanumar
Dinander
Belverus
Tempel
Pirogia
Potrebia
Numalia
Stadtstaaten
Burg Slott
Leucta
Ianthe
OPHIR
Mornstadinos
CORINTHIEN
Opkothard
Urlaub
Zahmahn
Khorshemish
KARPASH GEB
Vanatta
KOTH
Dagoth
Negs Burg
Hügel
Wüste von Koth
Salzsee
Khalis
Khrosha
Korveka
VARETH
Yivga
FLAMMENDE BERGE
Tantusium
Eruk
HARANGI
Khoraja
SHEM
Shumir
Khanyria
ZAHEEMI
von Bubastes
ZUAGIRS
Wüste
Shamla Paß
ÖSTLICHE WÜSTE
Altaku
Nippr
Nebthu
Kizil - Bezzin
Styx
Akbitana
Tamba - Syn

Prolog

DIE REITENDEN SKELETTE

Die Sümpfe Varakiels waren ein verlassener, sagenumwobener Landstrich. Vom östlichen Nemedien erstreckten sich unendlich weit zahllose Inselchen und Fenne bis zur Brythunischen Steppe, wo die Sonne geboren wurde. Weder zu Fuß noch zu Roß oder mit dem Boot waren sie passierbar. Seit altersher waren sie ein trübes Altwasser der Geschichte, eine bodenlose, finstere Todesfalle für Armeen und letzter Zufluchtsort für Gejagte.

Für einen Jungen von elf Sommern bot das Leben am Rand eines derartig riesigen, unerforschten Landstrichs viele verlockende Geheimnisse. Das klagende Geschrei der Sumpfvögel und das Rauschen des Windes im Schilf durchdrangen die Seele, besonders wenn das Kind ein Träumer war, ohne Geschwister aufwuchs und trotz der Warnungen der Eltern nur allzugern von den vertrauten Feldern davonwanderte.

Lar hatte das Floß aus Holzstämmen einfach verlassen und war begeistert auf Entdeckungsreise in diesem neuen Land gegangen, von dem sein Vater seltsamerweise nie gesprochen hatte. Zweifellos kannte es der verschlossene alte Mann, denn er wußte mehr von Varakiel als irgendein anderer; aber er ehrte die Geheimnisse.

Vielleicht war dieser Teil des Landes geheim und

der Zutritt streng verboten. Der Junge wußte noch nicht, ob dieser geheimnisvolle trockene Platz eine Insel oder eine Halbinsel war. Vielleicht änderte dies sich auch im Laufe der Jahreszeiten durch den Wettstreit zwischen Dürre und Flut.

Weidengestrüpp und tiefer Schlamm erschwerten Lars das Vorankommen. Außerdem mußte er ständig auf der Hut vor Bären, Wildkatzen und Schlangen sein. Doch weiter vorn stieg das Gelände an und war wie die Grasflächen, welche sein Vater weiter im Westen umpflügte. Reiches Ackerland, aber dennoch nicht besiedelt — warum?

Lar senkte den Speer, den er zum Fischfang benutzte, und lief schneller. Er suchte den Horizont nach einem hohen Baum oder einem anderen Orientierungspunkt ab.

Als er eine Erlengruppe umrundete, blieb er wie angewurzelt stehen. Vor ihm erhob sich das ausgebleichte Skelett eines Pferdes, das sich wie im Galopp aufbäumte. Auf seinem Rücken saß ein Reiter in rostiger Rüstung — auch als Skelett.

Lar floh nicht in abergläubischer Panik. Sein Verstand sagte ihm, daß er sich nicht in unmittelbarer Gefahr befand. Er suchte lediglich im Gebüsch Deckung, verhielt sich ganz still und lauschte. Nur die Blätter raschelten leise im Wind. Kein Hufschlag, kein Klirren von Rüstungen. Als sein Herz nicht mehr so wild pochte, kroch er langsam vorwärts und riskierte wieder einen Blick.

Der Geisterreiter war immer noch da und galoppierte auf der Stelle. Nur ein ausgeblichener Fetzen des Gewandes, der sich an den bleichen Knochen oder in einer Schnalle der Rüstung verfangen hatte, flatterte durch die Luft.

Lar sah jetzt, daß Roß und Reiter mit einem senkrechten Holzstab im Boden befestigt waren. Die Stange lief durch Bauch und Sattel des Pferdes in den leeren Brustkorb des Reiters und oben durch den Schädel; denn die verrostete Helmspitze überragte den Kopf um ein Stück.

Lar wußte, daß die grausamen Brythunier als Strafe oft langsames Pfählen verhängten. Instinktiv vermutete er, daß der Reiter und das Pferd wohl kaum — lebendig aufgespießt worden waren. Bei diesem Gedanken lief es ihm kalt über den Rücken, aber er konnte die Augen nicht losreißen.

Tapfer ging er darauflos. Allerdings machte er um den Pferdeschädel mit den langen Zähnen einen respektvollen Bogen. Wohliges Gruseln überlief ihn, als er sah, daß der Reiter der Anführer einer Truppe war.

In loser Formation standen neun weitere Pferde samt Reitern auf der Wiese. Alle waren so alt und ebenso ausgedörrt wie der erste. Einige lagen auf dem Boden, weil die verwitterten Stangen gebrochen waren. Manche trugen noch lehmüberkrustete Lederwamse und am Gürtel die grün angelaufene Messinghefte ihrer vom Rost zerfressenen Eisenschwerter.

Die meisten Bauernjungen hätten vor diesem unheilverkündenden Platz die Flucht ergriffen und den Eltern wirre Geschichten vorgestammelt, so daß diese entweder darüber gelacht oder sie mit strengen, angsterfüllten Blicken zum Schweigen gebracht hätten.

Doch Lar war anderes. Er war ein Träumer. Sein Verstand erfaßte mehr als der anderer Jungen mit elf Sommern. Schon ganz früh hatte er über bestimmte Bemerkungen lange nachgedacht, welche die Erwachsenen des Nachts vor dem Feuer hatten fallen lassen, wenn sie glaubten, er schlafe längst.

Mit einem Schauder ging er zwischen den Skeletten umher. In der Mitte der Abteilung lagen die Überreste eines zweirädrigen Streitwagens. Die drei Pferde davor waren nicht aufgespießt, sondern lagen als Knochenhaufen mit Resten des Zaumzeugs im Gras. Die zerbrochenen Holzteile des Wagens waren ebenso ausgebleicht wie die Skelette. Flechten hatten sich darauf angesiedelt. Nur stellenweise sah man noch die bunte Bemalung.

Hier lag ein elftes menschliches Skelett, dessen Schädel in der Mitte gespalten war. Lar fiel die seltsame Flachheit des Schädels sowie die übermäßig vorstehenden Zähne auf.

Doch dann blitzte unter einem Lederfetzen eine goldene Statue auf. Lar stockte der Atem. Er holte sie zwischen den Knochen heraus. Es war eine ovale Schmuckschatulle, die wie ein Schlangenkopf gearbeitet war. Juwelen bildeten die Augen. Als Lar den Staub abrieb, funkelten sie giftiggrün. Auch die Stoßzähne waren Juwelen, wie Eiszapfen so klar.

Am Rand der Schatulle befanden sich Scharniere. Mit zitternder Hand griff Lar zwischen die Fänge und drückte mit aller Kraft nach oben. Die Innenseite des Schlangenkopfes war pures Gold. Darin lagen blutrote Edelsteine und die gespaltene goldene Zunge. Auf ihr ruhte ein juwelenbesetzter goldener Kranz — eine Krone?

Lar kannte Schätze und Kronen nur aus den phantasiereichen Erzählungen seiner Onkel an langen Mittwintersabenden. Am liebsten hätte er sofort die Krone aufgesetzt und sich im glänzenden Deckel der Schatulle betrachtet.

Da überlief ihn plötzlich ein eiskalter Schauder. Er war sicher, daß die Geisterreiter lebendig würden, wenn er aufschaute. Voll Angst wagte er schließlich einen Blick. Doch alles war wie zuvor. Die Reiterskelette zeichneten sich noch immer regungslos gegen den Himmel ab.

Doch nun zogen dunkle Wolken über dem Sumpfgebiet auf. Der Wind rauschte stärker in den Bäumen und im Schilf.

Lar hatte keine Angst vor einem Gewitter. Was war eigentlich so unheimlich oder böse an diesem Ort hier? Warum sollte er sich vor den Überresten vergangener Krieger fürchten? Sein ganzes Leben lang hatte er gehört, wie die Erwachsenen mit abergläubischer Furcht über Unheimliches sprachen. Jetzt verachtete er ihre Feigheit. Er gehörte nicht zu den angstzitternden Sklaven! Beherzt griff er in den Schlangenkopf nach der Krone.

Als seine Hand den Schatz berührte, löste sich ein Hebel, und der Deckel fiel ihm auf den Arm. Er schrie vor Schmerzen auf, als ihm einer der nadelscharfen Schlangenzähne bis zum Knochen eindrang.

Schluchzend öffnete er mit der anderen Hand den Deckel und zog den Arm heraus. Die tiefe Wunde brannte wie verätzt. Schon wurde der Arm taub. Er konnte kaum noch klar denken. Beim letzten Blick auf den Schlangenkopf sah er, daß aus dem Zahn kein Blut, sondern gelbes Gift tropfte.

Sein Vater fand ihn drei Tage später, als er wie betäubt durchs Schilf stolperte. Weder Fragen noch Schläge brachten ihn zum Sprechen. Der alte Mann trug ihn auf der Schulter nach Hause, wo die Mutter wartete.

»Lar! Mein liebes Kind, warum hast du nicht auf mich gehört? Versprich mir, daß du nie wieder von der Seite deiner Mutter wegläufst!« Sie badete ihn und legte ihn auf ein Lager vor dem Feuer. Dann band sie ihm Heilkräuter um den verletzten Arm, damit die Wunde sich nicht entzünde.

Später, als der Vater wieder auf dem Feld war, wollte sie Lar eine kräftige Suppe einflößen, doch der Junge wollte nicht essen. Sie hielt ihm den Holzlöffel an den Mund und redete ihm gut zu. Da packte Lar ihren Arm und biß hinein. Sie schrie auf. Die Wunde brannte wie verätzt.

1

DER TANZ DER KEULEN

Das Verlies war erfüllt vom Gestank menschlichen Elends. Nur ein dünner Lichtstrahl fiel durch das Gitterloch hoch oben. Wasserlachen und fauliges Stroh lagen auf dem Steinboden.

An den Wänden lagen oder kauerten über zwanzig Gefangene. Einige waren nemedische Sklaven. Die dunkelhäutigen Männer trugen rauhe knielange Tuniken, welche mit einem Strick in der Mitte zusammengehalten wurden. Fröhliche Straßendiebe aus Dinander waren exotischer gekleidet. Die Stadtwache hatte auch einige mittellose Reisende aufgegriffen und ins Loch geworfen. Die körperliche Verfassung der Gefangenen war ebenfalls sehr unterschiedlich. Die kräftigeren Typen hielten sich in der Nähe der Tür auf, während von der Folter gebrochene Bauernburschen in den dunkelsten Ecken lagen und leise stöhnten.

Am schlimmsten war der arme Kerl dran, der mit dem Gesicht nach unten in der Mitte des nassen Bodens lag. Seine Gliedmaßen waren verrenkt. Sein Schicksal bewegte die Insassen sehr, denn sie schrien laut:

»Kerkermeister! He, der arme Stolpa ist tot! Komm und schaff ihn weg!«

»Ja, hol ihn hier raus! Er stinkt schon.«

Ein kräftiger Gefangener mit verfilztem Vollbart trat

dreimal kräftig gegen die schwere Holztür. Dann brüllte er durch das Guckloch: »He, Wärter! Komm her! Der Kerl ist schon seit Stunden tot. Überall kriechen die Maden herum.«

»Schafft ihn weg! Schafft ihn weg!« brüllte jetzt der Haufe im Chor. Nur einer beteiligte sich nicht am Geschrei.

Er war ein Barbar aus dem Norden: ein kräftiger junger Mann, ungefähr achtzehn Winter alt, mit langen blauschwarzen Haaren und einem Hauch von Bart. Das schlecht sitzende Hemd und die Hosen waren ein Hohn für seine muskulöse Gestalt. Als er sich neben der Zellentür reckte, waren seine Bewegungen so geschmeidig und anmutig wie die einer Raubkatze. Seine Augen hafteten auf der Tür. Ab und zu flüsterte er mit seinem Nebenmann, einem Raufbold mit gebrochener Nase.

»Sie kommen.« Der Krummnasige machte ein ernstes Gesicht »Du kennst deine Aufgabe, Conan. Die anderen wissen auch Bescheid.«

»Ja, Rudo. Crom sei mit uns!«

Dann donnerten Schläge gegen die Tür. Die Gefangenen wurden still.

»Ihr Abschaum!« brüllte eine rauhe Stimme durchs Guckloch. »Ruhe da drinnen! Oder ich schicke euch einen Pfeilhagel!«

Der mit dem Vollbart, der gegen die Tür getreten hatte, trat vor das Guckloch und breitete die Hände aus. Dann zeigte er auf die leblose Gestalt in der Mitte. »Euer Hochwohlgeboren, Stolpa ist schon seit Stunden tot, und hier ist es sowieso schon furchtbar eng. Wir wären ihn gern los, bitte.«

»Tot, ja?« rief der unsichtbare Kerkermeister. »Und wer von euch Schurken hat ihn erwürgt?«

Der Vollbärtige rang nervös die Hände. »Niemand. Ihr wißt doch, daß er schon seit längerer Zeit kränkelte.«

»Na schön. Soll sein Kadaver verrotten, und deiner auch, Falmar!« Dann unterhielt sich der Kerkermeister leise mit anderen. »Woher weiß ich, daß es kein Trick ist?« fragte er nach.

Unmut wurde unter den Gefangenen laut. Der krummnasige Rudo verließ seinen Platz neben dem Barbaren und schob den Vollbärtigen beiseite. »Mit Eurer Erlaubnis, Kerkermeister ...«

Er schwang den rechten Fuß, der in einem Stiefel steckte, und trat dem leblosen Körper direkt in den Rücken, so daß dieser ein Stück auf dem schleimigen Boden dahinrutschte.

»Stolpa hat ausgelitten.« Rudo schaute zur Tür und senkte den Kopf. »Unser Leiden beginnt erst. Bitte, schafft ihn fort.«

Die Gefangenen warteten stumm. Wieder aufgeregtes Getuschel vor der Tür. Dann rief der Kerkermeister durchs Guckloch:» Na schön! Aber ihr müßt ihn selbst rausschaffen. Vielleicht ist er an einer schleichenden Seuche verreckt. Zwei — nicht mehr — sollen ihn tragen.«

Knarrend öffnete sich die schwere Holztür.

»Los! Beeilt euch!« Die rauhe Stimme gehörte einem Mann mit grauem Gesicht. Er trug den Bronzehelm und das rote Lederwams der Stadtwache. Mit der Armbrust zeigte er auf die Tür. Die zwei Männer, die die Leiche trugen, setzten sich in Bewegung. Ein zweiter Wächter, etwas hagerer und größer als der Kerkermeister, packte die Riegel, um die Tür sofort wieder zu schließen.

Kaum waren die beiden mit ihrer Last über die

Schwelle getreten, als die gespannte Ruhe unter den Gefangenen einem plötzlichen Ansturm auf die Tür wich. Der junge Barbar sprang den Wärter an, welcher die Riegel hielt, drehte ihm blitzschnell den Arm nach hinten und riß den Mann in die Zelle. Inzwischen hatten sich die beiden Leichenträger auf den Kerkermeister gestürzt, wobei die Leiche ihnen tatkräftig half. Stolpa war auf wunderbare Weise von den Toten auferstanden.

Conan versetzte dem Wächter einen harten Schlag mit der Faust. Dann packte er den Lederriemen, an dem der schwere Knüttel hing, und drehte ihn so lange, bis das Handgelenk des Besitzers knackte und er die Keule losließ. Der junge Barbar überließ ihn danach den Fäusten und Füßen der Mitgefangenen.

Er selbst stürzte sich mit markerschütterndem Kriegsgeheul in das Kampfgetümmel an der Tür, bei dem inzwischen weitere vier Wachtposten kämpften. Der Kerkermeister war bereits entwaffnet und versuchte auf allen vieren davonzukriechen. Blut floß ihm aus der klaffenden Schädelwunde über das Gesicht. Als der Barbar aufschaute, liefen noch zwei Stadtwachen die enge Treppe von den Folterkammern herauf.

Conans erster Schlag galt dem zweiten Mann. Doch der Eichenknüttel prallte am Helm des Gegners ab. Dennoch fiel er über die Treppe in den nur von Fackeln beleuchteten engen Gang vor dem Verlies.

Sein Kamerad wollte ihn rächen. Aber der Keulenschlag traf Conan nur an der Schulter, weil der Barbar sich blitzschnell zur Seite gedreht hatte. Jetzt kam es zu einem heftigen Schlagabtausch mit den schweren Keulen. Eiche schlug gegen Eiche. Da gelang dem Mann aus dem Norden ein Treffer auf die Handknöchel des Gegners. Mit schmerzverzerrtem Gesicht wich der Mann zurück. Im nächsten Augenblick schickte ihn ein Schlag über die Brauen ins Reich der Träume. Sofort bemächtigte sich ein Gefangener seiner Waffe.

Conan kämpfte sich auf der engen Treppe weiter nach oben, von wo weitere Stadtwachen aufgetaucht waren. Der krummnasige Rudo schlug mit der Armbrust des Kerkermeisters wild um sich. Andere Gefangene rangen mit den Wachen, um ihnen die Keulen zu entreißen. Falmar drückte einem Gegner mit dessen Knüttel die Kehle zu. Stolpa lag am Fuß der Treppe. Diesmal wirkte seine Darstellung eines Toten sehr echt.

Der junge Barbar kämpfte wie ein Löwe an der Spitze. Unbarmherzig schlug er auf die Wächter ein. Da ihre Köpfe durch die Helme geschützt waren, zielte er auf die Nacken. Mehrere Todesschreie belohnten seine Mühe.

Conan war von einem wilden Schlachtrhythmus erfüllt. Seine Bewegungen zwischen Wachen und Gefangenen wurden zu einer Art Kriegstanz. Traf ihn eine feindliche Keule an den Rippen, steigerte der Schmerz nur seine Schnelligkeit. Ausweichen, zuschlagen, abwehren, zuschlagen! Das barbarische Blut sang ein wildes Lied in seinen Ohren.

Er fühlte sich plötzlich übermächtig und unverwundbar. Die Feinde sanken wie niedergemähte Kornschwaden rechts und links von ihm zu Boden.

Lautes Geschrei von hinten riß ihn aus dem Kampfestaumel. Von den unteren Verliesen waren weitere Wachtposten heraufgestürmt und standen jetzt vor der Zellentür. Einige Gefangene waren noch drinnen. Entweder hatten die Wachen sie zurückgedrängt, oder sie hatten aus Schwäche oder Feigheit das stinkende Loch nicht verlassen. Jetzt waren die Meuterer getrennt. Der riesige Fletta mit dem Mondgesicht, der alle verhört hatte, stand zwischen zwei Wachen neben der Tür und schlug jedem, der aus der Zelle herauswollte, mit seinem Kupferhammer auf den Schädel.

Für die Unglücklichen in der Zelle kam jede Hilfe zu spät; aber die übrigen Gefangenen hatten noch die Möglichkeit, über die Treppe nach oben zu entkommen. Nur zwei Wachen verteidigten sie, und diese wichen unten den furchtbaren Schlägen von Rudo und Falmar bereits zurück.

Doch plötzlich strömten neue Verteidiger durch einen Torbogen von oben auf die Wendeltreppe zu. Es waren Angehörige der Elitetruppe der Provinz: Eiserne Wächter. Sie trugen enganliegende schwarze Metallkappen und Brustharnische. Alle zückten die langen Krummsäbel.

Ihr Anführer blieb oben beim Torbogen stehen und blickte auf das Getümmel herab. Er war groß, hager, hatte einen schwarzen Schnurrbart und wirkte sehr vornehm in dem schwarzen Umhang. Seine Hand lag am Schwertgriff, als er einem jungen Offizier etwas zuflüsterte, der im Begriff war, die Treppe herunterzukommen. Dann schaute er ruhig und ernst direkt auf den jungen Barbaren aus dem Norden. Jedenfalls hatte Conan dieses Gefühl.

Der Kampf war kurz und brutal. Die Eisernen Wächter machten die Gefangenen mit ihren Säbeln blitzschnell nieder. Irgend jemand warf Conan ein stinkendes Hemd von hinten über den Kopf, dann rissen ihn mehrere Elitesoldaten zu Boden.

Er wehrte sich gegen die Fausthiebe, welche von allen Seiten auf ihn niederprasselten. Jeden Augenblick erwartete er, kalten Stahl zwischen den Rippen zu spüren. Doch aus unerfindlichen Gründen gaben sich die Soldaten damit zufrieden, ihm die Hände auf den Rücken zu binden.

Er hörte überall Stöhnen und Bitten um Gnade, als der Kampf endete. Offenbar wollte man ihn verschonen. Vor ihm stiegen Bilder grausamer Folterungen und Erniedrigungen auf, falls er so lange leben sollte. Jetzt hörte er, wie die überlebenden Gefangenen unter Fluchen und lautem Schimpfen wieder zurück in die Zelle getrieben wurden. Nur ihn ließ man schweigend weiter auf dem Boden knien.

»Ist das der Bursche, der Conan genannt wird?« fragte eine ruhige Stimme neben ihm.

»Jawohl, Sir, ein Cimmerier. Ein gefährlicher Kämpfer und wahrscheinlich einer der Anstifter der Meuterei«, antwortete ein Posten wütend. »Mit Eurer Erlaubnis, Marschall Durwald, dem Kerl sollte man die Achillessehnen durchschneiden oder ihn gleich töten.«

»Macht sein Gesicht frei!«

Das Hemd wurde herabgezogen. Conan stand inmitten von Leichen im Wachraum. Der hohe Offizier im schwarzen Umhang betrachtete ihn mit ausdruckslosem Gesicht. Neben ihm stand ein Soldat der Stadtwache mit blutiger Nase.

Nach kurzem eisigen Schweigen befahl der Offizier: »Schafft ihn in eine Einzelzelle. Er wird später woanders hingebracht.« Dann machte Marschall Durwald auf dem Absatz kehrt und ging so schnell hinaus, daß sich der Umhang wie eine schwarze Wolke blähte. Über die Schulter rief er noch zurück: »Er wird dem Baron übergeben.«

2

DAS SCHLOSS

Verstohlene Blicke aus dunklen Fenstern und Hauseingängen folgten dem Streitwagen, der über Nebenstraßen durch Dinander rumpelte. In dieser langweiligen Provinzhauptstadt entging den Bewohnern nicht viel. Selbst nachts und auf unratübersäten Gassen wurde alles beobachtet — aus Angst oder Klatschsucht und um politische Intrigen zu spinnen.

Der Streitwagen rüttelte die Insassen kräftig durch, als er über das Kopfsteinpflaster holperte. Die drei herrlichen Rotschimmel fanden mit den Hufen guten Halt. Wenn die eisenbeschlagenen Räder in eine der Kloakenrillen geriet, welche quer über die Gassen verliefen, schaukelte das Fahrzeug noch stärker.

Fahrer und Soldaten saßen enggedrängt auf der gepolsterten Querplanke. Noch schlimmer war die Fahrt für Conan, der mit auf dem Rücken gefesselten Händen unten auf dem Boden lag.

»Bleib unten, du stinkender Barbar, sonst zieh ich dir eins drüber!« Die Drohung des Fahrers wurde durch die Faust um den Dolchgriff unterstrichen.

»Crom! Ihr bringt mich um! Ich kann kaum atmen!« Sie hatten eine Pferdedecke über ihn geworfen, um sein Klagen nicht zu laut zu hören.

»Ruhig, Cimmerier!« Marschall Durwalds Stimme klang ruhig, aber entschieden. »Der Baron hat diese

Fahrt befohlen. Wenn man dich sieht, bist du für ihn von keinem Nutzen mehr.

Dann ereilt dich das Schicksal, das dir aufgrund deines Lebenswandels und deiner letzten Verbrechen eigentlich gebührt. Verhalt dich ruhig, das ist besser für dich.« Verächtlich schaute er nach unten. »Gib dir mit den Fesseln keine Mühe. Wir sind gleich im Schloß.«

Der Fahrer stieß einen schrillen Pfiff aus und ruckte mit den Zügeln, um die Hengste noch mehr anzutreiben. Conan kam es wie eine Ewigkeit vor, bis sie endlich über eine Holzbrücke rollten. Dann hörte er einen Ruf von oben und wie ein schweres Tor sich öffnete. Der Streitwagen hielt an.

Die Decke wurde weggerissen. Dann zerrte ihn ein Soldat vom Wagen hinunter auf die harte Erde. Conan schaffte es gerade, aus eigener Kraft wieder aufzustehen.

Der Marschall deutete auf die Seitentür eines großen Gebäudes, das vor ihnen aufragte. Der Fahrer kam auf Conan zu. Doch der Barbar warf ihm einen derartig finsteren Blick zu, daß der Mann zurückwich. Offenbar hatte er vergessen, daß Conan noch gefesselt war. Mürrisch schritt der junge Barbar zwischen den Soldaten auf die Tür zu.

Das Schloß glich eher einer Festung. Die äußere Mauer war so hoch wie drei Männer übereinander. Das Torhaus wurde von einer Brustwehr gekrönt. Als zusätzliche Sicherung standen vier runde Türme an den Ecken des quadratischen Schlosses. Der Hauptbau war aus dicken Quadern errichtet. An den Außenwänden lehnten Holzhütten, die als Stallungen oder Unterkünfte genutzt wurden. Das große Hauptportal des Schlosses stand offen. Heller Lichtschein strömte auf die breite, steinerne Terrasse davor.

Doch Durwald, der Marschall des Barons, hielt sich vom Lichtschein fern. Er schloß eine Eisentür auf, die in einer Mauernische auf der Vorderseite des Schlosses verborgen war. Dahinter kam ein kleiner Raum mit einer Holzbank an einer Seite. Gegenüber an der Wand hingen Kleidungsstücke, darunter standen aufgereiht Stiefel. Durch den Torbogen am anderen Ende erhaschte Conan einen Blick in eine große Halle mit bunten Gobelins und einer mächtigen Freitreppe.

»Schließen!« befahl der Marschall. Sobald der Fahrer des Streitwagens die Außentür verriegelt hatte, lief er schnell zu der Tür, welche in die Halle führte, und schloß sie ebenfalls rasch.

Durwald gab Conan ein Zeichen, sich auf die Bank zu setzen. Der junge Mann zögerte einen Augenblick lang, nahm dann aber trotz der schmerzenden Glieder Platz. Der Marschall blieb stehen.

»Du bist also ein Cimmerier«, stellte Durwald fest. Dann schlug er den Umhang zurück, so daß der blitzende Brustharnisch zu sehen war, und musterte den Gefangenen scharf. »Aber bei deiner Gefangennahme hattest du Münzen aus Zamora bei dir, außerdem noch Golddrachmen von unserer Hauptstadt Belverus. Offenbar hast du dich im Süden herumgetrieben, richtig?«

Conan nickte. Er wußte, daß dies schwere Verbrechen in der nemedischen Hauptstadt waren. Ganz gleich, ob er schuldig oder nicht war, konnten sie ihn den Kopf kosten.

»Antworte, wenn ich mit dir spreche! Wie lange bist du schon in Dinander?«

»Ein dutzend Tage.« Conan schlug die Augen nieder, damit ihn sein Blick weniger verriet.

Der Marschall zwirbelte nachdenklich den Schnurrbart. »Hast du Verwandte oder sonstige enge Bindungen in Nemedien?«

»Nein.« Conan wunderte sich über diese Fragen.

»Bist du sicher? Ist keine deiner weiblichen Verwandten als Braut in den Süden gegangen?« Durwald legte den Kopf schief und ließ den Gefangenen nicht aus den Augen. Doch dieser schüttelte nur empört den Kopf.

Als keine weitere Antwort kam, fuhr der Marschall fort: »Na schön, Junge. Du kommst aus dem wilden Norden. Was hältst du denn von den Wundern unserer Zivilisation?« Er lächelte mit falscher Freundlichkeit. »Gefallen dir die hyborischen Länder?«

Conan dachte kurz nach. Dann schaute er Durwald offen in die Augen. »Es ist komisch ... Nie habe ich soviel Reichtum gesehen wie in diesen Städten im Süden — aber auch nie so viel Schmutz und Elend.« Verwundert schüttelte er den Kopf. »Wenn in Cimmerien ein ganzer Stamm hungert, leiden alle. Aber wenn es wieder besser geht, genießen dies auch alle gemeinsam. Hier können ehrliche Leute inmitten von Reichtum verhungern, und Habgierige werden fett auf Kosten vieler anderer Menschen.«

Durwalds Augen verengten sich. »Derartige Gedanken solltest du in den Schneewüsten des Nordens lassen, Junge. Ganz gleich, ob richtig oder falsch — in Dinander schneidet man dir deswegen die Zunge heraus. Aber du beherrschst die nemedische Sprache erstaunlich gut. Wie kommt das?«

Sorglos antwortete Conan. »Unter dem Abschaum der Grenzkönigreiche, der den Cimmeriern Land stehlen wollte, waren auch Nemedier. In meiner Jugend nahmen wir ein paar als Geiseln.« Er spannte die Schultermuskeln, als wolle er zeigen, daß diese Jugendzeit schon lang zurücklag. »Später war ich bei den Kriegern, welche sie zum Fort Ulau brachten und dort das Lösegeld kassierten.«

»Das waren Nemedier aus dem Osten?«

»Vastische Bauern.«

»Hm, ja.« Der Marschall nickte nachdenklich. »Hast du irgendwelche Vorbehalte, in die Dienste des Barons von Dinander zu treten?«

»Warum nicht?« Conan blickte ihn ausdruckslos an. »Solange man von mir nicht erwartet, meine Verwandten umzubringen oder gegen sie zu spionieren.«

Jetzt lächelte Durwald ehrlich. »Dann ist es abgemacht!« Er wandte sich an den Fahrer. »Swinn, der Mann braucht anständige Kleidung, wenn er vor Seine Lordschaft tritt.« Dann rümpfte er leicht die Nase. »Aber das Bad muß auf später verschoben werden, fürchte ich. Los, such etwas Passendes heraus!«

Swinn musterte die Kleidungsstücke an der Wand. Schließlich nahm er ein grünes Wams und hellbraune Hosen herab und hielt sie wortlos hoch. Durwald nickte. »Ja, und jetzt schneide die Fesseln entzwei.«

Swinn warf dem Marschall einen zweifelnden Blick zu, doch dann legte er die Kleidungsstücke auf die Bank, zückte seinen Dolch und ging auf Conan zu. Der Cimmerier drehte sich um und hielt ihm die zusammengebundenen Knöchel entgegen.

Wieder zögerte Swinn.

»Keine Angst«, sagte Durwald, »wenn der Junge aus dem Norden einen Funken Verstand hat, weiß er, daß alles, was wir ihm anbieten, besser ist, als es das Verlies und ein Leben in den Kupferminen sind. Los, schneide schon!«

Swinn gehorchte. Conan nahm die Arme nach vorn und massierte sich die Handgelenke, auf denen rote

Striemen zu sehen waren. Vorsichtig trat Swinn neben ihn, um ihm beim Ausziehen zu helfen.

Blitzschnell knallte Conan ihm die Faust vor die Brust. »Zurück!« Swinn fiel rücklings auf die Bank. Fluchend kam er mit gezücktem Dolch wieder auf die Beine.

Ungeduldig fuhr Durwald ihn an. »Swinn, laß ihn in Ruhe und steck dein Rübenmesser weg!« Er nickte Conan zu. »Mach schon, Junge! Zieh diese gestohlenen Lumpen selbst aus.«

Conan funkelte ihn wütend an. »Das sind meine eigenen Sachen. Hätte ich sie gestohlen, wären sie von besserer Qualität.«

Dann entledigte er sich des Hemds, das im Rücken seit einem Keulenkampf der Länge nach aufgerissen war. Danach stieg er aus der ausgefransten Hose. Seine Nacktheit störte ihn nicht im geringsten. Verwundert betrachtete Durwald die vielen Blutergüsse. Der Cimmerier starrte zwar vor Schmutz aus dem Verlies, hatte aber für einen so jungen Mann einen erstaunlich wohlgebauten Körper. Breite, muskelbepackte Schultern, eine schmale Taille und kräftige Beine. Er bewegte sich mit der Kraft und der Geschmeidigkeit eines Leoparden.

Conan legte die neue, gut passende Kleidung an, knotete die Schnur in der Hose und knöpfte das Wams zu. Dann band er die neuen leichten Lederschuhe fest, die viel besser als seine schmutzigen, abgelaufenen Sandalen waren.

»Das reicht. Komm jetzt!« befahl Durwald.

Conan folgte dem Marschall zur Tür. Swinn blieb ihm auf den Fersen. Sie kamen auf eine Innengalerie, welche um die prächtige Halle lief. Das hohe Gewölbe lag im Schatten. Das Holzgeländer der Galerie war kunstvoll gearbeitet. Aber Conan erkannte, daß die kreuzförmigen Öffnungen in der Schnitzerei Bogenschützen einen hervorragenden Wehrgang mit Schießscharten boten, falls Feinde in die Halle eingedrungen waren. Von hier oben hatte man auch das große Eingangsportal im Visier. Die drei Männer gingen bis zu einer hohen Tür. Dahinter lag ein kostbar ausgestatteter großer Raum.

An einem sechseckigen Schreibtisch erhoben sich zwei Männer von hochlehnigen Stühlen. Der eine war hochgewachsen und trug einen eisengrauen Schnurrbart. Der andere war untersetzt und hatte ein rundes Gesicht. Offenbar war er ein Gefolgsmann.

»Ah, Durwald. Das ist also der junge Bursche.«

Der Ältere wandte sich halb zur Tür. In dem feinen Lederkilt und gefältelten Seidenhemd war er jeden Zoll ein Edelmann. Als Waffe trug er einen Dolch mit Silberheft in einer silbernen Scheide an schwerer Silberkette am Gürtel. Sein Gesicht war die Verkörperung eines Herrschers. Der graue Schnurrbart und die Locken machten die Adlernase und das energische Kinn nur etwas weicher.

Doch als er nun den Kopf ganz wandte, um Conan näher zu betrachten, sah der junge Barbar, daß die Symmetrie des edlen Antlitzes grausig entstellt war. Von einem Auge bis zum Mund verlief eine blutrote, schief verheilte Narbe. Daher war ein Mundwinkel zu einem schiefen Grinsen verzogen. Das Auge darüber war etwas wäßrig, schien aber funktionsfähig zu sein. Conan hatte das Gefühl, als musterten ihn die flinken Augen eines Raubvogels.

Der andere Mann bildete einen starken Gegensatz. Er wirkte durch und durch gewöhnlich. Das Wollwams hatte er so zusammengeschnürt, daß dicke Fettrollen über und unter der Körpermitte hervorquollen. Er war glatt rasiert und gab sich sehr hochmütig.

Durwald beugte vor dem Aristokraten den Kopf und nahm Haltung an. »Jawohl, Mylord! Dies ist Conan, der Junge, von dem ich Euch berichtet habe. Ein wilder Cimmerier, doch fähig, Befehle zu verstehen, habe ich den Eindruck. Conan, knie nieder vor Baron Baldomer Einharson!«

Conan beugte knapp den Kopf, blieb aber stehen.

Durwald drehte sich zu ihm. »Cimmerier, du hast vor Höherstehenden zu knien!«

Der junge Barbar blickte furchtlos in die Runde. »Vielleicht tue ich das, wenn ich einem Höherstehenden begegne.«

Durwalds Hand fuhr zum Schwert. »Jetzt reicht's, Barbar!«

»Marschall!« Baldomer fuhr ihn im Befehlston an und hob den Arm. Aber er schien auch amüsiert zu sein. »Laß ihn leben!«

Alle schwiegen respektvoll. »Es ist doch besser, wenn der Junge es nicht gewohnt ist, zu gehorchen. Das würde nicht zu der Rolle passen, für welche wir ihn vorgesehen haben.«

Der Marschall blickte von seinem Gefangenen zum Baron und nickte. »Selbstverständlich, Mylord. Verzeiht mir.« Er mußte sich kurz sammeln. Dann fragte er: »Findet Ihr die Ähnlichkeit zufriedenstellend?«

Baldomer lächelte. »Ja, er hat den offenen Blick, der den Männern Cimmeriens den Anflug von Kühnheit verleiht ... und den Frauen die Schönheit.« Der Schatten einer traurigen Erinnerung verdüsterte ganz kurz sein Gesicht. »Wenn sein Haar etwas geschnitten ist, sieht er meinem Sohn tatsächlich ähnlich. Dieser hat ebenfalls noch keinen richtigen Schnurrbart.«

Der kleine Dicke faltete die Arme über dem Bauch und beugte sich eifrig zum Baron. »Mylord ... glaubt Ihr wirklich, daß dieser ungeschlachte Tölpel die Rolle Eures Sohns Favian spielen könnte?«

Baldomer lachte. »Na ja, Svoretta, mein Sohn und Erbe müßte ein gut gepolstertes Wams tragen, um die Formen seines Leibwächters zu erreichen. Und beide müßten vielleicht öfter Helme tragen. Aber das kann Favians Bild in der Öffentlichkeit nur verbessern.«

Der Marschall und Swinn lachten pflichtschuldig. Doch Svoretta war offenbar weniger untertänig. Er drang weiter in den Baron.

»Mylord, ein unbekanntes, aufsässiges Geschöpf wie diesen Burschen in Euren engsten Dienerkreis aufnehmen ... Ich fürchte, daß er zu einer größeren Gefahr werden könnte als die, welche Ihr vermeiden wollt. Als Verantwortlicher für die Spionage im Land kann ich nur sagen, daß es praktisch unmöglich ist, eine derartig wichtige Angelegenheit geheimzuhalten und ...«

»Svoretta, das alles haben wir zur Genüge besprochen«, unterbrach ihn der Baron. »Hier in Dinander ist es nicht leicht, diese Maskerade aufzuführen; aber bei der Tour durch die Provinzen wird es einfacher sein. Und dort ist meiner Meinung nach das Leben meines Sohnes am meisten in Gefahr — ebenso wie mein eigenes. Deshalb brauchen wir da einen Doppelgänger.« Ungeduldig trommelte Baldomer auf den Tisch. Seine Stimme wurde tiefer.

»In diesen Zeiten, da unter den Bauern Aufruhr um sich greift, gilt meine einzige Sorge der festen Herrschaft in der Baronie von Dinander. Das bedeutet selbstverständlich die Fortsetzung der Herrschaft des Geschlechts der Einharsons. Wir müssen alles tun, um die Katastrophe eines Bürgerkriegs zu vermeiden — oder, was noch schlimmer wäre, eine schwachsinnige Einmischung unseres verweichlichten Königs Laslo aus seinem Harem in Belverus.« Baldomer hob den Blick über die Köpfe der Anwesenden.

»Meine eigene Herrschaft hier muß bestehen bleiben! Und wenn meine Tage auf dieser Erde sich dem Ende zuneigen, müssen die an der Spitze in der Lage sein, die ordnungsgemäße Übergabe der Herrschaft von einer Generation auf die nächste auszuführen. Offensichtlich kann dies nur geschehen, indem mein heiliger Samen bewahrt wird, welcher — dank der Gnade der Götter — von meinem göttlichen Vorfahren Einhar stammt.«

Auf dem Gesicht des Barons spiegelten sich abwechselnd Grausamkeit und Heiterkeit. »Daher ist unser Kurs klar abgezeichnet. Verpflichtet ihr alle euch durch einen Eid dazu, das Leben meines einzigen Sohnes und Erben zu erhalten?«

Auf Baldomers feurige, fast fanatische Rede folgte kurz betretenes Schweigen. Doch dann nickten alle zustimmend.

Der Baron suchte in den Augen der Anwesenden nach Spuren von Zweifel oder Widerstand. Zuletzt schaute er Conan an, der die Augen niedergeschlagen hatte.

Schließlich wagte Svoretta es, seinen Herrn zu beschwichtigen. »Selbstverständlich verstehe ich, welche Prioritäten Ihr setzt, Mylord. Ich kann als bescheidenen Beitrag zu Eurer göttlichen Mission nur eins anbieten: mein Leben!« Er machte eine Pause und senkte den Kopf, um die Worte wirken zu lassen. »Daher werde ich mich sogleich an die Ausführung Eures Befehls machen und dafür sorgen, daß alles einem guten

Ende zugeführt wird.« Er verbeugte sich und küßte die Fingerspitzen des Barons.

»Nun, gut!« Baldomer deutete auf Conan. »Wir können ihn als persönlichen Leibwächter in den Haushalt einführen. Offensichtlich ist er ein Kämpfer. Hervorragend. Wir müssen ihn ein wenig verborgen halten oder die Ähnlichkeit herabspielen, bis er als Doppelgänger für meinen Sohn auftritt. Er muß lernen, den Mund zu halten. Dieser grobe cimmerische Akzent ist unmöglich! Und natürlich müssen wir ihm die Reitkunst beibringen und wie man sich bei Hof benimmt. Das alles, ferner Unterbringung und Ausrüstung, überlasse ich dir, Durwald. Ach ja, mein Sohn muß seinen kümmerlichen Schnurrbart abrasieren. Denn dieser Jüngling kann es unmöglich schaffen, daß bei ihm in der kurzen Zeit, die uns bleibt, Haare unter der Nase hervorsprießen.« Er blickte alle noch einmal tiefernst an. »Das Geheimnis darf diesen Raum nicht verlassen. Ganz gleich, welche Vermutungen und Gerüchte auch laut werden, keiner von euch darf auch nur die geringste Bestätigung äußern.« Er schaute Conan in die Augen. »Hast du verstanden, Junge?«

Conan nickte und überraschte alle. »Ja. Und wie hoch ist mein Sold?«

Baldomer mußte lächeln. »Verschon mich mit diesen läppischen Dingen. Außer deinem Leben, Kost und Logis sollte eine Golddrachme alle zwei Wochen genügen ...« Er griff in den Lederbeutel auf dem Tisch, holte eine Münze heraus und warf sie Conan zu.

In diesem Augenblick teilte sich ein grüner Samtvorhang hinten im Raum. Eine Tür kam zum Vorschein, durch welche sich ein junger Mann auf unsicheren Beinen hindurchschob.

Er war groß, trug ein seidenes Hemd und einen Kilt

aus Pelz, der über die hohen schwarzen Reitstiefel fiel. Am Gürtel hing ein langer Dolch, dessen Griff mit Juwelen besetzt war. Das zerzauste schwarze Haar und das kantige Gesicht verrieten die Mischung aus cimmerischem und Einharsons edlem Blut. Nur der dünne Schnurrbart störte das Bild. Er ähnelte Conan. Allerdings war er etwas kleiner und nicht so muskulös wie der Barbar. Er schwankte zum Tisch und stützte sich mit einer Hand darauf. Ob dies die Dramatik seines Auftritts erhöhen sollte oder ob er Halt brauchte, war nicht ganz klar. Dann musterte er die Anwesenden.

»Aha, eine illustre Versammlung! Männer mit Verantwortung denken über wichtige Staatsgeschäfte nach.« Er sprach sehr undeutlich und machte eine ausladende Armbewegung. Der Junge war sturzbetrunken. »Wie kommt es — frage ich mich —, daß ich nicht zu dieser Beratung gebeten wurde?«

Der Baron warf ihm einen angeekelten Blick zu. »Favian, wenn du alt genug bist, um an einer Beratung von Männern teilzunehmen, dies durch anständiges, ehrenhaftes Benehmen beweist, wirst du hinzugezogen. Vorher nicht!«

Favian gab sich Mühe gerade zu stehen. Allerdings ließ er die Tischplatte nicht los. »Auch nicht, wenn es um eine so persönliche Angelegenheit wie mein Wohl geht, Vater? Ich weiß, worüber ihr gesprochen habt. Und diese Kreatur da drüben« — der junge Lord schwenkte einen Arm und zeigte auf Conan — »ist derjenige, hinter dessen Rücken ich mich verstecken soll, stimmt's?« Er schaute den Barbaren mißmutig an. »Dieser ungewaschene Straßenräuber soll meinen Platz in der Öffentlichkeit einnehmen! Nun, habe ich recht?«

Baldomers Gesicht hatte sich bei den Worten des

Sohnes gerötet, doch seine Stimme blieb beherrscht. »Im Prinzip hast du recht. Ich brauche nicht alles zu wiederholen, da du offenbar gelauscht hast.«

Favian zuckte zusammen, als hätte er einen Schlag ins Gesicht empfangen.

Der Baron fuhr fort. »Allerdings ist es kein so schändlicher Plan, wie du anscheinend glaubst. Ich beabsichtige lediglich, in Zeiten der Unruhe unter den Bürgern zusätzliche Sicherheitsvorkehrungen zu treffen, um den Fortbestand unseres Hauses zu sichern. Niemand wird dich an der Ausübung deiner wichtigen Tätigkeiten hindern, das heißt, du kannst deinen Vergnügungen ungestört nachgehen. Nur zu Gelegenheiten, da du unnötig Gefahren ausgesetzt wärst, ist der Ersatz zur Stelle. Zum Beispiel auf der bevorstehenden Reise durch die Provinz. Du, Favian, reitest mit den gewöhnlichen Soldaten und lernst so deren Leben kennen. Der Barbar hingegen ... nun, er ist einem Angriff besser gewachsen.«

»Also, das ist einfach zu gütig!« Favian ließ den Tisch los und schwankte auf seinen Vater zu. »Der Sohn des Barons soll verhätschelt und durchs Land geschmuggelt werden, während ein hergelaufener Galgenvogel Ehre und Ruhm einheimst!« Er schwankte gefährlich, fand aber das Gleichgewicht wieder. Der Baron streckte ihm helfend die Hand entgegen, doch Favian stieß sie weg und schwankte auf Conan zu. »Ich kann besser kämpfen als ein Wilder aus der Steinzeit. Schau her!«

Favian versetzte Conan einen schlecht plazierten Faustschlag gegen den Kopf. Dabei verlor er etwas das Gleichgewicht. Blitzschnell packte der Cimmerier den jungen Adligen am Arm und schleuderte ihn fort. Favian fiel gegen einen Stuhl. Mühsam richtete er sich wieder auf und suchte nach dem Dolch. Doch er fand ihn nicht.

Swinn, Durwald und Svoretta hatten bereits die Waffen gezückt. Conan erwartete sie in Kampfstellung. Er war in der Hocke und bereit, sich sofort mit einem der Stühle zu verteidigen. Doch der Baron trat dazwischen.

»Halt! Laßt ihn! Mein Sohn hat zu tief in den Becher geschaut und handelte daher wie immer sehr unbesonnen. Der Cimmerier hat sich lediglich verteidigt. Dafür wird er ja auch bezahlt. Steckt die Waffen wieder weg!«

Svoretta murrte. »Mylord! Wie könnt Ihr es zulassen, daß Abschaum wie dieser Barbar einen nemedischen Aristokraten ungestraft schlägt?«

»Ich sagte, die Sache ist erledigt.« Der Baron schüttelte die grauen Locken. »Und jetzt bin ich müde. Meister aller Spione bring meinen Sohn in seine Gemächer. Durwald, kümmere dich um den neuen Mann. Ich wünsche euch allen eine gute Nacht.«

»Gute Nacht, Mylord«, sagten alle im Chor.

Baron Baldomer verließ den Raum durch die Tür hinter dem Samtvorhang.

Doch Durwald, nicht Svoretta kümmerte sich um den betrunkenen Favian und sprach beruhigend auf ihn ein. Währenddessen trat der Herr aller Spione zu Conan. Swinn hielt sich mit der Hand am Dolchgriff bereit. Er funkelte den Cimmerier hinterhältig mit den kleinen Schweinsäuglein an. »So, Barbar! Zweifellos schätzt du dich jetzt glücklich, die neueste Laune seiner Lordschaft zu sein und plötzlich in vornehmer Umgebung über deinen Vorgesetzen zu stehen, obwohl du gerade aus dem Kerker geholt wurdest.« Das pockennarbige Gesicht verzog sich zu einem bösartigen Grinsen. Mit blankem Haß starrte er Conan an.

»Nun, ich möchte dich warnen ... Launen und Spielzeug kommen und gehen im Schloß — manchmal über Nacht. Nur etwas hat hier immer alles überdauert — und das ist mein Einfluß.« Die letzten Worte zischte er nur, so daß sie außer Conan niemand verstehen konnte. »Sollte ich hören, daß du hochnäsig geworden bist oder dir aus deiner plötzlich so glücklichen Position auch nur einen einzigen Vorteil verschafft hast, wirst du dafür büßen. Dann wird dein Ende grausamer sein als alles, was du dir vorstellen kannst. Vergiß das nie!«

Dann blickte Svoretta Conan stumm an. Mehrmals zuckte seine Hand, als wolle er den Barbaren schlagen. Aber er wagte es nicht. Vielleicht weil der junge Mann seinen Blick stumm und regungslos erwiderte. Schließlich stieß er einen Fluch aus und machte auf dem Absatz kehrt.

3

DIE AUSBILDUNG

Die Sonne stand im Zenit am südlichen Himmel und brannte erbarmungslos in den Schloßhof. Die hohen Wände des Schlosses und der mächtige Ringwall reflektierten die Hitze und das Klappern der Hufe. Die Pferde waren bereits schaumbedeckt nach der harten Arbeit. Auf Conans Sattelnase lag eine dicke Staubschicht. Er hätte geschworen, daß sein Gesicht und die ausgetrocknete Kehle nicht besser aussahen.

»Schon etwas besser, Barbar. Vielleicht lernst du doch noch, wie man auf einem Pferd sitzt.« Durwalds Stimme klang gelangweilt. Aber er saß aufrecht im Sattel und zeigte keine Spur von Müdigkeit. »Hör zu! Rücken gerade, Schultern zurück und in der Biegung nicht so stark seitlich lehnen. Wir in der nemedischen Kavallerie sagen immer: ›Sitz gerade und laß die Sklaven und Pferde die Arbeit tun!‹« Er lachte und zwirbelte den Schnurrbart. »Du hampelst da oben so herum, daß dich niemand für einen nemedischen Bauern — und erst recht nicht für einen Aristokraten hält.«

»In den Ländern des Südens sagt man, daß es dem Pferd unnötigen Kräfteverschleiß erspart, wenn man ordentlich mitarbeitet und ihm Hilfen gibt!« rief Conan mißmutig zurück. »Außerdem ist der Sattel teuflisch dick, und die Steigbügel hängen zu tief.«

»Wenn du eine schwere Waffe aus dem Sattel

schwingst, wirst du feststellen, daß die Steigbügel so besseren Halt geben.« Durwald ritt zu einem steinernen Brunnentrog. »Für heute ist es genug. Du hast dir deine Schwielen schon verdient. Jetzt geht's zum Mittagsmahl.« Er schwang sich elegant aus dem Sattel. »Deine Ausbildung mit Waffen findet heute nachmittag ebenfalls hier statt. Dein Waffenmeister ist Eubold. Er wird dir Beine machen. Darauf kannst du dich verlassen.«

Conan rutschte langsam an einer Seite des Pferdes hinab. Dann band er die Zügel an einen der Ringe in der Mauer. Steifbeinig stakste er über den staubigen Hof. Ihm taten noch alle Knochen von der Schlägerei im Verlies weh. Hinzu kamen die Qualen auf dem für ihn ungewohnten Sattel. Die Sonne brannte ihm ins Genick, wo man ihm die rabenschwarze Mähne abgeschnitten hatte.

»Wohin gehst du, Cimmerier?« Durwald blieb stehen.

»Na, zum Mittagsmahl.«

»Du ißt bei der Dienerschaft neben der Küche, Junge.« Der Marschall deutete mit dem Kopf zu den Doppeltüren auf der Hinterseite des Schlosses. »Du bist zwar ein Barbar, aber für die Offiziersmesse bist du nicht unzivilisiert genug.« Lachend ging er weg.

Fluchend schlug Conan die angegebene Richtung ein.

Hinter der Doppeltür durchquerte er eine lange dunkle Galerie, wo es angenehm kühl war. Doch am Ende schlug ihm von den großen Feuern in der Küche wieder eine infernalische Hitze entgegen. In riesigen Kupferkesseln dampften Suppe und andere Köstlichkeiten. Rauchschwaden zogen zwischen den darüberhängenden Würsten, Schinken und Kränzen aus

Zwiebeln und Knoblauch dahin, bis sie das Abzugsloch in der Decke fanden. Die verschiedenen starken Gerüche konnten einem hungrigen Mann Appetit machen — ihn aber auch nehmen.

»Na, auf Futtersuche, Barbar?«

Ein nemedisches Bauernmädchen schaute von ihrer Arbeit auf und lächelte Conan an. Sie war mittelgroß und hübsch. Ein Gürtel aus buntem Garn betonte die schmale Taille und den wohlgeformten Busen unter der dünnen weißen Bluse. Sie warf die Locken zurück und musterte den Cimmerier aus großen Augen, die sie mit Ruß kunstvoll umrandet hatte.

»Du kommst zu spät, weißt du das? Das meiste Essen ist entweder nach oben gebracht oder hier unten verschlungen worden. Aber setz dich doch! Ich sehe zu, was ich für dich zusammenkratzen kann.« Sie lachte laut. »Du scheinst ja ein ganz Wilder zu sein und hast bestimmt einen barbarischen Appetit. Laß es dir nicht einfallen, meine Schinken anzunagen!« Mit herausforderndem Schwung der Hüften trat sie zu einem anderen Tisch.

Conan ging durch die Küche in den angrenzenden Raum. Dort war es düster. Hoch oben in der Wand drang durch einen vergitterten Schlitz etwas Licht herein. In der Mitte standen ein langer Holztisch und Bänke. An den Seiten befanden sich enge Schlafstellen, die jeweils durch Holzwände voneinander getrennt waren. Ganz am Ende, an der kalten Außenmauer, befand sich die Lagerstatt, welche man Conan gestern abend zugeteilt hatte.

Na schön! Ihn störte die Kälte nicht, da es hier viel heißer war, als es in seinem heimatlichen Cimmerien je wurde. Auf keinen Fall wollte er den Winter in Dinander zubringen, vielleicht nicht einmal diese Nacht.

Langsam setzte er sich mit dem sattelwunden Hinterteil auf die Bank.

Kurz darauf kam die hübsche Dienerin mit einem großen Holzteller zu ihm. Conans Blicke hafteten nicht nur auf den Speisen, sondern auch auf den ebenso verlockenden Rundungen unter der Bluse. Als sie den irdenen Krug mit Rotwein auf den Tisch stellte, beugte sie sich vor und gewährte ihm noch viel tiefere Einblicke.

»Da, Barbar! Ich hoffe, daß dies deinen Appetit fürs erste stillt. Wenn nicht ...« Sie lachte freundlich. »Warn mich, ehe du mit dem Messer auf die Pferde losgehst. Dann sehe ich nach, ob in den Vorratskammern noch mehr Eßbares aufzutreiben ist.«

»Hm.« Conan stopfte eine heiße Rübe in den Mund und brach ein Stück Schwarzbrot ab. »Im Augenblick kann ich kein Pferd mehr sehen, nachdem ich den ganzen Vormittag auf den Biestern durchgerüttelt wurde.«

Das Mädchen lachte. »Wie heißt du, Fremdling?« Dann blickte sie schnell zu dem Vorhang, der den Eingang zur Küche verdeckte, und setzte sich neben den Cimmerier auf die Tischplatte. »Ich bin Ludya.«

»Ich Conan«, sagte er mit vollem Mund.

»Du bist ... ein Cimmerier, nicht wahr?« Sie verdrehte die Augen. »Als ich klein war, wußte ich nicht, ob es Cimmerien wirklich gab. Man erzählte uns die wildesten Geschichten — von Riesen, Kannibalen, Drachen und noch seltsameren Dingen.« Sie schüttelte sich und faltete die bloßen Arme über dem Gürtel. »Es klang nach einem schaurigen Land.«

»Das ist alles nicht wahr«, widersprach Conan und nahm einen kräftigen Schluck aus dem Krug. »Wer dir das erzählt hat, muß meine Heimat mit Asgard und

Vanaheim im Norden verwechselt haben. Dort gibt es jede Menge Scheusale.«

»Ach, ja?« Ludya machte große Augen. »Als ich in die Stadt kam, erfuhr ich, daß Baron Baldomer in seiner Jugend von einem Kriegszug aus dem Norden eine Braut aus Cimmerien mitgebracht habe: Lady Heldra. Ich habe sie nie gesehen; aber sie soll sehr schön und freundlich gewesen sein.« Sie blickte nachdenklich in die Ferne. »Seitdem denkt man besser über die Länder im Norden. Lady Heldra ist bei den Leuten immer noch in guter Erinnerung, und sie verehren auch ihre Tochter Calissa. Ja, sie gewöhnen sich sogar an den Gedanken, daß eines Tages Heldras Sohn Favian hier herrschen wird. Übrigens ähnelst du ihm.«

»Hmm.« Conan blickte ihr offen in die Augen und kaute weiter. »Er ist aber nicht mit mir verwandt, und ich habe auch von seiner Mutter Heldra noch nie gehört. Vielleicht war sie die Tochter eines Häuptlings im Osten oder eine herumziehende Kriegsmaid.«

Ludya seufzte. »Wenn ich daran denke, daß eine einfache Barbarin Baronin geworden ist ...« Ihre braunen Augen blitzten auf. »Das beweist, wie weit es ein hübsches Mädchen in der Welt bringen kann. Ein Mann ist durch seinen Platz in der Familie viel stärker gebunden.« Sie machte eine Pause. »Bei dir ist das natürlich anders. Du bist jetzt Leibwächter in einer vornehmen Familie. Da hast du viel erreicht.«

Conan widmete sich weiter mit Hingabe dem Essen. Ohne aufzuschauen, fragte er: »Und was ist aus Lady Heldra geworden?«

»Sie starb«, antwortete Ludya und senkte die Augen.

»Ach ja? Und wie?«

»Sie wurde ermordet, vergiftet. Jemand hat Gift in

eine Wildpastete getan. Eigentlich sollte der Anschlag ihrem Mann gelten, sagt man.« Ludya schüttelte traurig den Kopf. »Es ist schon schrecklich hier. So viele Morde, Revolten und Intrigen. Das hat alles nach dem Tod von Lady Heldra angefangen.«

Conan blickte auf. »Vergiften ist hier üblich?« fragte er.

»O nein, Conan, tut mir leid! Das hätte ich dir nicht erzählen dürfen. Du kannst ruhig weiteressen. Ich habe alles selbst für dich gemacht. Ich kann auch vorkosten, wenn du willst. Das tue ich bei den hohen Herrschaften auch immer, wenn ich ihnen auftrage. Dann wissen sie, daß die Speisen nicht vergiftet sind.«

Sie nahm den Käse und biß über die Hälfte ab. Den Rest legte sie wieder auf den Holzteller. Dann brach sie ein Stück von der Pastete ab und schob es sich in den Mund.

Conans besorgtes Gesicht verzog sich zu einem breiten Lächeln. Ludya schluckte schnell. »Mhh. Gut gewürzt! Darf ich einen Schluck nachtrinken?« Sie stützte einen Ellbogen vor sein Gesicht und hob den Krug an die Lippen.

»So, jetzt's reicht's!« Conan packte ihr Handgelenk. »Aufhören! Du hast mich überzeugt.«

Lachend blickte Ludya ihm tief in die eisblauen Augen. Ein Weintropfen floß von ihrer Unterlippe. Flink leckte sie ihn mit der Zungenspitze auf. Der Cimmerier hatte das Gefühl, als läge ihr schöner, üppiger Körper wie ein köstliches Dessert vor ihm. Ihr Gesicht kam noch näher. Im nächsten Augenblick trafen sich ihre Lippen. Der junge Cimmerier zog sie in seine Arme.

Irgendwo läutete eine Glocke. Erst einmal, dann zweimal. Ludya wollte sich freimachen, aber Conan wollte sich von ihren Lippen nicht trennen. Doch sie wehrte sich jetzt heftig und schlug ihm auf den Mund.

Verblüfft ließ er sie los.

»Du blöder Barbar!« fuhr sie ihn wütend an. »Man hat nach mir geklingelt! Willst du, daß ich ausgepeitscht werde?« Sie zupfte den Rock zurecht, fuhr sich schnell durch die zerzausten Locken und lief zur Küche. Von dort kam ihr ein magerer Junge mit flachsfarbenen Haaren entgegen. Er erkannte die Situation mit einem Blick und grinste Conan unverschämt an. Dann wollte er den Tisch abräumen.

Doch als der Cimmerier aufstand und ihn finster anblickte, duckte er sich verschreckt und wartete, bis Conan ein Stück fortgegangen war. In Conans Kopf drehte sich alles. Dieses kleine Luder! Wie konnte sie es wagen, ihn zu benutzen? Aber vielleicht war er zu dreist gewesen? Er hatte keine Ahnung von den hiesigen Gebräuchen und Sitten. Crom verfluche diese Hyborier und den Wahnsinn, welchen sie Zivilisation nannten!

Die Hitze schlug ihm entgegen, als er den Hof betrat. Immer noch wütend und verwirrt, stampfte er durch den Staub. Im Schatten unter dem Vordach der Schmiede wartete ein Hüne. Er trug metallene Beinschienen, ein Kettenhemd und einen Kilt, der ebenfalls aus Ketten gefertigt war. Unter dem Arm hielt er einen zerbeulten Helm. Sein fleischiges Gesicht zeigte, daß er als Krieger schon ziemlich verweichlicht war.

Eubold, der Waffenmeister, dachte Conan. Er unterhielt sich gerade mit einem kleinen Fetten, dessen Gesicht im Schatten kaum zu erkennen war. Doch dann ging er schnell fort. Es war Svoretta.

Mit finsterer Miene schaute Eubold Conan entgegen. »Es wird aber auch Zeit, Barbar!« rief er. »Du mußt lernen, Offiziere nicht warten zu lassen, wenn dir deine dicke nördliche Haut lieb ist.« Das zerfurchte, unrasierte Gesicht des Waffenmeisters verzog sich angeekelt. »Nun — hast du schon mal ein Schwert in der Hand gehalten?«

Conan blickte ihn ebenso finster an. »Bei der Plünderung Venariums vor mehreren Wintern führte ich ein Breitschwert.«

»Hm. Ein nördliches Breitschwert — ein schwerfälliges Gerät. Man kann nur die Schneide der Klingen einsetzen, weil die Waffe zu schwer ist, um mit der Spitze zuzustoßen. Ebensogut könntest du ein Hackebeil schwingen.« Er trat in die Hofmitte.

»Offen gesagt, ist mir der Befehl, einem Wilden wie dir den Umgang mit einer zivilisierteren Waffe beizubringen, höchst zuwider. Aber komm schon! Vielleicht lernst du doch etwas — zumindest Respekt.«

Die Sonne schien bereits aus dem Westen in den Schloßhof, als Conan auf die Übungspuppe einhackte und zustieß. Die mit Heu und Stroh ausgestopfte Kuhhaut hing in Gesichtshöhe an einem Pfosten. Die Bewegungen des Cimmeriers erfolgten in stetem Rhythmus, was offenbar seinem Lehrmeister gar nicht recht war. Eubold saß auf einem Hocker im Schatten der Schloßmauer und brüllte Befehle.

»Schneller! So nicht, Junge! Mehr Lebendigkeit! Du hältst einen Säbel, keine Eichenkeule!« Wahrscheinlich ist er schon mit dieser krächzenden Kommandostimme zur Welt gekommen, dachte Conan. »Das Geheimnis der Klinge ist ihre Leichtigkeit: zustechen und blitzschnell zurückziehen. Benutz die Spitze! Stampf nicht herum wie ein Ochse mit Blei in den Beinen!«

Conans Angriffe beschrieben in schöner Regelmäßigkeit nacheinander einen Kreis. Der Lederbalg wies tiefe Risse auf, das Heu lag weit verstreut auf dem Hof herum. Doch Eubold übersah diese Tatsache. Der junge Barbar führte zielsicher einen Stoß und Schlag nach dem anderen. Der bloße Oberkörper glänzte vor Schweiß. Die schwarze Mähne klebte ihm an der Stirn. Als Antwort auf die Befehle des Lehrmeisters wurde er nur eine Spur langsamer.

»Wenn du draufhackst oder von der Seite zuschlägst, mußt du immer dran denken, dein gesamtes Gewicht in den Schlag zu legen. Die Krümmung der Klinge ermöglicht es dir, einen Arm oder ein anderes Glied mit einem Schlag abzutrennen; aber du mußt sie durch die Wunde ziehen, ohne daß deine Kraft nachläßt.« Eubold vollführte einen mächtigen Schlag mit der bloßen Hand durch die Luft. »Wie bei einer Säge muß es sein. Das verursacht tiefe Wunden.

Natürlich kannst du das schlecht lernen, wenn du auf einer Strohpuppe herumhackst. Auch eine Leiche brächte nicht viel — viel zu weich, kein Widerstand. Für ein lebendes, bewegliches Ziel gibt es nun mal keinen Ersatz.« Eubalds Stimme dröhnte, als spräche er für ein unsichtbares Publikum. »Ein Mann ist nichts als ein verwundbarer Turm aus Muskeln und Sehnen, Junge, nur ein blutgefüllter Ballon! Wenn die dünne Haut über diesem Berg aus Muskeln und Blut gestreckt ist — bei einem angreifenden Gegner zum Beispiel —, kannst du mit der Klinge wahre Wunder vollbringen. Wenn du kräftig und geschickt bist, kannst du ihn sogar in der Mitte durchhauen!« Der Waffenmeister verschränkte die Arme vor der Brust und fuhr in seinem Vortrag fort, ohne genau auf die Bemühungen seines Schülers zu achten. »Mit etwas Glück wird uns der Baron einige Gefangene schicken, an denen wir später üben können: rebellische Sklaven oder Leibeigene. Vielleicht auch Unzufriedene von der Tempelschule. Das wäre wirklich hervorragend.

Aber was tun wir im Augenblick, Barbar? Einfach weiter drauflosschlagen? Nein, so nicht! Noch einmal und kräftiger. Pfui!« Eubald spuckte verächtlich zwischen die ausgestreckten Beine. »Verflucht, Barbar, du hast mir überhaupt nicht zugehört! So nicht!« Er stand auf und stieß wütend den Hocker um. »Wir müssen beide ein Tänzlein wagen! Nur so kannst du etwas lernen.« Er schnallte den Helmgurt fest und zog lange lederne Handschuhe aus dem Gürtel.

»Ein Kampf?« Conan schaute ihn mit gesenkter Klinge an. »Ausgezeichnet! Wo ist meine Rüstung?«

»Deine Rüstung?« Eubold lachte schallend. »Die brauchst du höchstens, damit du dir nicht selbst den Fuß abschlägst. Ansonsten — keine Angst! Du bist nur in Gefahr, wenn ich es beabsichtige.« Mit lautem Zischen sauste das Krummschwert des Waffenmeisters aus der Scheide.

»Hier siehst du einen nemedischen Säbel, wie er bei der Kavallerie üblich ist. Diese Waffe nimmt es jederzeit mit einer hyborischen Klinge auf.« Er machte mit der schmalen gekrümmten Klinge einige Probehiebe in der Luft, während Conan seinen Säbel in Abwehrhaltung hob. »Mit diesen Waffen könnten unsere Truppen dein Heimatland mit Leichtigkeit erobern, Cimmerier — falls sie plötzlich Lust auf Frostbeulen oder Schneelemmingbraten bekommen.« Er lachte verächtlich. »Als erstes: Du mußt aus der Bewegung heraus zuschlagen. So — heia!«

Mit heiserem Schrei sprang der Waffenmeister plötzlich vor. Seine Klinge sauste in flachem Winkel auf Conan zu. Doch dieser duckte sich und wehrte, den eigenen Säbel über dem Kopf schwingend, den Angriff ab.

»Und jetzt die Rückhand! So!« Eubold blieb stehen, machte eine Drehung in der Hüfte und schlug zurück. Der Cimmerier mußte einen Schritt nach hinten weichen.

»Dies zeigt, daß sogar ein Klumpfuß wie du meinen Streichen einen ganzen Tag lang ausweichen kann. Daher zeige ich dir jetzt den Vorteil — der Spitze!« Mit akrobatischem Geschick griff Eubald Conan an, so daß die Säbelspitze direkt auf die Brust des Cimmeriers zielte. Dieser konnte nur eine kurze Wendung nach rechts machen und nach links die Klinge vorstrecken. Laut klirrend trafen die Waffen aufeinander, wo soeben noch die Mitte des jungen Barbaren gewesen war.

»Siehst du? Langsamkeit kann dich leicht das Leben kosten. Jetzt weitere Paraden … So und so und so!« Eubald wurde etwas kurzatmig. Fechten und Sprechen zugleich wurden ihm zu mühsam. Er verstummte, doch seine Säbelhiebe kamen erbarmungslos weiter.

Conan hatte keinen leichten Stand gegen den Waffenmeister in voller Rüstung, dem er mit bloßem Oberkörper gegenüberstand. Außerdem war er von den Strapazen der gestrigen Nacht und dem Reiten am Vormittag ziemlich erschöpft. Vor einem Kuß des todbringenden Stahls rette ihn nur seine angeborene raubkatzengleiche Schnelligkeit. Behende wich er aus, dennoch klirrten die Klingen beinahe ständig. Allmählich ließen seine Kräfte etwas nach.

Der Hufschmied samt Gesellen und einige Stallburschen hatten sich in einiger Entfernung aufgestellt und schauten zu. Dieser Zweikampf wirkte nicht wie eine harmlose Übung. Nur in allerletzter Minute vermied Eubold oft einen tödlichen Schlag, indem er die Klinge flach weiterführte; aber dafür gab es keinerlei Garantie. Der Schüler hatte diese Wahl nicht. Wollte er sein Leben nicht riskierten, mußte er jedesmal versuchen, den Gegner in der Rüstung zu töten.

Der Cimmerier spürte die Gefahr instinktiv noch mehr als die stummen Zuschauer. Er traute dem Gegner überhaupt nicht. Schließlich hatte er Eubold vor dem Kampf in vertrautem Gespräch mit seinem geschworenen Feind Svoretta gesehen.

Dann gab sich Conan ermüdet eine Blöße. Seine Klinge blieb einen Sekundenbruchteil zu lange gesenkt. Der keuchende Eubald nutzte die Gelegenheit sofort aus. Ohne an die Regeln der eleganten Fechtkunst zu denken, schlug er zu und zielte genau auf den bloßen Hals seines Schülers.

Doch Conan hatte entweder getäuscht oder verfügte über wirklich übermenschliche Reaktionsschnelligkeit, denn er parierte den Todesstreich. Funken stoben auf, als die Klingen zusammenprallten. Beide brachen kurz über dem Heft und flogen in hohem Bogen durch die Luft in den Staub.

Nach kurzem erstaunten Schweigen brüllte Eubold los: »Du Tölpel! Jede dieser Klingen war zehnmal so viel wert wie du elender Barbar!« Fluchend schleuderte er den Griff dicht an Conans ungeschütztem Ohr vorbei.

Wie der Blitz sprang ihn der junge Cimmerier an, packte den Helm und drückte den dicken Lederrand hinten auf Eubolds Genick. In der anderen Hand hielt er den Dolch umklammert und schlug dem Waffenmeister mit der Faust gegen Kinn und Nase.

Als die Zuschauer sich auf Conan stürzten und ihn wegrissen, war Eubold bereits überwältigt.

Durwald kam und befahl zwei Männern, Eubold

fortzutragen. Dann befragte er die Zuschauer. Alle schilderten ihm wortreich und aufgeregt den Hergang des Kampfs. Die Berichte wichen zwar in einigen Punkten ziemlich von einander ab; aber viele schlugen Conan auf die Schulter, nicht um ihn zurückzuhalten, sondern um ihm zu gratulieren. Durwald erteilte dem Cimmerier einen harten Tadel, bestrafte ihn aber nicht.

Nachdem Conan sich aus einem Eimer mit kaltem Wasser erfrischt hatte, kehrte er in die Unterkünfte der Dienerschaft zurück. Er aß mit den anderen zu Abend. Er kannte noch keine Namen. Alle redeten über seinen Kampf. Keiner wagte laut abfällige Bemerkungen über die Heimat oder Eigenart des Fremden zu machen, der noch so neu am Hof war. Allerdings bemerkte Conan, daß mehrere sofort ihr Flüstern einstellten, als er zu ihnen hinschaute.

Als die meisten sich zurückgezogen hatten, stand auch er auf und ging zu seinem Lager. Doch da berührte ihn eine Hand leicht von hinten. Es war eine weibliche Hand: die von Ludya.

Er drehte sich um. Im düsteren Schein der Kerzen blickte er sie an. Sie trug nur ein spärliches Gewand aus Perlenschnüren. Wahrscheinlich hatte sie Dienst an der Tafel des Barons gehabt. Er wollte sich stumm zurückziehen, doch da schlang sie die Arme um seinen Hals und preßte ihre Lenden an seinen starken Körper. Als Antwort riß er sie wild in die Arme. Dann führte sie ihn zu ihrem Schlafplatz und gab sich ihm leidenschaftlich hin.

4

DER SCHREIN IN DER KRYPTA

»Die Grundlage der Wissenschaft von den edlen Herrscherhäusern und der Wissenschaft aristokratischer Politik ist die ständige Beachtung des Rangs.« Lothian, der älteste Ratgeber des Barons und Minister fürs Protokoll, neigte den alten grauen Kopf, als fürchte er sich, seinem Schüler direkt in die Augen zu blikken. »Rang muß erster und beherrschender Instinkt eines jeden Mitglieds eines modernen Staats sein, vom König bis hinab zum niedrigsten — Gefolgsmann.« Nachdenklich strich er sich durch den sorgfältig gelockten Bart.

»Ich bin nicht sicher, ob ich dies einem ... Barb ...« Nervös warf er einen Blick in die stahlblauen Augen Conans, der ihm gegenüber auf einem weichen Divan saß und ihm gespannt zuhörte. »Ich meine, ich bin nicht sicher, ob ein Fremder wie du dieses überaus wichtige Konzept ganz begreifen kann, der an eine übergeordnete und rohe Art der Regierung gewohnt ist, wie sie in einem relativ ... hm ... primitiven Land vorherrscht ...«

Der greise Ratgeber war nicht sicher, wie er fortfahren sollte, und blickte zu dem Tisch hinüber, auf dem eine rot beschriebene Schriftrolle ausgebreitet war. Die glänzende Tischplatte und der niedrige Divan füllten beinahe den gesamten Raum. Ein Strahl der Morgensonne fiel durch den schmalen senkrechten Schlitz in der Mauer. Früher hatte sich dort ein breites Fenster befunden. Doch dies war aus Verteidigungsgründen zu einer Schießscharte vermauert worden.

»Wir haben in Cimmerien auch Häuptlinge«, sagte Conan und bemühte sich, auf dem weichen Divan eine aufrechtere Haltung einzunehmen. »Das ist nichts Besonderes. Solange sie uns gut führen, bleiben sie Häuptlinge.«

»Aha, da ist der Unterschied!« Lothian beugte sich vor. »In Nemedien — wie in allen hyborischen Königreichen — *muß* der Aristokrat aus edlem Blut gut regieren. Das ist wie ein Naturgesetz. Er regiert gut, weil er durch seine Geburt allen weit überlegen ist.« Der Alte breitete die dünnen Hände mit den blassen Handflächen nach oben aus, um zu zeigen, wie einfach dies war. »Es liegt daher auf der Hand, daß er niemals schlecht regiert und somit ständig seine Macht und seinen Rang vergrößert.«

Als Conan trotz dieser für sich selbst sprechenden Erklärung immer noch die Stirn runzelte, zuckte der Alte mit den Schultern. »Wenn in deiner Heimat ein derartiges Konzept fehlt, dann deshalb, weil sich eure gesellschaftliche Organisation noch nicht genügend entwickelt hat. Offenbar hat die obere Schicht bei euch … bei deinem schlichten Volk derartige Höhen des Herrschens noch nicht erreicht.«

»Nein, sie ist aber auch noch nicht so tief ins Elend gesunken wie bei euch.« Conan blickte den Ratgeber ohne Haß an. »Nachdem ich drei Tage in einem nemedischen Verlies gelegen habe, weiß ich, wovon ich spreche.«

Lothian verzog das Gesicht, nahm die beiden Elfenbeingriffe des Tisches, zog sich hoch und vertiefte sich einen Augenblick lang in die Schriftrolle. Man hörte nur das Rascheln des Pergaments. Im tiefsten Innern fand der greise Minister diese Aufgabe nervtötend und scheußlich. Die Rolle eines Lehrers, der für einen Wilden arbeitete, war eine lächerliche Umkehrung der natürlichen Ordnung. Besonders bei diesem ungehobelten, muskelbepackten Burschen, der bereits dem Waffenmeister so übel mitgespielt hatte. Lothian blickte kurz zur Tür hinüber. Sie stand einen Spalt breit offen. Den Göttern sei Dank! Dann wandte er sich wieder seinem Schüler zu und schlug den salbungsvollen Ton eines erfahrenen Lehrers an.

»Während der kommenden Tage werden wir die verschiedenen Bereiche des aristokratischen Lebens erörtern: die Kette der Befehle, Rangordnung bei Prozessionen, Heraldik und die Regeln des Schlosses. Für einen Nemedier gehört das zur Allgemeinbildung, du verstehst. Diese Studien bilden die Krone unserer modernen Wissenschaft und sind absolut notwendig für dich, um die Sicherheit des jungen Barons als Leibwächter zu gewährleisten.« Lothian musterte Conan. Seine grauen Augen funkelten neugierig. »Das ist doch deine Aufgabe, nicht wahr?«

»Stimmt.« Der Cimmerier erwiderte den Blick des Ministers ganz ruhig.

»Ich frage nur, weil es ein ziemlich ungewöhnlicher Rang ist. Alle Aristokraten haben ihre eigenen Wachen und Gefolgsleute. Deine Stellung hebt dich irgendwie aus dem normalen Ablauf heraus.« Eigentlich wollte er noch mehr fragen, ließ es aber sein und kehrte wieder zu seinem Lieblingsthema zurück.

»Das gesamte Imperium dreht sich einzig und allein um den König. Alles dient seinem Schutz und der Vermehrung seiner Macht. Selbstverständlich sieht man den Monarchen in einer so abgelegenen Provinz wie der unseren nie. Jedoch sind seine Spione auch hier allgegenwärtig, und seine Macht ist allumfassend. Wir müssen stets an ihn denken, vor allem da die örtlichen Machthaber von Natur aus die Neigung haben, sich an der königlichen vorbeizuschmuggeln.«

Conan schaute den Lehrer an. »Heißt das, daß die Barone und Laslo im Kampf liegen?«

Lothian räusperte sich. »Nun, es besteht eine natürliche Art von Spannung, doch dient sie letzten Endes dem Wohle des Reiches. Schließlich kann kein Leibeigener oder Untertan dem Herrn sein Herz schenken, welcher als strenge Obrigkeit persönlich dafür sorgt, daß die Steuer eingetrieben wird, die Männer ihren Dienst in der Armee leisten und so weiter. Da kommt es unweigerlich zu gewissen Reibungen und Abneigungen. Es ist für das Volk viel leichter, einen Herrscher zu lieben, welcher weit weg im sagenhaft reichen Belverus residiert.

Aus diesem Grund ist König Laslo die Galionsfigur und der wichtigste Mann. Gelegentlich hält er die Leute bei Laune, indem er ein Gesetz erläßt, welches die Macht der örtlichen Barone geringfügig beschneidet. Diese dagegen trachten ständig danach, ihr örtliche Macht zu vergrößern. Sie tun sich zusammen, damit ihre Stimmen bei Hof stärker sind, statt gegen einander Kriege zu führen, um ihre Domänen zu vergrößern, was sie zweifellos ohne einen König täten.« Er lächelte philosophisch und neigte den Kopf. »Dieses System hat bewirkt, daß Nemedien in den letzten Jahren zu einem reichen und dauerhaften Reich geworden ist.«

Conan versuchte in dem Meer der weichen Kissen die Beine unterzuschlagen, wie er es gewohnt war. Doch es gelang ihm nicht, das Gleichgewicht zu halten. »Ja, gut und schön. Aber das gelingt nur so lange, bis die Barone den König loswerden wollen oder umgekehrt.«

Lothian schüttelte ungeduldig den Kopf. »Das ist höchst unwahrscheinlich! Die allen innewohnende Ehrfurcht vor dem edlen Blut und dem königlichen Privileg ist ein viel zu starkes Band.« Die silbergrauen Brauen zogen sich zusammen. »Doch aus einer anderen Ecke droht Gefahr. Durch Untergrabung und entstellende Darstellung der königlichen Interessen hier — und ja, leider auch durch die äußerst strenge Haltung Baron Baldomers in bezug auf Recht und Ordnung unter den Bürgern — hat sich eine Rebellenbewegung gegen den Baron erhoben. Vielleicht hast du davon während deiner ... Haft gehört?« Der Minister musterte Conan auffällig gleichgültig.

Der Cimmerier zuckte mit den Achseln. »Ich wußte, daß irgend etwas im Busch war; aber gehört habe ich nichts. Die politischen Verbrecher lagen meistens in den Folterkammern unter uns. Wenn sie in meine Zelle gebracht wurden, konnten sie keine feurigen Reden mehr schwingen.«

»Ja, ja.« Lothian nickte nachdenklich. »In unserem Volk ist revolutionärer Feuereifer nicht sehr verbreitet. Die wenigen verrückten Hitzköpfe und Querulanten stellen keine echte Gefahr dar. Laut Minister Svoretta ist allerdings jeder Wilddieb ein Rebell, welcher für die Aufrührerischen Fleisch beschafft, und jeder angetrunkene dumme Schwätzer in der Taverne ein übler Propagandist. Doch es ist gefährlich, wenn derartige Meinungen ins Ohr des mißtrauischen Barons geflüstert werden! Aber, nun denn!« Der greise Minister winkte ab und schaute gedankenverloren eine Zeitlang vor sich hin.

Dann hörte man, wie ein Diener auf dem Gang mit irdenem Geschirr vorbeiging. Das erinnerte den Alten daran, wie vorsichtig er mit seinen Äußerungen sein mußte. Svorettas Augen und Ohren spionierten überall. Jetzt blickte er mit dem Ausdruck des Bedauerns zur nur teilweise geschlossenen Tür.

»Wie dem auch sei«, nahm der den Faden wieder auf, »die Rebellen scheinen zu glauben, daß sie in der Lage sind, den Tyrannen — womit sie den Baron meinen — zu entmachten und sich bei König Laslo so einzuschmeicheln, daß dieser ihnen die Herrschaft über Dinander überträgt.« Er schüttelte den Kopf. »Das ist natürlich blanker Unsinn! Nichts würde uns die Königliche Armee schneller auf den Hals holen. Aber dieses Geschwätz kann gefährlich werden, wenn es den Glauben des Volkes an die Männer von Einharson und deren übernatürliches Anrecht auf den Thron schwächt.«

Conan stützte sich mit dem Ellbogen auf die wie eine Weinranke geschnitzte Seitenlehne des Divans. »Dann stimmt es, daß die Einharsons behaupten, ihr Herrschaftsanspruch beruhe auf irgendeiner Magie? Ich hörte, wie Baldomer davon sprach.«

Lothian warf einen raschen Blick zur Tür. »Es gibt solche Geschichten, ja. Dabei spielt es keine Rolle, ob sie einen wahren Kern haben oder lediglich Aberglauben sind, welchen die Familie ausnutzt.« Der greise Minister blickte Conan tief in die Augen. »Wenn ich der Baron wäre, würde ich mich nicht allzusehr auf derartige Überlieferungen stützen, um meine Herrschaft zu sichern. Geschickte Politik ist viel wichtiger.«

»Ja ... und ein schneller Schwertarm.« Conan schlug sich mit der rechten Hand auf den mächtigen Bizeps des linken Oberarms.

Sein Lehrer warf ihm einen ungeduldigen Blick unter schneeweißen Brauen zu. »Falsch, mein Junge! Ein zu schnelles Schwert kann einen Mann schneller als alles andere ruinieren.« Er betrachtete die Muskeln des Cimmeriers und schüttelte mißbilligend die grauen Locken. »Anstatt noch mehr Schwertarme zu dingen, sollte man lieber über die Bedürfnisse der Bewohner dieser Baronie nachdenken und dafür Geld ausgeben.«

Dann wandte sich Lothian mit frischer Kraft wieder seiner Schriftrolle zu. Vielleicht war die Aufgabe, diesen Wilden zu unterrichten, doch nicht ganz so übel. Der junge Cimmerier schien recht zahm und geistig nicht völlig ungeeignet zu sein. Er räusperte sich. »Nun denn! Bei Prozessionen und Umzügen auf den Straßen marschiert vor dem königlichen Gefolge eine Ehrengarde von mindestens sieben Mann — falls zu Pferd, mindestens fünf. Sollte der König einem Baron oder Ritter die Gunst erweisen, ihn in unmittelbarer Nähe zu begleiten, so treten dessen eigene Wachen selbstverständlich zurück ...«

Während der greise Minister weitersprach, lehnte Conan sich in dem weiterkriechenden Band der Sonnenstrahlen zurück und dachte an Ludya. Die Kissen des Divans unter ihm erinnerten ihn an die Haut dieses Mädchens, aber es fehlte doch die seidenweiche Wärme. Die Aussicht auf weitere Treffen mit Ludya hatte sein ruheloses Streben nach Flucht etwas gedämpft. Warum sollte er nicht etwas länger im Schloß bleiben und wieder richtig zu Kräften kommen?

Dennoch war es wichtig, ständig auf der Hut zu sein und herauszufinden, was in diesem dicken Gemäuer alles vorging. Dabei war Ludya eine große Hilfe. Sie war ein einfaches, lebhaftes Mädchen ganz nach seinem Herzen, und außerdem hatte sie Zugang zur Tafel des Barons und wußte über vieles am Hof Bescheid. Und diese Weiber im Süden kannten sich in der Liebe aus! Der Cimmerier sank noch tiefer in die Polster und überließ sich den Erinnerungen an Ludyas Liebkosungen. Seine Gedanken schwebten in warmen, weit entfernten, sonnigen Gefilden.

Plötzlich stieß ihn jemand unsanft an. Sofort war er hellwach. Blitzschnell hatte er das Handgelenk des Störenfrieds gepackt. Erst dann öffnete er die Augen, um den Feind zu sehen.

Doch die Hand, welche er hielt, war nicht bedrohlicher als eine Schreibfeder. Dann blickte er das verblüffte, schmerzverzerrte Gesicht Lothians. Schnell ließ Conan die Hand des Gelehrten los. Er hatte Angst, die dünnen Knochen könnten unter seinem Griff zerbrechen. Verlegen setzte er sich auf.

Der Alte trat zurück und rieb sich das mißhandelte Gelenk. Mit großer Würde sagte er: »Wie ich dachte! Im Unterricht schlafen! Nun denn, du ungehobelter Bursche, morgen werde ich dich peinlich genau über alles befragen, was wir heute durchgenommen haben; aber bestimmt werden wir einen Großteil des Stoffs wiederholen müssen, weil du ihn heute verschlafen hast.« Er machte eine scharfe Handbewegung. »Und nun, fort mit dir!«

Conan ging hinab in die unteren Teile des Schlosses. Während er die steinerne Wendeltreppe hinabstieg, dachte er noch an den alten Lehrer, der sich bestimmt immer noch das Handgelenk massierte. Lothians Unterricht war für ihn der härteste Dienst. Welch ein riesiger Haufen Mist!

Die Ausbildung an den Waffen war dagegen bereits zur Routine geworden. Seit Durwald sein Lehrmeister geworden war, machte es ihm sogar Spaß. Auch im Reiten machte er unter der lässigen Anleitung des Hufschmieds Arga recht gute Fortschritte. Nachdem Conan die Gefahren der ersten Tage überwunden hatte, fühlte er sich unter den Nemediern etwas wohler, obwohl er sich immer noch über ihre seltsamen Bräuche wunderte. Warum also nicht noch etwas länger im Schloß bleiben? Trotzdem wollte er sobald wie möglich einen Fluchtweg auskundschaften und einige Wertgegenstände beiseite schaffen, welche sein Überleben in der Welt sichern würden. Vorsichtig lugte er durch den Torbogen, ehe er auf den langen Gang im Erdgeschoß trat. Er war ziemlich sicher, daß er auf Schritt und Tritt überwacht wurde.

In der Küche half er — wie alle anderen —, das Abendessen auf den langen Tisch zu tragen. Beim Essen vernichtete er allerdings mehr Speisen als alle anderen. Auch beim Trinken ließ er sich nicht lumpen. Die anderen Dienstboten hatten sich an ihn gewöhnt, ja, sie mochten ihn sogar recht gern. Dies traf besonders auf Velda zu, die dicke Oberköchin, welche ständig lose Reden führte. Auch mit dem dürren Glin mit den flachsfarbenen Haaren hatte er sich etwas angefreundet, ebenso mit Lokey, dem leicht schwachsinnigen Küchenjungen, dessen Stirn an einer Seite eingedrückt war, weil ihn dort als Kind ein Maultier getreten hatte.

Conans Riesenappetit stellte für niemanden eine Bedrohung da, weil es in den unteren Räumen des Schlosses genug zu essen gab. Die hohen Herrschaften ließen außerdem immer viel übrig. Bei Tisch lockte Ludya mit ihrer fröhlichen Art den Cimmerier oft aus der Reserve. Sie scherzte unbefangen mit ihm. Oft unterhielt sie auch alle beim Abendessen mit Heldensagen und Schauergeschichten über die Menschenfresser und Riesen im Norden.

Wenn später alle im Bett waren, wartete Conan noch eine Zeitlang auf seinem Lager, ehe er sich zu Ludya schlich. Dort schmiegten sie sich eng aneinander und unterhielten sich leise. Ludya vertraute ihm ihre geheimsten Gedanken und Wünsche an.

»Selbst im klassenbewußten Nemedien kommt es ab und zu vor, daß ein wirklich hübsches Mädchen von einem hohen Herrn so geliebt wird, daß er sie heiratet. Weißt du, Conan, in anderen Ländern im Süden müssen Königinnen und Priesterinnen immer aus edlem Geblüt stammen, aber hier bei uns müssen nur die Männer so standesbewußt leben. Wenn eine Frau schön und mutig ist, kann sie hoch hinaufsteigen. Wie Lady Heldra.« Ludya seufzte sehnsüchtig in Conans Ohr.

»Ein Riesenglück«, meinte er, »solange man nicht wie sie endet: mit Gift im Magen oder einem Dolch im Rücken.«

»Ich diene an der Tafel des Barons, Conan. In letzter Zeit habe ich gespürt, wie der junge Lord Favian mich kaum aus den Augen ließ. Er ist ein heißblütiger Bursche und schon bald im heiratsfähigen Alter.«

Conan brummte unwillig. »Vor Favian kann ich dich nur warnen. Er ist ein jähzorniger Hund, und außerdem lüpft er den Becher zu oft.«

»Ach, ganz im Gegensatz zu dir, Conan, was?« neckte ihn Ludya. »Aber im Ernst, die vornehmen Herrschaften darfst du nicht mit demselben Maß wie gewöhnliche Leute messen. Rang und Verantwortung lasten schwer auf ihnen und treiben sie manchmal zu Ausschweifungen. Favian bäumt sich nur gegen die Strenge seines Vaters auf, was jeder Sohn täte.«

»Also da habe ich eine hervorragende Idee. Wenn du es in der Welt zu etwas bringen willst, solltest du dich bemühen, das wäßrige Auge des Alten auf dich zu ziehen. Marschier bis zur Spitze, heirate den Baron und mach dich zu Favians Mutter!« Conan flüsterte. Trotzdem war der zynische Unterton nicht zu überhören.

»O nein, Conan! Es ist ein überall bekanntes Geheimnis, daß der Baron mit Frauen nichts mehr anfangen kann.« Ludyas Stimme wurde noch vertraulicher. »Im letzten Krieg an der brythinischen Grenze, kurz vor der Geburt Favians, empfing er zwei schwere Wunden. Die eine im Gesicht und die andere da unten.« Ludyas Hand zeigte dem Cimmerier unter der Decke die genaue Stelle. »Die Sitte des nemedischen Adels, einen Kilt zu tragen, ist sehr gefährlich. Er soll übel verstümmelt sein. Deshalb ist er ja auch so in Sorge um Favian, weil dieser der letzte Erbe der Einharsons ist.«

»Aha«, meinte der Cimmerier trocken.

»Aber ich weiß, daß du nur Spaß gemacht hast, Conan. Wirklich, wie kannst du nur so etwas vorschlagen? Ich und den Baron verführen? Nein, wirklich!« Sie versetzte ihm einen leichten Schlag auf die Wange. »Baldomer ist verrückt und alt und sieht auch nicht annähernd so gut aus wie Favian.« Sie küßte den Cimmerier auf die Wange. »Favian dagegen ist ein bildhübscher Bursche. Wie du … vielleicht sogar noch hübscher. Da bin ich mir noch nicht sicher.«

Es war schon sehr spät, als Conan schlaftrunken und von den Liebesfreuden leicht erschöpft aus Ludyas warmem Bett stieg. Er kroch ans Ende der Kammer und zog sich ganz leise an, um sie nicht zu wecken.

Dann schob er den Vorhang beiseite und spähte hinaus. Niemand. Unhörbar schlich er in den vom Mondschein nur schwach erhellten Schlafraum.

Sein Ziel war allerdings nicht der eigene Strohsack. Für den rauhen Rupfen hätte er nie freiwillig das weiche Leintuch und die Pelzdecke Ludyas aufgegeben, auch nicht den Duft ihres warmen Körpers.

Auf leisen Sohlen ging er zur Küche. Hier leuchtete nur der schwachrötliche Schein der Glut in den eingedämmten Feuerstellen. Aber die Tür zum Korridor stand halb offen. Als der Cimmerier sich zur Schwelle vorgetastet hatte, sah er den Wachtposten am Hintereingang des Schlosses stehen.

Der Mann war in voller Uniform, mit Helm und Rüstung. Conan wußte, daß er mit dieser unbequemen Montur nicht lang auf einer Stelle stehen würde, daher trat er zurück in die Küche und wartete.

In der Tat! Schon nach wenigen Minuten hörte er die Ledersohlen der Stiefel auf dem Steinboden. Die Schritte gingen an der Küche vorbei, den Gang hinunter und wieder zurück. In diesem Augenblick schlich Conan auf den Gang hinaus. Ehe der Wachtposten die Runde beendete und wieder zur Küche schaute, war der junge Barbar schon durch einen anderen Torbogen verschwunden.

Der Cimmerier schlich lautlos durch die stockdunklen Vorratsräume. Dabei bewies er die Geschicklichkeit, welche er sich in den Wäldern hoch im Norden bei der nächtlichen Pirsch auf Panther und schöne Mädchen angeeignet hatte. Doch jetzt war er auf der Suche nach dem sagenumwobenen Schatz, welcher in allen Schlössern von den Besitzern versteckt wurde. Auch hier existierte diese Sage. Conan glaubte fest daran, und bei der Aussicht, sich einen Teil dieses

Reichtums anzueignen, vergaß er alle Mühen und Gefahren.

Gleichzeitig hoffte er, bei diesen Streifzügen auch einen Fluchtweg zu entdecken, der sicherer war als bei Tag mit Gewalt durch die offenen Schloßtore zu stürmen. Er war ganz sicher, daß er eines Tages diese Fluchtmöglichkeit brauchen würde. Bisher hatte er noch keinen Hinweis auf einen Geheimgang nach draußen gefunden. In der vorigen Nacht hatte ihn die nächtliche Wanderung bis aufs höchste Dach des Schlosses geführt. Von der Zinne hatte er auf die Helme der Wachtposten unten hinabgeblickt. Mit vollen Zügen hatte er die herrliche Sommernachtluft mit dem schweren Duft des blühenden Jasmins eingesogen und hinausgeschaut, über die mit Schiefer und Stroh gedeckten Häuser der Stadt hinweg, bis zum Silberband des Flusses in der Ferne. Dann hatte er festgestellt, daß Baron Baldomers Schloß nachts wirklich gut bewacht wurde. Dennoch würde er einen Weg finden.

Jetzt tastete er sich zu einer engen Wendeltreppe vor, die ebenfalls in die oberen Geschosse des Schlosses führte, jedoch in einen Teil, der ihm noch unbekannt war. Er hatte sie gestern zufällig erspäht. Gerade hatte er die ersten Stufen betreten, als weiter oben eine Tür knarrte. Dann fiel durch den Türspalt Licht auf die Treppe und in den staubigen Vorratsraum unten. Conan versteckte sich schnell hinter Leinwandballen.

Ursprung des Lichtes waren zwei karmesinrote Kerzen in einem silbernen Kandelaber. Als ihr flackernder Schein immer näher kam, kroch der Cimmerier noch weiter in den Schatten, um nicht entdeckt zu werden. Er hörte jedoch nur die Schritte einer einzige Person. Daher wagte er einen Blick, als die Gestalt fast vorbeigegangen war. Die Kerzen beleuchteten das edle, wenn auch vom Krieg entstellte Profil Baldomers.

Kaum war der Baron vorbei, überzeugte sich der Cimmerier, daß die Tür oben an der Treppe wieder geschlossen war. Erst dann schlich er vorsichtig, sich immer in den tanzenden Schatten der beiden Kerzen haltend, hinter Baldomer her. Er war neugierig, was der Baron um diese unheimliche Geisterstunde in den unteren Gewölben des Schlosses suchte. Dieser war auch seltsam gekleidet: in ein langes helles Nachthemd und den Lederkilt darüber. Auf der Brust hing ein großes glänzendes Amulett in Form eines Sternes, wobei die Zacken aus sechs Dolchklingen bestanden.

Der Nachtwandler ging zielstrebig auf die leere hintere Wand des riesigen Vorratsgewölbes zu. Conan sah dort weder Tür noch Torbogen. Wollte Baldomer einen verborgenen Schatz aufsuchen, welchen er in einem der verstaubten Fässer oder Ballen versteckt hatte? Oder vielleicht war er unter den Steinplatten im Fußboden vergraben?

Als der Baron vor der kahlen Wand stand, stellte er den Kandelaber auf eine Kiste. Dann packte er einen von Spinnweben bedeckten Holzrahmen, auf den ein verschlissener, halb fertiger Gobelin gespannt war. Mit Mühe schob der Baron den schweren Rahmen beiseite. Dahinter wurde eine Nische mit einem Gitter sichtbar. Soweit Conan sehen konnte, begann dahinter ein dunkler Gang.

Baldomer benutzte keinen Schlüssel, machte sich auch an keinem Schloß zu schaffen. Er zog lediglich kräftig an den Stäben. Unheimlich knarrend und quietschend öffnete sich die Gittertür. Conan lief es in dem dunklen Gewölbe eiskalt über den Rücken. Der Baron nahm den Kandelaber. Er mußte sich bücken, um in den dunklen und engen Tunnel eintreten zu können. Als der Lichtschein beinahe ganz verschwunden war, wagte der Cimmerier, ihm zu folgen.

Um ein Haar wäre er über die ausgetretenen, ungleich hohen Steinstufen gestolpert, die in dem engen Gang nach unten führten. Er fing sich ab, indem er beide Hände gegen die Wände stemmte. Dann eilte er lautlos hinterher, immer darauf bedacht, daß er außer Reichweite des Kerzenscheins blieb, aber den Baron auch nicht verlor.

Schließlich endeten die Stufen, und sie waren auf einem ebenen breiten Gang. Hier befand sich die Krypta des Schlosses. An den Wänden waren tiefe Nischen. Fiel das Licht auf die Wände, sah man, daß sie naß und schleimig waren. An den Fugen schimmerten grünliche Salpeterwülste. Conan befürchtete, daß der Baron sich unvermittelt umschauen und ihn entdecken könnte. Er suchte so gut wie möglich hinter den steinernen Sarkophagen Deckung, die ab und zu in den geraden Gang hineinragten.

In diesen Sarkophagen lagen anscheinend die früheren Herrscher Dinanders. Wenn Conan sich an die Außenwände der Särge preßte, spürte er die in den Stein gemeißelten Runen und heraldischen Symbole. Auf den schweren Deckplatten lagen ein verrostetes Schwert und eine Rüstung, wahrscheinlich die Lieblingswaffe und Kriegskleidung des edlen Leichnams im Sarg.

Dem Cimmerier war in dieser Umgebung nicht wohl. Er bemühte sich, so wenig wie möglich zu berühren. In ihm wohnte die Angst aller Naturvölker vor Grabkammern und allem, was darin vielleicht noch verweilte. Auch wenn einige der Rüstungen Gold und Silbereinlagen aufwiesen, waren diese Grabbeigaben wirklich nicht der Schatz, nach dem er suchte. Immer wieder mußte er sich an einen dieser Särge drücken, um Schutz vor dem Kerzenlicht zu finden.

Sie marschierten jetzt schon ziemlich lang geradeaus. Conan überlegte, an welcher Stelle unter dem Schloß sie sich wohl befinden mochten. Der Tunnel schien weit über die Fundamente des Gebäudes hinauszuführen. Doch dann war der Baron offenbar am Ziel seiner nächtlichen Wanderung angelangt. Die flackernden Kerzen kamen zur Ruhe. Conan schlich sich näher, um besser zu sehen. Baldomer hatte den Kandelaber auf einen besonders prächtigen Sarkophag abgestellt. Dieser Sarg stand quer und bildete den Abschluß des Ganges, der vor einer Wand endete.

Der Baron kniete mit gesenktem Kopf vor dem Sarkophag, so daß Conan sein Gesicht nicht sehen konnte. Dann nahm er ein rostzerfressenes Skelett von einem Breitschwert von der Deckplatte. Mit großer Ehrfurcht stellte er es gegen die Wand hinter dem Sarg. Das Schwert hatte außer dem Heft einen doppelten Handschutz und glich daher einem Stern mit sechs Zacken. Wie ein heiliges Symbol über einem Altar erhob er sich über dem Sarkophag. Dies mußte die Vorlage für das große Amulett sein, welches Baldomer um den Hals trug.

Der Baron nahm den Kandelaber und stellte ihn direkt vor den Schwertgriff, so daß der Stern durch die Lücke zwischen den beiden Kerzen sichtbar blieb. Im Schein der Flammen leuchteten die Juwelen auf, welche im brüchigen Griff eingearbeitet waren.

Es wurde heller in der Krypta. Dies hatte Baldomer offenbar durch das geschickte Aufstellen des Schwerts bewirkt. Jetzt kam es Conan so vor, als strahle die alte Waffe selbst Glanz aus. Es war irgendwie unheimlich, wie die Kerzenflammen auf dem uralten Metall tanzten und es zum Leuchten brachten. Jetzt schien die Waffe nicht mehr alt und vom Rost zerfressen zu sein, sondern neu und glänzend. Er blinzelte mehrmals, die Illusion blieb jedoch.

Baldomer kniete vor dem Sarg wie vor einem Altar. Er hatte den Lederkilt auf die Steinplatten gelegt, um die nackten Knie zu schützen. Conan kroch noch ein Stückchen näher. Jetzt lag er neben dem letzten Sarkophag; nur wenige Schritte trennten ihn vom Baron und dem Lichtkreis der Kerzen. Langsam zog sich der Cimmerier hoch und wagte einen Blick über den Sargdeckel. Auch auf diesem lagen Schwert und Rüstung. In diesem Teil der Krypta war das Metall aber besser erhalten als weiter vorn. Der Brustharnisch vor ihm war aus schwerer Bronze gefertigt, nicht aus Stahl. Obwohl er hellgrün angelaufen war, schien er durchaus noch brauchbar.

Baldomer sprach jetzt ein lautes, fast gesungenes Gebet, das im niedrigen Gang widerhallte. Die Worte waren ein archaischer Dialekt und enthielten viele dunkle Andeutungen. Trotzdem verstand Conan den Sinn des Ganzen.

»Heiliges Schwert Einhars! Klinge des Urvaters meines Vaters, ich unterwerfe mich und die Meinen deiner Macht! Immer noch singen wir die Heldenlieder aus den Zeiten, als der Träger König war. Immer noch erinnern wir uns an die alten Zeiten und ehren die alten Bräuche. Kein Verwandter von dir soll je ein unverschämtes Auge erdulden, auch keine verräterische Zunge oder eine Hand, welche nur träge gehorcht. Alle diese sollen sein die rechtmäßigen Opfer der Klingen von Einhars Söhnen!

O Schwert meines Vaters, wir herrschen nur aufgrund deiner Erlaubnis. Ich flehe dich an, halte Wache über unser Geschlecht. Stärke unseren Geist mit deiner eisernen Kraft. Steh uns stets bei in der Ausübung unserer Herrschaft, welche als Privileg in uralten Zeiten aus dem Blut und den Knochen von Menschen geschaffen wurde!«

Während Baldomers Blutzauber erstrahlte das angerufene Schwert immer heller. Conan sah jetzt deutlich, wie die Kerzenflammen auf der glänzenden Klinge hin- und herhuschten, während dort vorher nur ein rostzerfressenes Eisengerippe gestanden hatte. Die offenkundige Gegenwart von Magie beunruhigte ihn. Nervös blickte er mehrmals über die Schulter, ob aus dem tiefen Schatten der Krypta irgendwelche Schemen auftauchten.

Dann traf ihn ein Gedanke wie der Blitz: Baldomers Kerzen waren schon weit herabgebrannt. Bald würde der Baron mit seinem Gebet am Ende sein und auf demselben Gang zurückgehen. Selbst wenn Conan sich hinter einem Sarkophag verstecken könnte, müßte er dem Baron ja irgendwann folgen. Bliebe er in sicherer Entfernung, wäre das Gitter am Ende der Katakomben mit Sicherheit geschlossen und der schwere Holzrahmen wieder davorgeschoben.

Der Gedanke, in dieser Krypta, wo es offenbar alle mögliche Arten von Magie gab, inmitten von Toten festzusitzen, jagte dem Cimmerier Schauder über den Rücken. Noch kniete Baldomer und betete laut. Conan behielt ihn im Auge und schob sich ganz langsam und lautlos rückwärts in den Gang. Kaum war er in sicherer Entfernung vom Lichtschein angelangt, da beendete der Baron auch schon sein Gebet. Langsam erhob er sich und griff nach dem Schwert seines Ahnherrn. Die Zeremonie war damit beendet. Schnell lief der Cimmerier durch den stockdunklen Gang zurück ins Vorratsgewölbe und in sein Bett.

Doch hatte er aus der Krypta etwas sehr Wertvolles mitgenommen: ein Stückchen Wissen. Als er ziemlich am Ende des dunklen unterirdischen Ganges in eine Mauernische gehuscht war, war dort nicht nur ein Sarkophag, sondern auch eine kleine Tür gewesen. Geschickt fügte sich das mit Steinmetzarbeiten verzierte Portal in die hintere Wand ein, so daß es diese abschloß — aber nicht ganz. Durch einen winzigen Spalt am Boden blies warme Luft in die feuchte Gruft. Als Conan das Gesicht auf die Steinplatten davor legte, hatte er den Jasminduft der Sommernacht gerochen.

Zwischenspiel

RAUCHSÄULEN

Über dem Varakiel stiegen dicke Rauchsäulen zum Himmel empor. Im fahlen Tageslicht marschierte eine buntgemischte Armee dahin. Ohne feste Formation streifte sie über Felder und Wälder, kletterte über Hekken und watete durch seichte Kanäle.

Es waren Bauern. Die kräftigen Männer und die Frauen mit roten Apfelbäckchen trugen ihr übliches Arbeitsgewand. Dennoch waren sie eine Armee. Sie schwangen die Dreschflegel und Heugabeln wie Schwerter. Ihre Gesichter waren so ausdruckslos wie die hartgesottener Krieger. Die heimatlichen Äcker und Felder lagen weit hinter ihnen, verzehrt von den Flammen.

Überall auf ihrem langen Marsch wurden Hütten und Heustöcke Opfer der Flammen. Jedesmal, wenn etwas loderte, sammelten sich die Marschierer in der Nähe in einem Kreis, legten die Waffen nieder und schauten wie gebannt ins Feuer. Sobald eine Katze, eine Ratte oder irgendein anderer Schädling von der sengenden Hitze aus dem Schlupfloch getrieben wurde, fingen die Wartenden das Tier ein und verschlangen es. Dabei benahmen sie sich nicht wie Menschen. Manchmal warfen sich zwei oder drei auf einen noch zappelnden Kadaver und rissen ihn mit den Zähnen auseinander. Dann verschlangen sie gierig das Fleisch.

Wenn menschliche Gefangene erwischt wurden, kam es zu ähnlich grauenvollen Szenen. Gierig warf sich ein halbes Dutzend oder mehr auf das unglückliche Opfer und führte Hände, Arme, Füße oder Beine zum Mund. Doch die Bauern verschlangen das Fleisch nicht, sondern bissen nur tief hinein. Der oder die Unglückliche schrie anfangs vor Angst und Schmerzen gellend, blieb aber danach wie betäubt liegen. Nach einiger Zeit standen die Opfer aber wieder auf. Sie waren blaß und schwankten noch etwas, trotzdem schlossen sie sich dem Marsch ihrer Peiniger an. Sie griffen zu den nächsten Waffen und wurden so Teil dieser immer weiter fortschreitenden Armee.

Dieser seltsame Feldzug marschierte aus den Sümpfen in die Ebene hinaus, von den Zwiebelfeldern zu den Viehweiden. Dabei erklangen niemals Trommelschlag oder Fanfarenstöße. Es galoppierten keine Meldereiter umher. Jeder schien aus eigenem Antrieb mitzumarschieren. Es gab nur ein Zeichen, daß jemand die Eroberer anführte: Diagonal zu der Linie der rauchenden Feuer fuhr ein Triumphwagen auf dem holprigen Weg dahin.

Es war ein primitives Fahrzeug, aus einem Ochsenkarren gebaut, mit grell bemalten Metallbeschlägen, bunten Teppichen und anderen Beutestücken. Drei kräftige Bauernpferde waren davorgespannt, welche ausdauernd und gesund aussahen, aber weder in Größe und Farbe aufeinander abgestimmt waren.

In diesem dahinrumpelnden Gefährt saßen drei Menschen. Der Fahrer war ein kräftiger Bursche. Er trug noch die Lederschürze eines Schmieds. Ruß glänzte auf den muskelbepackten Armen und dem unrasierten Kinn. Der Kerl neben ihm wirkte auch nicht gerade schmächtig. Er hatte einen schwarzen Bart und war offensichtlich Pelztierjäger, denn er war von Kopf bis Fuß in Tierfelle gehüllt. Die beiden standen schweigend, mit ausdruckslosen Gesichtern vorn im Wagen und hielten mit ihrem nicht unbeträchtlichen Körpergewicht das einachsige Gefährt im Gleichgewicht.

Der dritte Fahrgast lag auf einem Lager aus weichen Kissen hinter ihnen. Sein Gewicht war so gering, daß es nicht zählte. Er war noch ein Knabe. Gelangweilt blickte er umher. Auf seinem Kopf glänzte eine goldene Krone. Um die schmalen Schultern hatte er einen erbeuteten purpurroten Schal mit Goldstickerei geschlungen. Es war niemand anderer als Lar, das Kind aus den Sümpfen. Offensichtlich hatte er sich vom Krankenlager erhoben und war in ungeahnte Höhen aufgestiegen. Jetzt schien er der Herrscher über diese seltsame Horde zu sein. Von allen, welche dahinmarschierten, hatte nur er den Anflug eines menschlichen Ausdrucks auf dem Gesicht: Unsäglich gelangweilt musterte er hochmütig seine Truppen.

Wenn der Streitwagen an den Bauern vorbeirollte, die über die Felder marschierten, wurde kein Gruß gewechselt, auch nicht gewinkt, ja nicht einmal ein Blick ausgetauscht, als Zeichen, daß man sich kannte. Die Insassen des Wagens und die Bauernkrieger bewegten sich mit der gleichen kalten, geistlosen Zielstrebigkeit vorwärts. Der Wagen fuhr durch einen seichten Fluß und folgte einem kaum sichtbaren Weg in ein Wäldchen aus Ulmen und Lorbeerbüschen. Die Bäume standen immer dichter. Es wurde dunkel, und der Weg war kaum noch zu erkennen. Schließlich hielt das Gespann vor einer Hütte aus moosgrünen Steinen an.

Einige Bauernkrieger waren bereits vor Ort und hatten die Hütte geplündert, was an der zerbrochenen Tür unschwer zu sehen war. Flammen leckten an einer Ecke des moosbewachsenen Dachs hervor. Der Schmied und der Fallensteller stiegen vom Wagen. Der junge Prinz richtete sich auf dem weichen Lager auf und reckte sich. Dann stand er auf. Zwei bewaffnete Bauern kamen aus der Hütte. Sie schleppten einen hageren alten Mann mit wilden Blicken und zerzaustem grauen Haar heraus.

»Nein, steckt ihn noch nicht an!« erhob Lar plötzlich die Piepsstimme. Die Bauern hatten bereits die Hände des Alten gepackt und wollten hineinbeißen. »Erst muß ich ihn verhören.« Lässig sprang er vom Wagen und baute sich vor dem Greis auf. Seine beiden bulligen Gefährten stellten sich dicht hinter den Gefangenen.

»Na, alter Zauberer, deine läppische Herrschaft in diesem Gebiet ist nun zu Ende! Ein älterer und viel mächtigerer Magier macht seinen Anspruch auf dich und die Deinen geltend.« Durch die hohe Kinderstimme von Lar klangen die anmaßenden Worte irgendwie absurd. Ungeduldig gab er den Schergen ein Zeichen, worauf diese den Alten auf die Knie zwangen, so daß er Auge in Auge mit dem Jungen war.

»Sag mir, Alter, hattest du Zeit, deine weit verstreuten Brüder zu benachrichtigen?« fuhr Lar fort. Er warf einen Blick auf die leeren, mit Stroh ausgelegten Vogelkäfige neben der Hütte. »Wie ich sehe, sind deine Tauben ausgeflogen. Mit Sicherheit verbreiteten sie die Neuigkeiten über mich. Was hast du den anderen über den neuen Glauben erzählt, welcher jetzt übers Land fegt?« Er stolzierte wie ein aufgeblasener Pfau vor dem unglücklichen Alten auf und ab. Offenbar genoß er es, den großen Eroberer zu spielen. »Wird deine

Zaubererzunft so töricht sein und sich mir widersetzen?«

Der alte Mann verzog schmerzlich das Gesicht, hielt aber die runzligen, schmalen Lippen fest geschlossen. Die Schnüre mit Knochen und Zähnen sowie der alte schmutzige Medizinbeutel aus Leder wiesen ihn als den örtlichen Medizinmann und Zauberer aus. Außerdem hingen Kräuterbüschel und andere Fetische vom rauchenden Dach. Ansonsten konnte man an ihm kein Zeichen übernatürlicher Kräfte entdecken, als er mit wäßrigen hellen Augen seinen Peiniger fragend anblickte. Aber er schwieg beharrlich.

»Wohlan denn! Du willst nicht sprechen?« Lar blickte zu seinen Begleitern hinüber. Dann schob er eine Hand unauffällig in sein farbenprächtiges Gewand. »Stecht zu!«

Gehorsam und mit ausdrucksloser Miene holte der Fallensteller einen Dolch aus der Fellkleidung und stieß ihn dem alten Zauberer in die Seite. Der Unglückliche stieß überrascht einen lauten Schmerzensschrei aus und wand sich zwischen den beiden Schergen, welche ihm mit eiserner Hand die Schultern niederdrückten.

In dem Augenblick, als sich der Mund des alten Mannes zum Schrei öffnete, sprang etwas aus den Falten des Gewands hervor und dem Unglücklichen ins Gesicht. Alles ging blitzschnell. Niemand hatte sehen können, ob der Junge etwas in den runzligen Mund des Alten geworfen hatte oder nicht. Was immer es gewesen war, es war klein und glänzte schwarz. Es glich einer winzigen Kröte, als es hinter den Zahnlücken des Zauberers verschwand.

Dann preßte der Schmied ihm den Unterkiefer nach oben, so daß er den Mund nicht öffnen konnte. Entsetzen, nicht mehr nur Schmerz stand in den Augen des Magiers geschrieben. Langsam ließ Lar die Hand sinken und betrachtete interessiert das Gesicht des Alten, das in stummer Qual jetzt sprach. Im nächsten Augenblick spiegelte sich Panik darauf, dann Todesangst, da er zu ersticken drohte. Dann flossen Tränen aus den hellen Augen, die sich zum Himmel empordrehten. Welch unsägliche Qualen mochten sich im Innern des alten grauen Schädels abspielen?

Das Prinzchen sah weiter ungerührt zu. Dann stieß der alte Zauberer so heftig mit den Füßen um sich, daß Moos sich löste und umherflog. Die rußigen Hände des Schmieds umklammerten die Kiefer so fest wie ein Schraubstock, so daß der Alte nur durch Nase stöhnen konnte.

Langsam wurden die Schmerzenslaute schwächer. Dann hörte der Kampf des Zauberers auf. Nur der Kopf nickte noch hilflos und erschöpft. Jetzt wimmerte er nur noch.

Da gab Lar ein ungeduldiges Zeichen mit der Hand. Der Schmied löste den Griff. Das Prinzchen legte das Ohr vor den Mund des alten Zauberers. Die Lippen waren leicht geöffnet. Voll angespannter Aufmerksamkeit lauschte Lar. Die anderen hörten nur ein schwaches Zischen und Pfeifen, dazwischen mehrere unzusammenhängende Kehllaute. Doch geduldig verharrte der Junge in der Stellung und nickte ab und zu, als sei der Zauberer sein alter Großvater, der ihm vor dem Tod noch letzte Lebensweisheiten mit auf den Weg gab.

Endlich richtete er sich mit befriedigtem Gesichtsausdruck auf, fuhr mit der Hand in den Mund des alten Magiers und holte etwas heraus, das er wieder in den Falten seines Gewands barg. Dann schritt er beinahe vergnügt zurück zum Wagen. Die beiden Schergen ließen gerade den sterbenden Zauberer zu Boden sinken, als er ihnen über die Schulter einen Befehl zurief:

»Behaltet die Wege im Auge!«

5

SCHWERT UND PEITSCHE

»Bei Mitras heiligem Bart, Junge! Wo hast du bloß diesen Körper her?« Dru, der Waffenschmied, nahm seinen größten Brustharnisch aus schwarzem Metall von der nackten Brust des Cimmeriers und hängte ihn zurück auf den dicken Holzpflock in den Eichenschrank. Er schüttelte den Kopf. »Nein, da ist nichts drin, was ihm passen könnte«, sagte er zum Baron.

Baldomer stand mit vor der Brust verschränkten Armen in leichter schwarzgoldener Rüstung neben ihm. Ein Lächeln machte die harten Züge des Gesichts weicher. Dru fuhr fort: »Mylord, ich habe keine Rüstung vorrätig, welche ich so schnell ändern könnte. Ich muß einen völlig neuen Harnisch schmieden.«

»Ja, Cimmerien bringt kräftige Burschen hervor.« Der Baron legte Conan eine Hand auf die Schulter und prüfte die Muskeln. Der junge Barbar stand einen Augenblick lang ganz still, dann schüttelte er die Hand unwillig ab. Seine breite Brust war glatt, fast ohne Behaarung. Allerdings verunstalteten frische Narbenwülste sie ein wenig. Auch am Hals sah man die Spuren des eisernen Halsrings aus der Gefangenschaft. Der Baron musterte ihn abschätzend. »Diese wilde Lebenskraft der Menschen aus dem Norden — ja, sie zeigt sich auch bei meinem Sohn, ist aber nicht so ausgeprägt wie bei diesem Burschen hier.«

»Wir könnten Conan seine eigene Rüstung schmieden lassen«, sagte Arga, der Hufschmied, trocken. »Er hat mir erzählt, daß sein Vater Schmied war. In seiner Heimat benutzt man ziemlich kleine Essen; aber sie schmieden damit große, hervorragend gehärtete Klingen. Dazu braucht man wirklich kräftige Arme am Blasebalg.« Der Schmied schlug die Augen nieder. Es war ihm peinlich, mit seinem Wissen vor dem Baron geprahlt zu haben, obwohl dieser sich in den Ländern des Nordens so gut auskannte.

»Das erklärt den kräftigen Körperbau des Burschen.« Baldomer blickte amüsiert zu Conan hinüber. Der Cimmerier schwieg und machte ein mürrisches Gesicht. »Keine schlechte Idee, aber wir brauchen ihn anderswo nötiger als in der Schmiede.« Er schaute den Waffenschmied an. »Wie lange wird es dauern, eine neue Rüstung für ihn anzufertigen?«

»Mindestens eine Woche, Mylord.«

»Hm.« Der Baron runzelte die Stirn. »Vielleicht könntest du eine von Favians Rüstungen umarbeiten?«

Dru nickte. »Das wäre eine Möglichkeit, Mylord. Aber bei Eurem Sohn ist das Gewicht mehr ... nach unten verlagert.«

»Komm!« Baldomer schritt auf die schweren Doppeltüren der Waffenkammer zu. Die anderen folgten ihm. Conan war letzter, da er sich noch das Wams überstreifen mußte.

Der Baron führte sie durch den Haupteingang des Schlosses über die große Freitreppe hinauf. Der Cimmerier betrat zum ersten Mal diese prachtvolle Marmortreppe und nutzte die Gelegenheit, sich neugierig umzuschauen. Er bewunderte die weißen Alabastersäulen der Halle und die rotgoldenen Wandbehänge, welche durch die Sonnenstrahlen glänzten, die durch die Fenster hoch über dem Eingangsportal des Schlosses einfielen. Es war Nachmittag, und die Halle war bis auf die Wachtposten leer, die neben dem Eingang standen. Wie Statuen hielten die Eisernen Wächter die Augen stets geradeaus gerichtet.

Baldomer schritt zum Zwischengeschoß hinauf und dann einen langen Korridor entlang, den Conan von früheren Erkundungsgängen kannte. Vor einer Tür aus glänzendem schwarzen Holz blieb der Baron stehen und klopfte zweimal kräftig. Ohne auf Antwort zu warten, drückte er die Tür auf und trat ein. Die anderen folgten ihm in respektvoller Entfernung.

Der große Raum mit der niedrigen Decke war leer. Nur ein riesiges holzgeschnitztes Bett, auf dem die Decken in wilder Unordnung lagen, stand in der Mitte. An den Wänden hingen kostbare Gobelins und Erinnerungsstücke der Kavallerie. Auf ein Nicken Baldomers hin trat Arga zum Fenster und zog die schweren Vorhänge beiseite, um Licht hereinzulassen.

Baldomer ging zu einem schwarz lackierten großen Schrank gegenüber des Bettes und riß die Türen auf. Von der bunten Kleidung schlug ihm der muffige Geruch von Schweiß und Talkum entgegen. »Hm, ich weiß, daß es hier mehrere Rüstungen gibt. Eine müßte brauchbar sein.« Er wühlte herum. Nach kurzem Zögern begann Dru, von der anderen Seite her die dicht gepackten Sachen zu durchsuchen.

Gleich darauf holte der Waffenschmied einen Brustharnisch heraus. Er war aus Messing, schmucklos und ziemlich eingebeult und verkratzt. Die Lederriemen waren vom Schweiß fleckig und etwas ausgefranst. Der mit Messingstreifen besetzte lederne Kampfkilt, der dazugehörte, war im gleichen traurigen Zustand.

»Lord Favians alte Übungsrüstung ... Damit kann ich nicht viel anfangen, fürchte ich, Mylord.«

»Nein, die ist unbrauchbar.« Baldomer holte ein hauchdünnes scharlachrotes Frauengewand heraus. Unmutig zerknitterte er es in der Faust und warf es auf den Fußboden. »Such weiter!«

Auch die nächste Rüstung, welche der Baron herausholte, erwies sich als zu klein. Schließlich zog er von ganz hinten einen prachtvollen Brustharnisch hervor. Die stählerne Brustplatte war mit schwarzem Leder gesäumt, wie es die Eisernen Wächter trugen, aber sehr viel kunstvoller gearbeitet und mit Silberintarsien verziert. Der passende Helm mit Silberspitze hing auf einem Dübel darüber. »Hier! Was ist damit?« Er hielt Conan die Rüstung vor die Brust.

»Würde ziemlich gut passen, Mylord. Ein paar Änderungen nur. Aber das ist Lord Favians Galarüstung, welche ich im letzten Herbst auf Euren Befehl für die Versammlung der Barone geschmiedet habe.« Dru schaute Baldomer besorgt an. »Ich bezweifle, daß Euer Sohn ein zweites Stück besitzt, das so schön ist. Was soll er dann anlegen?«

»Es ist wichtiger, daß wir so schnell wie möglich eine Rüstung für den Cimmerier haben.« Baldomer schaute dem Waffenschmied dabei nicht in die Augen. »Ich gebe dir die offizielle Anweisung, für Favian etwas aus der Standardausrüstung der Garde anzufertigen. Und achte darauf, daß die Schultern gut gepolstert sind, damit seine Figur mehr der dieses Burschen ähnelt. Komm her, Cimmerier, probier diesen Harnisch an!«

Als Conan die den schweren Brustharnisch über das Wams legte, protestierte Dru weiter. »Aber Mylord, ist es wirklich nötig, einen Leibwächter derartig prächtig auszustatten? Vor allem, da die Reise durch die Provinz schon bald bevorsteht?«

»Es wäre besser, wenn du keine überflüssigen Fragen stellen würdest, Waffenschmied.« Der Baron gebot ihm mit stählernem Blick Schweigen. »Und noch etwas: zu niemandem ein Wort! Das ist ein Befehl, verstanden?«

»Jawohl, Mylord.« Dru nickte.

Der Baron trat zu Conan. »So, Junge, heb die Arme hoch! Ja, die Riemen müssen verlängert werden; aber dann paßt alles hervorragend. Was ist los?«

Baldomer drehte sich um, als die Tür aufgerissen wurde. Arga und Dru traten sofort mit gezückten Schwertern vor, um ihren Herrn zu verteidigen. Aber es war Favian. Verlegen lächelnd steckten sie die Waffen wieder weg.

Favian trug hohe Stiefel und war ganz in Leder gekleidet. Offenbar kam er gerade von einem Ausritt zurück. Er hatte auf Befehl des Vaters den Flaum von der Oberlippe wegrasieren müssen, wodurch die Ähnlichkeit mit Conan noch offensichtlicher wurde. Völlig überrascht starrte er die Anwesenden an. Dann verengten sich seine Augen. Das hübsche Gesicht färbte sich tiefrot.

»Aha, Vater! Die nächste Ungeheuerlichkeit! Es reicht dir offenbar nicht, mir Gesicht und Namen zu stehlen. Jetzt mußt du auch noch meinen Kleiderschrank plündern. Wirklich! Wie erklärst du mir das? Ich warte.« Er warf den ungespannten Jagdbogen in eine Ecke und blickte dem Baron trotzig in die Augen.

Auch Baldomers Züge hatten sich vor Empörung gerötet, doch nur kurz. Jetzt waren sie eisig. Er richtete sich hoch auf und sagte: »Lediglich eine Sicherheitsmaßnahme, Favian. Das ist alles. Im übrigen« — seine Stimme verriet tiefste Empörung — »bin ich keineswegs verpflichtet, dir irgendwelche Erklärungen über meine Handlungen abzugeben. Du kannst aber sicher sein, daß alles, was ich tue, nur zu deinem Wohl und dem der Baronie geschieht.«

Favian trat in die Mitte des Raumes. »Aber Vater, du bist einfach in mein Schlafzimmer eingedrungen und hast diesem Barbaren meine beste Rüstung gegeben. Als nächstes soll ich wohl sein dreckiges Hundefell anziehen? Nein, das will ich nicht!« Er trat zum Schrank, um die Türen zu schließen.

Der Baron vertrat ihm den Weg. »Was du willst oder nicht willst, ist völlig nebensächlich! Und eins merk dir, Favian: Dir gehört in dieser Welt nichts als das, was ich dir gegeben habe! Und: Ich kann dir alles wieder wegnehmen, solltest du dich als unwürdig erweisen. Vergiß das nie!«

»Vater, das ist zuviel!« Favian blickte Conan an. »He, du Barbar! Entferne augenblicklich meine Rüstung von deinem stinkenden Kadaver!«

Während Conan den Baron fragend anschaute, versetzte Favian dem Cimmerier einen Stoß gegen die Brust, welcher diesen allerdings um keinen Zoll ins Schwanken brachte. Darauf stieß er nochmals kräftiger zu. Es war eine offensichtliche Herausforderung.

Wieder zuckte Conan nicht mit der Wimper, sondern blickte den jungen Lord nur stumm an. Allerdings funkelten die eisblauen Augen gefährlich.

Favian holte plötzlich die Reitgerte aus dem Schwertgurt und schlug damit Conan ins Gesicht und auf die ungeschützten Schultern. Der Cimmerier hob zur Verteidigung einen Arm und packte blitzschnell das Ende der Gerte. Im nächsten Augenblick hatte er sie Favian aus der Hand gerissen und durchs Zimmer geschleudert.

»Was fällt dir ein, du elender Sklave? Aber diesmal hast du dich geirrt. Ich bin nämlich nicht betrunken, aber bewaffnet!«

Schon zischte sein Degen aus der Scheide. Favian hielt nicht inne, sondern führte einen eleganten Hieb gegen Conans ungeschützte Beine. Doch der Cimmerier wich bereits zurück. Die nächsten schnellen Ausfälle Favians brachte er ebenfalls unbeschadet hinter sich. Dann sprang er über das Bett, um nicht in die Ecke gedrängt zu werden.

»Halt!« rief Baldomer. Der Befehl galt jedoch nicht den beiden Kämpfern, sondern Dru und Arga, welche die Hand bereits am Schwertgriff hatten, aber noch zögerten, einzugreifen. Der Baron blickte zur Wand. Dort hingen mehrere Waffen. Er riß eine Scheide samt geradem Schwert herunter und warf sie Conan zu. »Hier, Leibwächter, verteidige dich!« Der Cimmerier fing die Waffe geschickt auf und konnte sie gerade noch rechtzeitig hochheben, um Favians Klinge zu parieren; denn der junge Edelmann sprang ebenfalls übers Bett.

»Auf ihn, Sohn!« feuerte Baldomer ihn kampflüstern an.

Bei Favians Schlag hatte sich Conans Schwert aus der Scheide gelöst, welche zu Boden klirrte. Der Cimmerier warf einen Blick auf die Waffe. Es war ein schweres altes Schwert mit vielen Scharten und stumpfer Klinge. Offenbar hatte es schon viele Jahre lang nur als Dekoration an der Wand gehangen. Die Lederriemen um das Heft waren trocken und lose, so daß die Metallkanten darunter hin- und herrutschten und ihm in die Hand schnitten. Mit dieser Waffe war es leichter, die Hiebe des Gegners zu parieren als selbst anzugreifen.

Während der nächsten Minuten hörte man nur das Klirren der Waffen, als die beiden jungen Männer erbittert miteinander kämpften.

»Favian, andere Gangart! Vergeude nicht deine Kräfte!« rief Baldomer dem Sohn zu. »Der Cimmerier hat Ausdauer. Lock ihn aus der Verteidigung und warte dann auf deine Gelegenheit.«

Am meisten störte Conan der schlecht sitzende Brustharnisch, der ihm das Atmen erschwerte. Außerdem schnitten die Riemen unter den Armen ins Fleisch. Dadurch war seine Bewegungsfreiheit eingeschränkt; aber er war guten Mutes und noch nicht in Bedrängnis.

Favians Attacken verloren schnell an Wirkung. Seine Schläge richteten gegen den bewaffneten Cimmerier in der hervorragenden Rüstung nicht viel aus. Immer öfter mußte er sich mit Finten begnügen, statt den offenen Schlagabtausch zu suchen. Nicht ein einziges Mal traf seine Klinge auf den prächtigen Harnisch. Die einzigen kräftigen Hiebe führte er nur auf die ungeschützten Beine Conans. Allerdings waren diese Schläge sehr gefährlich.

»So ist's recht, Sohn! Behalt einen kühlen Kopf! Mach ihn müde!«

Da Conan den jungen Lord weder verwunden noch töten wollte, setzte er sein ganzes erlerntes Können dazu ein, den Gegner zu entwaffnen oder zum Stolpern zu bringen. Stühle flogen durch die Luft. Der Tisch zerbrach unter dem Gewicht der beiden Kampfhähne. Und dann gelang es dem Cimmerier, sich mit seinem Schwert am Heft Favians festzuhaken. Im nächsten Augenblick würde der junge Lord ohne Waffe dastehen. Da sah Conan die große Angst in Favians Augen.

Baldomer verstummte. Conan nickte. Dann löste Favian die Klinge und hielt sie senkrecht vor sich. Das Zeichen unter Fechtern, aufzuhören. Er zuckte nervös mit den Mundwinkeln. Conan ließ seine Waffe sinken.

»Nun, Barbar, ich habe mich überzeugt, daß du von unserer Ausbildung wirklich eine Menge profitiert hast«, sagte Favian schwer atmend. Dann steckte er den Degen zurück in die Scheide. Conan war auf alles gefaßt, als der junge Lord den Arm hob. Aber Favian klopfte ihm nur anerkennend auf die Schulter. »Ich hätte vor zwei Wochen mit dir kämpfen sollen, aber der arme Eubold hatte da auch schon kein Glück.« Er lächelte den Cimmerier bedauernd an. »Du hast meine kleine Probe bestanden. Wenn ich schon eine Leibwache haben muß, dann bin ich froh, einen Mann zu haben, der so behende ist wie du.«

Favian blickte die anderen an. Wagte es etwa jemand zu behaupten, er habe ernstlich gegen diesen Barbaren gekämpft? Dru beschäftigte sich verlegen damit, die Stühle wieder aufzustellen. Arga nahm Conans Schwert, steckte es in die Scheide und hängte es wieder an die Wand. Der Cimmerier hatte sie ihm wortlos übergeben. Der Baron gab noch ruhig einige Anordnungen und verließ dann mit verschlossenem Gesicht den Raum. Conan legte die Rüstung ab und reichte sie Dru. Als er ebenfalls den Raum verlassen wollte, hielt Favian ihn zurück.

»Nachdem wir nun die Klingen gekreuzt haben, Cimmerier, sollten wir auch gemeinsam einen lüpfen. Was hältst du davon?« Favian trat zu einem anderen niedrigen Schrank neben dem Bett und holte eine irdene Flasche und zwei Trinkschalen heraus. Er hielt die beiden Gefäße, welche aus menschlichen Schädeln bestanden, die mit Zinn überzogen waren, dicht vor Conans Gesicht. »Offen gesagt, finde ich Trinken einen edleren Zeitvertreib als Kämpfen. Ich verlöre viel lieber meinen Kopf im Trunk als durch eine Klinge.«

Es war schon sehr viel später am Tag — der Nachmittag ging bereits in den Abend über —, als Conan Favian mit der Geschichte über den Aufstand im Verlies ermunterte. Der Wein hatte die sonst so unwillige Zunge des Cimmeriers geölt. Jetzt sprach er wie ein Wasserfall, und sein grünes Wams zierten viele Weinflecken. Mit ausladenden Gesten erklärte er: »Als sie mich aus dem Loch herauszerrten, dachte ich, sie würden mich zum Galgen schleppen, nicht in ein so nobles Haus. Für einen Fremden hatte ich wirklich unverschämtes Glück in diesem Land, wo man so streng auf Rang und Namen achtet, aber vielleicht habe ich dir Ärger gemacht.« Er leerte die Trinkschale und stellte sie zurück auf den Tisch. »Das war nie meine Absicht, Favian.«

»Ach was! Denk dir nichts, Conan!« Der junge Lord winkte ab. Er spielte ganz den verständnisvollen Kameraden. »Was kannst du denn dafür, daß du mir ähnlich siehst? Oder daß du gerade jetzt ins Verlies meines Vaters geworfen wurdest? Kein vernünftiger Mensch kann dir daraus einen Vorwurf machen. Wirklich nicht. Übrigens, weswegen haben sie dich eigentlich ins Loch gesteckt? Das hat mir noch niemand erzählt.«

»Ich war unschuldig, das schwöre ich«, beteuerte Conan und schüttelte den schweren Kopf. »Ich habe nur gegen die Sperrstunde verstoßen.«

»Nicht mit den Rebellen gemeinsame Sache gemacht? Vielleicht ein kleiner Aufstand?« Der junge Baron musterte den Trinkkumpan scharf.

»Nichts dergleichen! Es stießen einige Köpfe unsanft zusammen, als man mich festnahm. Aber das war nur, weil die Stadtwachen so unhöflich waren.«

»Verstehe.« Favian nickte. »Die Stadtväter sind in letzter Zeit sehr nervös, weil überall Rebellion gärt. Außerdem gibt es Gerüchte, daß der Schlangenkult sich wieder rührt. Das heißt natürlich nicht, daß die Herrschaft meiner Familie auch nur im geringsten gefährdet wäre. Aber je härter man beim ersten Anzeichen von Unruhe bestraft, desto weniger Ärger gibt es später.«

Favian griff zur Flasche und schenkte Conan großzügig von dem goldgelben Wein ein. Danach füllte er seine eigene Trinkschale nur wenig. »Svoretta sagt, daß die Leibeigenen auf dem Land mit der Rebellion angefangen haben, weil sie sich um Pacht und Tribut drücken wollen.« Er hob die Schale aus der Schädeldecke eines Menschen hoch. In den letzten Strahlen der Abendsonne funkelten die roten Kristalle, welche die Augenhöhlen ausfüllten, geheimnisvoll und tükkisch. »Und genau da, mein Freund, könnte ich mich auszeichnen. Wenn mein Vater mich an der Spitze einer Reiterabteilung ins Land hinausreiten ließe, würde ich es den dummen Rübenfressern schon zeigen. Dann würden sie herausfinden, wie teuer es sein kann, sich gegen die rechtmäßige Herrschaft zu empören! Noch besser wäre ein Streitwagen. Damit würde ich selbst bis Helheim fahren.«

Conan betrachtete seinen Gastgeber durch leichte Nebelschleier. »Also, sehr groß kann die Rebellion nicht sein. Die Bauern im Verlies sind mir nicht besonders aufgeregt oder feurig vorgekommen. Vielleicht wäre es günstiger, wenn man sie irgendwie besser behandeln ...«

»Bauern? Feurig? Ha, natürlich nicht!« unterbrach ihn Favian, durch den Wein noch zynischer geworden. »Wenn sie Feuer im Arsch hätten, wären sie nicht Bauern! Allein das macht uns Einharsons zu Herrschern: das wilde Feuer im Blut! Ganz gleich, welche angenehm klingende Theorien auch der alte Minister Lothian vorträgt.« Der junge Lord schenkte sich nach und leerte die Trinkschale gierig mit einem Schluck. Dann betrachtete er Conan ausgesprochen boshaft.

»Seit der Zeit, da mein Ahnherr — der edle Einhar oder sein nichtsnutziger Erzeuger oder wer auch immer angefangen hat —, jedenfalls, als der zum ersten Mal eine Klinge in die Hand nahm und lernte, wie man Leute abschlachtet, um sich über seine Mitmenschen zu erhöhen ... von dem Tag an ist das Schwert der höchste Ausdruck unseres feinen Geschlechts. Alles beruht auf der mörderischen Kriegskunst. Immer und ewig müssen wir sie benützen oder andere dazu bringen, sie für uns einzusetzen. Im dem Augenblick, da wir sie vergessen, setzen wir uns höchster Gefahr aus.«

Von der eigenen Rhetorik überwältigt, sprang Favian auf und nahm das Schwert vom Bett. Dann zog er es aus der Scheide und warf diese zurück auf die Dekke. Er packte die Klinge in der Mitte und hielt sie vor sich. »Ist der Gedanke nicht seltsam, daß dieses grausame Stück Stahl das beste Werkzeug ist, um den Willen des Menschen durchzusetzen, das Steuer der menschlichen Geschicke? Und dieser Fleischschneider — und nur er! — steuert den Lauf des Reiches und erhält uns Einharsons unseren bescheidenen Ruhm.«

»Wirklich nur das Schwert?« unterbrach ihn Conan

schnell, ehe Favian sich wieder in Kampflust hineinsteigerte. »Was ist mit eurem edlen Blut? Und den übernatürlichen Mächten, die euer Geschlecht beschützen?« Neugierig schaute er den jungen Lord an.

Dieser legte das Schwert beiseite, schenkte die Trinkschale wieder voll und setzte sie an die Lippen, ehe er antwortete.

»Übernatürliche Mächte, die uns beschützen?« Mißtrauisch beäugte er sein Gegenüber. »Was weißt du darüber?«

»Nur das, was der Baron mir erzählt hat«, antwortete Conan. »Und was man sich so im Schloß erzählt. Gerüchte.«

»Ach ja, Gerüchte scheinen in diesem Haus recht verbreitet zu sein.« Der junge Lord drehte nachdenklich die Trinkschale in den Händen. »Conan, schon bald werde ich das Alter der Initiation erreichen, da ich in die Mysterien des Erbes meiner Familie eingeführt werde. Dann finde ich vielleicht heraus, ob Einhars Fluch lediglich ein Ammenmärchen ist, mit dem man leichtgläubige Toren schreckt, oder ob wahre Macht dahintersteckt.« Er schaute den Cimmerier an. »Aber du wirst das nie erfahren — wenn du Glück hast, meine ich, und wenn du dein Amt als Leibwächter gut versiehst.«

Favian steckte den Stöpsel in die Flasche und sammelte die Trinkschalen ein. »Und jetzt, Kamerad, mache ich mich fürs Abendessen fertig, und du solltest dich auch nach unten begeben. Aber wir werden uns wieder unterhalten. Und sollte mein Vater seinen Plan durchführen, daß du meinen Platz einnimmst, hoffe ich, daß du weiterhin Glück hast.«

Conan verließ das Schlafzimmer Favians mit einem vom Wein ziemlich benebelten Kopf. Er mußte sich schwer konzentrieren, um den Weg nach unten zu finden. Selbst nachdem er sich am Tisch der Dienstboten vollgestopft hatte, war sein Kopf noch nicht klarer.

Ludya zeigte sich an diesem Abend nicht. Der Cimmerier beteiligte sich nicht an der üblichen Plauderei. Schweigend saß er da und dachte darüber nach, was er jetzt über den jungen Favian wußte: Der junge Adlige war jähzornig und launisch. Sein Charakter war ebenso kompliziert wie der des alten Barons, und vielleicht war der Sohn auch so verrückt wie der Vater. Bei dieser Analyse bedrückte ihn eine Erkenntnis, die — wie er wußte — auch Baldomer teilte: Der Sohn war tief im Innern ein Feigling!

Nach dem Essen lief Ludya kurz durchs Gewölbe, ohne aber Conan auch nur zu grüßen. Sie schien ihn gar nicht zu sehen. Das war der letzte und entscheidende Tiefschlag an diesem Tag für den noch immer ziemlich benebelten Cimmerier. Er verzog sich ins Bett und verfluchte alle zivilisierten Männer und Weiber und ihre verrückten, unberechenbaren Stimmungen und Launen.

Es war irgendwann mitten in der Nacht, als Geräusche Conan aus düsteren Träumen rissen. Schritte und unterdrücktes Schluchzen. Schnell rollte er zum Fußende des Lagers und schob den Vorhang beiseite. Der Raum war von den wenigen Kerzen nur schwach erhellt; aber er sah eine halbbekleidete Gestalt in einem der Alkoven verschwinden: Ludya!

Im nächsten Augenblick war er auf den Beinen und lief zu ihr. Dann stand er neben ihrem Bett, wo sie zusammengekrümmt lag und leise weinte. »Ludya! Was ist geschehen, Mädchen? Hast du dir weh getan?«

Ihr Schluchzen wurde lauter. Nur stockend stieß sie

hervor: »Nein, Conan, geh weg! Mach dir keine Sorgen wegen mir! Bitte, geh!«

Er kniete nieder und legte den Arm um sie. »Was ist denn los? Mir kannst du es doch sagen … Crom!«

Er fühlte die heißen geschwollenen Striemen auf Ludyas Rücken. Sie wimmerte vor Schmerzen. Conan untersuchte behutsam das Ausmaß ihrer Verletzungen. Er leckte sich die Fingerspitzen. Blut! »Diese Wunden müssen verbunden werden, Ludya. Komm, Mädchen, sag's mir!« Er streichelte ihre tränenüberströmte Wange. »Wer hat dir das angetan? Sag's mir!«

Sie schluchzte nur und antwortete nicht. Gerade wollte er weitersprechen, als er draußen Rüstungen klirren hörte. Schwere Stiefel näherten sich dem Alkoven. Mit einem Ruck blieben sie stehen. Dann hörte er, wie eine Pike auf den Steinboden gestellt wurde. Eine militärische Stimme fragte kurz und tonlos: »Das Mädchen Ludya — ist sie hier?«

»Das ist ihr Schlafabteil«, antwortete ein junger Mann.

Conan zog den Vorhang beiseite. Zwei Eiserne Wächter standen da. Der eine hielt eine Pike, der andere eine flackernde Kerze. Durch mehrere Vorhänge der anderen Schlafabteile lugten neugierige Gesichter. Aber niemand sagte ein Wort.

»Diese Ludya soll sofort mitkommen!« befahl der Soldat mit der Pike.

»Sie kann nicht mitkommen, weil sie krank ist.« Der Cimmerier trat vor und schloß hinter sich den Vorhang, um das Mädchen neugierigen Blicken zu entziehen.

»Sie muß mitkommen. Befehl des Barons. Tritt beiseite!« Jedoch der Cimmerier blieb ruhig stehen. Da trat der Soldat einen Schritt zurück und senkte die Pike, so daß die scharfe Klinge mit den dornenförmigen Spitzen direkt auf Conan zeigte. Der zweite Gardist stellte die Kerze auf den großen Tisch und legt die Hand ans Schwert.

In diesem Augenblick schob Ludya sich neben Conan durch den Vorhang. Er wollte sie zurückhalten; aber sie ging zögernd auf die Soldaten zu. Dabei sagte sie kein Wort. Ihr Gesicht war wachsbleich. Sie trug ein dünnes Hemd und Sandalen. Als Schutz gegen die Kälte hatte sie eine Pelzdecke übergeworfen. Trotzdem sah man einen Schenkel und einige der roten Striemen auf ihrem Rücken. Bei diesem Anblick stieg in Conan siedendheiße Wut auf. In seinem Schädel summte es, als hätte sich ein Hornissenschwarm dort niedergelassen. Jede Spur von Trunkenheit fiel von ihm ab.

Die beiden Elitesoldaten gaben Ludya ein Zeichen und setzten sich in Bewegung. Einer ging vor ihr, der andere hinter ihr. Als der mit der Pike hörte, daß Conan ihnen folgte, dreht er sich um und senkte die Waffe. Furchtlos blickte ihm der Barbar in die Augen. Nachdem sich die beiden eine Minute lang stumm angestarrt hatten, eilte der Soldat dem Kameraden hinterher.

Der Cimmerier blieb den dreien dicht auf den Fersen. Sie gingen durch die dunklen Korridore, dann die Hintertreppe hinauf, welche die Dienerschaft benutzte, um zu den Gemächern der hohen Herrschaften zu gelangen. Diese Treppe kannte er noch nicht. Schließlich gelangten sie zu einer offenstehenden Tür, welche ihm vertraut war. Sie führte ins Schlafzimmer Favians. Die Wachen marschierten mit Ludya hinein.

Der Mann mit der Pike blieb auf der Schwelle stehen und verwehrte dem Cimmerier den Zugang, indem er die Waffe quer hielt. Conan hatte aber auch von dort aus einen guten Einblick ins Zimmer. Auf der Bettkante saß der junge Lord. Er war nur spärlich mit einem zerknitterten Nachthemd bekleidet, über das er den Reitkilt gegürtet hatte. Er ließ den Kopf zwischen die aufgestützten Ellbogen hängen. Der Baron stand in der Mitte des Raums. Auch er hatte sich offenbar sehr in Eile angezogen, wirkte aber wie immer untadelig. Nur sein Haar sträubte sich unordentlich über der von Narben verunstalteten Gesichtshälfte. Das starre Gesicht und die kerzengerade Haltung verrieten, daß er überaus aufgebracht war. Er trommelte mit den Handknöcheln auf den Lederkilt über dem Schenkel. An seiner Seite stand der Herr der Spione, Svoretta, ganz dunkel gekleidet.

Der Soldat versetzte Ludya einen leichten Stoß. Sie sank vor dem Baron auf die Knie. Conan war nicht sicher, ob aus Ehrfurcht oder aus Schwäche. Baldomer griff nach ihrem Haar und bog den Kopf nach hinten, um in ihr tränenüberströmtes Gesicht zu schauen. Wortlos blickte er ihr in die Augen, dann ließ er ihren Kopf wieder los. »Also das ist das Mädchen! Aber sie ist ja nur eine Dienerin, welche manchmal an der Tafel bedient. Was um alles auf der Welt hat sie hier gewollt?«

Favian hob den Kopf und sagte mit müder, vom Wein schwerer Zunge: »Sie wollte mit mir schäkern, sagte sie. Das wollen doch die meisten Mädchen am Hof. Aber ich fand keinen Gefallen an ihr. Sie hat völlig verrückte Ideen und will für eine einfache Küchenhilfe viel zu hoch hinaus.« Er schaute Ludya an und verzog hämisch grinsend das vom Trunk aufgedunsene Gesicht. »Dann wurde sie frech, da habe ich sie mit der Peitsche gezüchtigt. Ein völlig normaler Vorfall. Ich weiß gar nicht, warum du dich so aufregst, Vater.«

Baldomer trat vor den Sohn. »Favian, muß ich dir wirklich erklären, warum ich wütend bin? Es ist doch wohl klar, daß es mir mißfällt, wenn du Dienerinnen wie Kühe durch die Hallen dieses Schlosses jagst. Dies ist mein Heim und kein Bordell in Zamora. Es war auch das Heim deiner Mutter. Traurig, daß ich dich daran erinnern muß, Sohn!« Der Baron ging erregt einige Schritte hin und her. Dann blieb er wieder vor dem Bett stehen, auf dem sein Sohn wie ein Häufchen Elend saß, und brüllte: »Wenn du schon deine Lust auf derartig niedrige Art und Weise stillen mußt, dann sei gefälligst diskreter! Ein Schauspiel wie dieses ist skandalös, vulgär und schlecht für die Moral des gesamten Haushalts.«

»Schon gut, Vater, ich entschuldige mich — nachdem du eine solche Riesenaffäre aus der Sache gemacht hast.« Favian schüttelte den Kopf. »Ist damit alles endlich erledigt?«

»Erledigt? Nun gut.« Baldomer holte tief Luft. »Aber von diesem Augenblick an stehst du unter ständiger Bewachung. Und die Frau kann natürlich nicht bleiben. Sie muß getötet werden.«

»Aber Vater!« protestierte Favian. »Warum schickst du sie nicht einfach weit weg oder nach Hause?«

Der Baron war jetzt wieder ganz gefaßt. »Nein, die Dienerschaft darf nicht ermutigt werden, sich mit dem Adel einzulassen. Das ist ein Bruch jeglicher Etikette.« Er zeigte auf Ludya, die leise schluchzte. »Und was ist, wenn sie in einem Jahr wieder auf unsrer Schwelle steht, mit einem Säugling auf dem Arm, und behauptet, du seist der Vater des Bankerts, und sie wolle für den Rest ihres Lebens ausreichend versorgt werden?«

»Vater, warum ist das denn jetzt ein Problem? Früher hast du doch auch nie ...?« Favian schaute seinem

Vater ins Gesicht und führte den Satz nicht zu Ende. Er stand auf und winkte ab. »Na schön, von mir aus! Bring das Weib um; aber laß mich jetzt endlich in Ruhe.«

In diesem Augenblick wurde der Soldat an der Tür unsanft ins Zimmer befördert. »Mylord, der Mann ist uns gefolgt und ...« Weiter kam er nicht, denn Conan drückte ihm den Schaft der Pike gegen die Kehle. Sein Kamerad zückte sofort das Schwert und stellte sich dem Cimmerier entgegen, als dieser in den Raum stürmte.

»Cimmerier, beherrsch dich!« rief der Baron.

Conan blieb stehen, doch waren seine Fäuste geballt. »Mylord, Baron ...« Er wußte nicht genau, wie die korrekte Anrede war. »Ich sage nur, daß dieses Mädchen für niemanden eine Bedrohung ist. Sie hat bereits so viele Schmerzen erduldet, laßt sie laufen!« Während er sprach, waren die beiden Eisernen Wächter neben ihn getreten und zielten mit den Schwertspitzen auf seinen Hals.

»Was geht dich die ganze Sache überhaupt an?« fuhr der Baron ihn an.

»Mylord«, mischte sich Svoretta ein, »seit der Barbar ins Schloß gekommen ist, pflegt er mit dem Mädchen Umgang, sogar sehr engen Umgang.« Er machte ein Pause, um den Worten noch mehr Nachdruck zu verleihen. »Ich erhebe Anklage, daß die beiden sich verschworen haben, den Willen des jungen Lord Favian zu manipulieren, ihn durch die vorgetäuschten Gefühle des Mädchens dazu zu bringen, sich gegen Euch, seinen Vater, aufzulehnen oder ihn zu erpressen oder ihn zu bestehlen.«

Dann hörte man nur Ludyas unterdrücktes Schluchzen. Favian trat vor Conan und schaute ihm in die Augen. »Und heute habe ich mit diesem ungehobelten Wilden Frieden geschlossen. Aber dieser hinterlistige Hund stiehlt sich sogar noch in mein Bett!« Er schüttelte wütend den Kopf. »Du hast recht, Vater. Das Mädchen muß sterben. Hätte ich von diesem gemeinen Plan eine Ahnung gehabt, hätte ich sie doppelt ausgepeitscht, nein, dreifach!«

Baldomer stimmte seinem Sohn hocherfreut bei. »Siehst du nun, Favian, wie unschön derartige Affären werden können? Wenn wir sie leben ließen …«

Der Baron wurde wieder unterbrochen. Diesmal durch das Klirren von Vorhangringen hinten im Schlafzimmer. Der Gobelin wurde beiseite geschoben. Conan sah eine offene Tür. Auf der Schwelle stand eine junge Frau. Ihr Haar war rot, das Gesicht blaß mit breiten Wangenknochen. Im schwachen Licht der Kerzen sah sie wunderschön aus. Sie trug einen grünen Samtumhang, den sie am Hals mit einer Hand zusammenhielt.

»Vater, wie kannst du dieses arme Kind so quälen?«

Der Baron hob abwehrend die Hand. »Calissa, misch dich nicht ein! Dies ist eine Sache zwischen Vater und Sohn.«

»O nein, das ist es nicht, Vater«, widersprach Calissa und ging barfuß zum Bett hinüber, wo Favian sich wieder gesetzt hatte. »Ich habe gehört, wie du gesagt hast, daß es den gesamten Haushalt angehe. Nun, meine Mutter hat sich um alle Belange des Haushalts gekümmert, solange sie lebte. Also habe ich jetzt auch ein Wörtchen mitzureden.« Calissas Umhang öffnete sich ein wenig, so daß der Ansatz des alabasterfarbenen Busens sichtbar wurde. Sie machte sich aber nicht die Mühe, ihre Schönheit zu verbergen. »Schick die

Dienerin einfach nach Hause! Sie hat doch ein Zuhause, oder?«

Baldomer betrachtete seine Tochter mit einer Mischung aus Verärgerung und Nachsicht. Ehe er antworten konnte, ergriff Svoretta bereits das Wort. »Lady Calissa, ich fürchte, die Sache ist nicht so einfach. Der Schaden ist nun einmal angerichtet, und wir müssen bei derartigen Vergehen ohne Nachsicht vorgehen und ...«

»Unsinn, Svoretta! Deine Spione in unserem Haus haben dich anscheinend falsch oder schlecht informiert«, unterbrach ihn Calissa. Sie schaute ihren Vater an. »Ludya ist bei der gesamten Dienerschaft recht beliebt. Wenn du sie wegen dieses Mißgeschicks umbringen läßt, mußt du danach mit ständigem Murren und Unwillen bei allen Domestiken rechnen. Und am schlimmsten ist, daß du dir die Feindschaft dieses beeindruckenden Burschen zuziehst — wer auch immer er sein mag.«

Calissa zeigte auf Conan, der angespannt zwischen den beiden Eisernen Wächtern stand. Diese schienen sich allerdings nicht sicher zu sein, mit dem Barbaren fertig zu werden. Schweiß stand auf ihren Stirnen.

»Bitte, Vater, wenn es sich nur wieder um eine jugendliche Verfehlung meines Bruders handelt, ist das doch kein Grund, das Mädchen weiter leiden zu lassen oder sie zu töten.« Sie legte die Hand auf Favians Schulter. Doch dieser schüttelte sie unwillig ab.

Calissa trat zu Ludya hinüber, die am ganzen Leib zitterte, und kniete sich neben das arme Mädchen. Dann legte sie schützend den Arm um sie. »Ludya, wo ist dein Zuhause?«

Die Stimme des Mädchens war kaum hörbar. »Varakiel. Das Sumpfland im Nordosten.«

»Lebt deine Familie dort? Willst du dorthin zurückgehen?«

Ludya ergriff Calissas Hand und preßte sie gegen die tränennasse Wange. »O bitte, Mylady, bitte, helft mir!«

Calissa half ihr aufzustehen und sagte: »Komm mit. Ich werde mich um deine Wunden kümmern. Wir schicken dich bald heim, mein Kind.« Dann führte sie ihren Schützling durch die Tür hinter dem Gobelin hinaus.

Conan rief laut hinterher: »Ludya, ich ...«

Doch Svoretta fuhr ihn an: »Halt den Mund!« Dann wandte er sich an den Baron. »Mylord, was soll mit diesem widerspenstigen Burschen geschehen? Ich habe Euch gewarnt, daß er nur Ärger bringen wird.«

Der Baron musterte Conan eisig. »Lern deine Grenzen kennen, Barbar! Andernfalls werde ich sie dir zeigen, indem ich dich in einen Eisenkäfig in der Folterkammer sperre.« Er blickte den beiden jungen Frauen hinterher. »Und vergiß das Mädchen! Du wirst es niemals wiedersehen.«

6

NEKTAR UND GIFT

Aber Conan sah Ludya noch einmal, ehe sie in ihre ferne Heimat zurückgeschafft wurde, da Arga, der Hufschmied, in der grauen Morgendämmerung beaufsichtigte, wie der Eselskarren angeschirrt wurde. Als er dem alten Diener, der Ludya heimfahren sollte, noch letzte Anweisungen gab, drückte er ein Auge zu. Daher konnte der Cimmerier noch schnell zu Ludya auf den Wagen klettern und sich neben sie aufs Stroh legen.

»Ludya? Wird dich deine Familie freundlich aufnehmen? Du brauchst es mir nur zu sagen, und ich werde diese hochnäsigen Wachen verprügeln und dich eigenhändig heimbringen.«

Conan wartete, doch Ludya antwortete nicht. Er betrachtete ihr blasses, ausdrucksloses Gesicht im fahlen Licht des Morgens. Die ersten Vögel zwitscherten bereits in den Bäumen hinter der Schloßmauer.

»Ludya, verzweifle nicht!« Teilnahmslos lag sie da. Der Cimmerier suchte nach Worten, um ihre inneren Verletzungen zu lindern. »Deine Träume, es hier weit zu bringen, waren falsch. Diese Lackaffen am Hof sind deiner nicht würdig. Du bist besser dran, wenn du weit weg von diesem elenden Schloß lebst. Du wirst viel glücklicher sein, glaub mir, Mädchen, viel glücklicher und ...«

»Hör auf!« Sie funkelte ihn mit tränengeröteten Augen wütend an. Die blutleeren Lippen verzogen sich höhnisch. »Du hast aber recht. Ich brauche keine Lords mehr, auch keine emporgekommenen Lakaien.« Offenbar schloß sie in ihre Verachtung auch den Cimmerier ein. »Aber ich bin hier noch nicht fertig. Noch lange nicht! Es gibt andere Wege, um in Nemedien an die Macht zu kommen.«

War sie aus Wut hysterisch geworden? Oder hatte sie gar den Verstand verloren? Der Cimmerier wußte es nicht. Aber in ihren Augen lagen eine Kälte und Bestimmtheit, die ihn zutiefst erschreckten. »In diesem unglücklichen Land brodelt überall Rebellion. Ich gehe jetzt; aber ich werde zurückkehren — und zwar mit Feuer und Schwert.« Ludya nahm das Schultertuch und wischte sich die Lippen ab. »Und dann werde ich mich für diese ekelhafte Beschmutzung rächen.«

Conan blickte die Frau, mit welcher er so oft das Lager in Liebe geteilt hatte, nur an und sagte nicht, wie sehr ihn ihre Worte erschreckten. »Ruh dich erst einmal bei deiner Familie aus und ...« Arga hatte das Gespräch mit dem alten Diener beendet und rief den Wachen zu, das Tor zu öffnen.

Conan drückte kurz die Hand des Mädchens und sprang schnell vom Wagen. Im nächsten Augenblick war er im Schatten des Vordachs der Schmiede untergetaucht. Als der Wagen jedoch losfuhr, rief Conan leise hinterher: »Möge Crom deine Wunden heilen, meine arme verrückte Ludya.«

Lange litt der Cimmerier nicht unter dem schmerzlichen Abschied von Ludya. Er hatte gar keine Zeit, düsteren Gedanken nachzuhängen, denn er wurde wie alle anderen Bewohner des Schlosses in die hektischen

Vorbereitungen für ein großes Fest hineingerissen. Es war nicht nur eine der üblichen großen Gesellschaften, welche der Baron zu geben pflegte. Diesmal war es ein Abschiedsfest, denn am folgenden Tag wollte der Baron zu der Inspektionsreise durch die Provinz aufbrechen, welche zu Dinander gehörte.

Auch Conan mußte daher viele Stunden damit verbringen, Stühle und Schragen für Tische die Treppen hinauf- und hinunterzutragen, aus den schweren, mit Goldfäden durchwirkten Gobelin den Staub zu schütteln und andere Arbeiten zu verrichten, welche seiner Größe und Würde keineswegs entsprachen, wie zum Beispiel die Nachttöpfe zu polieren und Gemüse zu putzen. Am Mittag des großen Tages waren die Feuer in der Küche so heiß, daß das Erdgeschoß des Schlosses einer Hölle glich. In den riesigen Kupferkesseln und Pfannen brodelte und brutzelte es. Am Nachmittag duftete es so herrlich nach Wild am Spieß und Würzkuchen, daß auch anderen als dem unzivilisierten Wilden Conan das Wasser im Mund zusammenlief.

Gerade stibitzte er wieder ein Stück Kuchen von einem Tablett in der Küche, auf die Gefahr hin, von Velda mit dem langen Messingschöpflöffel auf die Finger geschlagen zu werden, als plötzlich Minister Svoretta hinter ihm stand. Der Herr der Spione befahl ihm, die neue Rüstung anzulegen und sich zur Verfügung zu halten. Allerdings sollte er sich während der Festlichkeiten nirgends blicken lassen, sondern im Schlafabteil auf Befehle warten.

Als der Tag zur Neige ging und die Sonne im Westen versank, schlich sich Conan auf einer Wendeltreppe in den Ecktürmen des Schlosses nach oben. Er hielt das

Warten in dem engen, stickigen Schlafabteil nicht mehr aus. Dort hatte er nichts zu tun, so daß er nur wehmütig an Ludya dachte und sich fragte, ob er nicht schon viel zu lange in diesem Land herumhing, das von Verrückten beherrscht wurde.

Das Fest war anscheinend ein voller Erfolg. Die Küche war geplündert. Diener liefen umher. Auf den Gängen roch es nach verschüttetem Wein.

Überall standen Gäste und unterhielten sich lautstark. Conan vermied die größeren Räume und betrat ein kleines Seitenzimmer im Obergeschoß, von wo aus er das Fest überschauen konnte und nicht auffiel. Er war sicher, daß alle ihn mit der neuen Rüstung und dem glänzenden schwarzgoldenen Helm für einen der Eisernen Wächter halten würden. Obwohl der Baron diese Rüstung eigens für ihn hatte anfertigen lassen, war sie in den Schultern etwas zu eng.

Er ging leise an dem Liebespaar in dem halbdunklen Zimmer vorbei und trat auf die Innengalerie. Wie er gehofft hatte, waren hier nicht viele Gäste. Als er an die Brüstung trat, schlug ihm eine Rauchwolke entgegen, denn die Räume unten wurden durch unzählige Kerzen und Öllampen erhellt. In der großen Halle saßen die Menschen dichtgedrängt an den Tischen mit purpurroten Decken. Viele Gäste strömten auch durch das Eingangsportal, um frische Luft zu schöpfen. Andere kehrten von einem Spaziergang wieder zurück. Auch auf der breiten Freitreppe saßen viele.

Die Gäste hier schienen hauptsächlich Landedelleute mit Gefolge und Kaufleute zu sein. Alle waren anscheinend aufgeregt, einen Blick auf den Glanz im Schloß des Barons zu erhaschen. Dazu aßen und tranken sie nach Herzenslust. Manche hatten schon zu tief in die Becher geschaut. Die Gäste von höherem Adel und die Wachoffiziere strebten dem Eingang zum Großen Saal zu. Von dort hörte man blecherne Trompetentöne. Wahrscheinlich hielten der Baron und seine Minister dort Hof.

Überall standen die Eisernen Wächter. Sie waren an den Wänden und auf den Treppen postiert und blickten starr geradeaus. Conan fand, daß sie beinahe so zahlreich wie die Gäste waren. Da alle in höchster Alarmbereitschaft waren, trugen sie die volle Rüstung und hatten die Hellebardenschäfte zwischen den Füßen auf dem Boden aufgepflanzt. An der Seite eines jeden hing ein Rapier. Dem Cimmerier wurde bewußt, daß der wunderbar gefertigte Schildkrötenpanzer zwar seine wichtigsten Körperteile schützte, er aber keine Angriffswaffe besaß, nicht einmal ein Messer zum Essen.

Ihm wurde jetzt auch in der stickigen Luft heiß in der Rüstung. Das Visier des Helms hatte zwar Löcher; aber Atmung und Gesichtskreis waren recht eingeschränkt. Ungeduldig schob er es nach oben. Jedoch bereute er diese vorschnelle Tat sofort; denn eine jugendliche Stimme rief ganz in seiner Nähe:

»He, Lord Favian! Habt Ihr Euch verdrücken können und seid zum harten Kern vorgedrungen?«

Die unvermeidliche Verwechslung! Conan tat so, als hätte er den Ruf nicht gehört und drehte sich in die andere Richtung. Gerade wollte er das Visier herabklappen, als ihn jemand mit kräftiger, ungepflegter Hand am Arm packte und daran hinderte.

»He, Favian, Mylord«, krähte der junge Mann, offenbar vom Land. »Was für ein Glück, daß ich Euch gefunden habe.« Conan funkelte ihn so wütend an, daß der Bursche die Hand sogleich zurückzog. Nichtsdestoweniger sprach er weiter und musterte dabei sein

Gegenüber unverschämt. »Ich ... ich bin Ralfic, erinnert Ihr Euch, Sire? Wir haben uns im Herrenhaus meines Vaters ganz prächtig amüsiert. Im Süden der Stadt ... vorigen Sommer ... erinnert Ihr Euch denn nicht, Mylord?«

Der Cimmerier blickte ihn nur stumm an. Der Kerl war ungefähr so alt wie er; war aber bestimmt nicht so weit in der Welt herumgekommen und hatte auch viel weniger Kämpfe und Schlachten erlebt. Sein Gesicht war pockennarbig und das Haar augenscheinlich mit Hilfe einer Haferbreischüssel geschnitten worden. Schließlich ergab sich Favians Doppelgänger in sein Schicksal. Er antwortete dem jungen Burschen mit Nicken und einem undeutlichen Grunzen. Dabei gab sich Conan größte Mühe, die Laute tief aus dem Bauch zu holen, um ganz wie ein nemedischer Adliger zu klingen.

»Ja, Mylord, damals hatten wir doch wirklich unheimlich viel Spaß, oder?« Ralfic blickte ihn etwas verunsichert an. Dann grinste er plötzlich, wobei man seine schiefen Eckzähne sah. »Ich kann Euch keinen Vorwurf machen, Mylord, wenn Eure Erinnerung leicht trübe ist. Wenn ich an die Menge Ale denke, die wir in uns geschüttet haben. Diese Bauernhochzeiten sind immer ein rundes Fest. Vor allem wenn die Braut jung und unschuldig ist.« Er verdrehte die Augen zur Dekke. »Und wenn sie vor den edlen Herren mächtigen Respekt hat.« Conan nickte und grunzte wieder. Dann schaute er umher. Der junge Bursche hatte mit seiner lauten Stimme die Aufmerksamkeit einiger anderer Gäste erregt. Mehrere kamen mit den Metbechern herübergeschlendert. Diese hatten sie von einem Diener in braunem Wams und Kilt erhalten, welcher mit hocherhobenem Tablett umherging.

Ralfic war zwar durch die drohenden Blicke Conans eingeschüchtert, wußte aber, daß irgend etwas nicht stimmte. Der in die Enge getriebene Cimmerier überlegte krampfhaft, wie er dieser peinlichen Situation entfliehen könnte. Ihm war klar, daß seine ungeschickt aufgeführte Maskerade mit einem Schlag vorbei sein würde, sobald man ihn zwang, mehrere Worte Nemedisch von sich zu geben.

»Erinnert Ihr Euch noch an den jungen Leutnant, den wir verprügelt haben, Sire? Wie hieß der doch gleich wieder? Arnurf? Der, mit dem wir die ganze Nacht gewürfelt haben und der seine Schulden nicht bezahlen wollte.«

Verzweifelt ballte Conan die Faust, um Ralfic eine aufs Maul zu versetzen, damit er endlich ruhig war. Doch da kam ihm der Diener zu Hilfe. »Lord Favian, Verzeihung, Sire.« Er drückte dem überraschten Cimmerier einen Becher mit goldgelbem Met in die Hand. Dann klemmte er das leere Tablett unter den Arm, machte kehrt und ging fort.

»Aha, ein kluger Lakai! Er gibt den letzten Becher dem edelsten aller anwesenden Lords!« krähte Ralfic und lachte sofort selbst über diesen, wie er fand, köstlichen Scherz. Auch andere nickten und stimmten ins Lachen ein.

Obgleich Conan durstig war, hatte er eine andere Verwendung für das Getränk. Er verzog das Gesicht und stöhnte, als werde ihm plötzlich schlecht. Dann drückte er dem verdutzten Ralfic den Becher in die Hand, daß der Met überschwappte, und ging weg.

»Vielen Dank, Sire!« rief ihm Ralfic nach. »Ein Toast auf Euch, Lord Favian! Reinigt Euren Magen nur ordentlich, Sire! Dann werdet Ihr Euch gleich wieder besser fühlen.«

Conan war bereits am Eingang zum dunklen Seitenzimmer, als er den grauenvollen Schrei hörte. Er war versucht, so zu tun, als hätte er nichts gehört, und einfach weiterzugehen; aber dann drehte er sich doch um. Er klappte schnell das Visier herab und schob sich durch die Schaulustigen.

Ralfic lag neben der Brüstung und hielt sich den Bauch. Blutiger Schaum drang aus dem Mund des jungen Burschen. Der Becher war in Scherben. Rauch stieg auf, wo die Reste des Getränks auf den polierten Holzboden gefallen waren.

Ein Gast beugte sich über den sterbenden Landedelmann. Jetzt bahnten sich auch Wachen einen Weg durch die erschrockenen Umstehenden. Ohne auf sie zu warten, lief Conan in die Richtung, in welche der Lakai mit dem Giftbecher verschwunden war. Dann hörte er aufgeregte Schreie in der Nähe eines Ganges am Kopf der Freitreppe. Ja, dort sah er das braune Wams des Schurken gerade verschwinden! Mit der schweren Rüstung konnte er nicht so schnell laufen wie sonst. Hinter sich hörte er jetzt auch das Klirren der Eisernen Wächter in ihren Rüstungen.

Der Cimmerier kannte sich inzwischen im Schloß so gut aus, daß er ahnte, wohin der feige Meuchelmörder fliehen wollte. Kurz vor dem Ende des Ganges gab es eine Treppe nach unten. Conan nahm vier Stufen auf einmal. Da hörte er in dem Gewölbe unten Schritte, dann ein ersticktes Röcheln und leise Stimmen.

Weit mußte er nicht mehr laufen. Schon nach wenigen Schritten war die Verfolgung zu Ende. Der Giftbote lag mit einem Dolch in der Brust vor ihm. Er war tot. Svoretta stand daneben und wischte sich soeben das Blut von der fleischigen Hand.

Der Herr aller Spione blickte Conan an, als wolle er

mit den Blicken das Visier durchbohren. »Ah, Lord Favian«, sagte er laut. Dann fuhr er leise fort: »Selbstverständlich weiß ich genau, wer du bist; aber ich nenne dich sicherheitshalber Lord Favian.« Der fette Minister warf schnell einen Blick zur Treppe und hinter sich ins spärlich erleuchtete Gewölbe. Niemand war zu sehen. »Ich verstehe nicht, was du hier eigentlich zu suchen hast. Deine Befehle lauteten doch, daß du dich nirgends zeigen und warten solltest. Geh sofort zurück und halte dich bereit. Es ist durchaus möglich, daß deine Arbeit heute nacht noch beginnt.«

Zwei Wachen kamen angerannt. Svoretta verlangte einen genauen Bericht von ihnen. Nachdem sie ihm von dem Gift und Ralfics Tod erzählt hatten, nickte er nur wissend und warf Conan einen Blick zu.

Im nächsten Augenblick wurden wieder Schritte laut. Baron Baldomer kam aufgeregt angestürmt. Zwei Wachen folgten ihm auf den Fersen.

Svoretta stieß die Leiche mit der Fußspitze an. »Ein berüchtigter Rebell, Mylord«, sagte er. »Zufällig begegnete er mir hier. Ich erkannte ihn sofort und habe ihn unschädlich gemacht. Dann kamen die Wachen und berichteten mir, daß er seine Schurkerei bereits vollbracht hatte: Er wollte Euren Sohn vergiften, Mylord. Zum Glück hat er Pech gehabt.«

»Ja, das war wirklich ein Glück«, sagte Baron Baldomer und schaute Conan an. Sein gesundes Auge glänzte beinahe so wäßrig wie das kranke. »Komm mal her, Junge!«

Dann nahm er den Cimmerier beiseite, so daß die Eisernen Wächter ihn nicht hören konnten. Nur Svoretta kam mit. »Du siehst jetzt, wie klug es von mir war, dich einzustellen, Junge. Du hast jetzt schon deine Aufgabe dahingehend erfüllt, daß meine Feinde aus ihren Schlupflöchern kriechen. Geh jetzt ins Schlafzimmer meines Sohnes und bleib dort bis zum Morgen. Favian werden wir um seiner Sicherheit willen woanders unterbringen. Aber sei vorsichtig und wachsam. Die Gefahren der Nacht sind noch nicht vorüber.«

Conan nickte kurz, um zu zeigen, daß er verstanden hatte und dem Befehl Folge leistete. Dann ging er. Als er an Wachen und Gästen vorbeikam, stellte er sich stumm und taub. Mit herabgelassenem Visier nickte er nur kurz, wenn ihn jemand grüßte. Die ganze Zeit über drehten sich seine Gedanken um zwei Probleme: Wieso war der Meuchelmörder so plötzlich aufgetaucht, und warum starb er ebenso plötzlich?

Vor Favians Tür stand keine Wache. Niemand sah, wie Conan kam und eintrat. Drinnen hatte sich auch niemand versteckt. Der Cimmerier überzeugte sich davon als erstes. Auf dem Tisch stand eine Kristallkaraffe mit Wein. Doch nach der letzten Erfahrung verspürte Conan keine Lust, einen Schluck zu probieren. Obwohl es schon spät war, legte er sich nicht in das einladende breite Bett Favians. Er zog die Rüstung aus und legte sie mit dem Helm hinein. Dann deckte er sie mit der seidenen Decke zu, so daß es aussah, als sei der junge Lord in voller Montur eingeschlafen.

Danach nahm er sich ein Schwert von der Wand und löschte die Kerzen. Ohne die schwere Rüstung konnte er sich in der Dunkelheit so geschmeidig wie immer bewegen. Er wählte einen gepolsterten Stuhl an der Wand, welche dem Fenster gegenüber lag. Dort ließ er sich nieder und wartete.

Zwei Phantome huschten durch die Hallen des dunklen Schlosses. Sie sprangen aus dem Schatten hervor und begannen mit Schwertern und Dreschflegeln erbittert gegeneinander zu kämpfen. Als sich die Klingen verhakten, rollten sie über den Boden. Die dunklen Umhänge blähten sich wie unheilverheißende Gewitterwolken. Als ein Strahl des Mondlichts auf sie fiel, schauten sie plötzlich auf ... Aber es waren keine menschlichen Gesichter, sondern Wölfe mit blutunterlaufenen Augen und offenen Rachen, aus denen Geifer tropfte ...

Ein Traum. Nichts anderes als ein schrecklicher Traum. Langsam begriff Conan dies. Obgleich er furchtbar erschrocken war, hatte sein Körper nicht entsprechend reagiert; denn immer noch lag sein Kopf schlaff auf der Brust, als könnten die Nackenmuskeln ihn nicht mehr halten. Außerdem waren die Beine verkrampft durch die unbequeme Haltung beim Schlafen auf dem Stuhl. Nur widerwillig öffnete er die Augen, um festzustellen, wo er eigentlich war.

Dann war er plötzlich mit einem Ruck hellwach. Sein Herz schlug wie wild. Trotzdem bewegte er sich nicht. Ihm gegenüber zeichnete sich vor dem etwas helleren Fenster ein unheimlicher Schemen ab, welcher den Gestalten aus dem Alptraum glich: Lautlos, mit Kapuze und Umhang, glitt er durchs stille Zimmer. Er war eine tatsächliche Bedrohung und kam immer näher. Dann schob sich die unheimliche Gestalt zum Bett und beugte sich tief darüber. Eine schnelle Bewegung, ein erstickter Schrei.

Im nächsten Augenblick war der Cimmerier auf den Füßen. Ohne Waffe warf er sich mit dem ganzen Gewicht auf den namenlosen Schleicher, um ihm die Gurgel zuzudrücken. Das Opfer schlug mit den Armen um sich, leistete aber keinen großen Widerstand. Conan sah keine Klinge, war aber nicht sicher, da der weite Umhang den Eindringling verhüllte.

Er drückte ihn mit dem Körpergewicht nieder und durchsuchte schnell die Falten des Gewandes. Doch die einzigen Waffen, die er fand, waren jene, die Frauen seit altersher einsetzen: glatte, weiche Brüste, seidige lange Locken, wohlgerundete Schenkel. Fluchend zerrte er sein Opfer zum Fenster und drehte das blasse Gesicht ins Mondlicht. Es war Calissa, die schöne Tochter des Barons, in einem weiten dunklen Umhang, dessen Kapuze sie ins Gesicht gezogen hatte.

Er stellte sie aufrecht hin, hielt sie aber immer noch fest. Dann kam ihm ein schrecklicher Gedanke. Er umschloß ihr Kinn mit einer Hand und flüsterte: »Damit kein Zweifel besteht, Mylady, ich bin nicht Euer Bruder.« Er wartete auf eine Reaktion; aber sie spannte nur vergeblich die Muskeln an, um sich aus seinem Griff zu befreien. »Wenn Ihr losschreit, muß ich Euch knebeln. Ich will Euch kein Leid zufügen und möchte auch nicht unbedingt als Schänder edler Frauen angeklagt werden.« Probeweise lockerte er die Hand, so daß sie den Kopf drehen und ihm ins Gesicht sehen konnte. Sie bewegte sich seltsam ruhig. Er fragte: »Könntet Ihr einen Augenblick friedlich bleiben und mir zuhören, ehe Ihr das Schloß zusammenruft?«

Stumm blickte sie ihn an. Doch er sah keine Panik auf den gleichmäßigen Zügen. Er stellte sie fest auf die Beine und löste den Griff um ihre schlanke Taille.

Calissas Reaktion verblüffte ihn. Anstatt vor ihm zurückzuweichen, schmiegte sie sich an ihn und legte ihre Wange an seinen Hals.

»He, Mädchen, was soll das denn heißen?« Nervös griff er nach ihren Händen und suchte noch einmal nach Waffen. Nichts. Jetzt überließ er sich den zarten Fingern, welche offenbar nichts Böses im Schilde führten, sondern auf Liebespfaden wandelten. Auch er strich ihr über die Schultern und den schmalen Rükken. Dann trafen sich ihre Lippen.

Ihre Umarmung wurde zärtlicher, ihre Lippen fordernder. Dann öffnete sich ihr Mund und versprach ihm alles, ohne ein Wort zu sprechen. Aber irgendwo im Hinterkopf des Cimmeriers nagte die Ungewißheit. Er brach den Kuß ab. »Ihr seid sehr gesellig heute nacht«, stieß er etwas atemlos hervor. »Wen hattet Ihr eigentlich in diesem Bett vermutet?«

Sie richtete sich auf und wich so weit zurück, daß sie ihm in die Augen schauen konnte. Ihre Stimme war überraschend ruhig. »Du nimmst dir zuviel heraus, Leibwächter! Es ist eine Schande, daß bei dir das Mißtrauen über die Leidenschaft siegt. Aber ich werde dir antworten, wenn du darauf bestehst.

Ich kam her, um mit meinem Bruder ein Gespräch unter vier Augen zu führen. Aber dann fand ich eine kalte Rüstung im Bett vor — und kein Gesicht hinter dem Visier!« Sie schauderte leicht bei der Erinnerung. »Und dann bist du wie ein Meuchelmörder in der Finsternis über mich hergefallen ...! Ich war mir aber sicher, daß du Favian nicht beseitigt hattest. Bis jetzt habe ich mich gefragt, was deine Anwesenheit im Schloß zu bedeuten habe, doch jetzt verstehe ich, warum mein Vater einen Wilden wie dich in der Nähe meines Bruders haben wollte.«

»Weil ich für eine bestimmte Rolle geeignet bin, meint Ihr?« Conan warf einen Blick zu der Tür hinten im Raum, die zu Calissas Zimmer führte und die einen Spalt offen stand. »Vielleicht habe ich meine Rolle heute nacht noch nicht ausgespielt. Wir sollten nicht so dicht beim Bett Eures Bruders stehenbleiben. Einer von uns beiden — ich weiß nicht, ob er oder ich — ist wie ein Magnet für einen Meuchelmörder.«

»Meine Kemenate ist viel bequemer«, sagte sie und legte ihm bittend die Hand auf den Arm.

Ihr Schlafgemach war nur durch einen kurzen Gang von Favians Zimmer getrennt. An der Tür befand sich ein guter, fester Riegel, um sie von innen zu sichern. Nachdem sie den Riegel vorgelegt hatten, bot ihnen das weiche Bett, auf welches der Mond herabschien, einen herrlichen Ruheplatz — was nicht bedeutete, daß sie schliefen.

»Dann wußtest du also von dem Giftanschlag heute abend?« fragte der Cimmerier nach sehr langer Zeit Calissa.

»Ja. Aber ich verstehe nicht, wieso er meinem Bruder gegolten hat, da dieser zur selben Zeit neben mir auf dem Hochsitz einen weit weniger kräftigen Met trank.«

»Der Becher war für mich bestimmt.« Conan schüttelte ungeduldig den Kopf, als wolle er die Spinnweben des Verrats abstreifen. »Und um den schurkischen Plan geheim zu halten, tötete Svoretta den Mörder.«

»Bist du plötzlich so ungemein wichtig, Leibwächter?« fragte Calissa. In ihrer Stimme schwangen Skepsis und ein Hauch von Eifersucht mit.

»Nein, aber ich störe Svoretta irgendwie«, antwortete der Cimmerier. Dann sprach er seine Gedanken laut aus. »Indem der Herr aller Spione mich tötet, überzeugt er deinen Vater von der Macht der Rebellen und vergrößert dadurch die eigene. Selbst als Fehlschlag hat ihm der finstere Plan gute Dienste geleistet.«

»Da könntest du recht haben.« Calissa nickte nachdenklich und machte ein ernstes Gesicht. »Svoretta hat die Führungsrolle übernommen, seit mein Vater beinahe an den schweren Wunden starb. Sie haben ihn sehr verändert. Svoretta führt die stärkste Partei am Hof, und seine geheime Macht ist noch viel größer. Und jetzt, da sich der Schlangenkult wieder bemerkbar macht, wird er noch mehr Anhänger um sich scharen.«

»Lothian ist doch absolut gegen ihn, oder?«

»Ja, Lothian!« Calissa lachte zynisch. »Unser harmloser, zerstreuter Lehrer! Heute abend hat mein Vater gedroht, ihn in Ketten legen zu lassen, weil er ihm riet, gegen die Rebellen behutsam und gemäßigt vorzugehen. Das war noch ein Höhepunkt in der Unterhaltung des Abends.«

»Ich bin froh, daß ich das verpaßt habe ... Ich wünschte, ich hätte noch viel mehr verpaßt«, meinte Conan.

»Aber Conan! Es war ein großartiger Abend. Ehrlich, trotz aller Intrigen.« Calissa packte ihn ganz enthusiastisch an der Schulter. »Es war wie früher, als ich noch ein Kind war. Damals war das Schloß von Gärten umgeben. Ständig hatten wir fahrende Sänger und Tänzer da. Jeden Abend fand ein Fest statt. Kaufleute und Landedelleute gingen ein und aus, nicht die finsteren Soldaten wie jetzt. Damals war auch das ganze Land viel glücklicher.«

Conan überhörte absichtlich ihre abfällige Bemerkung über die Soldaten und fragte: »War das, als Lady Heldra noch lebte?«

»Ja.« Calissa nickte traurig. »Das ist schon lange her. Favian ist zu jung, um sich daran zu erinnern. Seit damals hat sich alles so verändert. Mein Vater ...« Sie führte den Satz nicht zu Ende.

»Dann war der Baron früher kein so gestrenger Herrscher?« fragte Conan.

»Nein, er war ein blonder Ritter, ein Held! Und Mutter war wie eine Sylphe. Sie schaffte es immer, ihn aus einer düsteren Stimmung zu reißen und zum Lachen zu bringen. Aber sie war kein schwaches Geschöpf. Nein, sie paßten zu einander. Die beiden ritten gemeinsam auf die Jagd und wetteiferten im Speerwerfen. Trotzdem brachte Mutter mit ihrer weiblichen Art Wärme ins Schloß und ins gesamte Reich. Ihr Tod war ein großer Verlust, ein schreckliches Verbrechen ...« Wieder machte Calissa eine Pause. »Wenn sie länger gelebt hätte, wäre ich jetzt auch eine bessere Frau.«

»Aber deine Familie besteht aus Generationen wilder Krieger und müßte doch eigentlich gegen Tod und Leiden abgehärtet sein.«

»Ja, diese alte Familiensage ist ab und zu von Nutzen, wenn man damit Bauern auf die Beine bringen will, damit sie kämpfen. Nemedien ist ein turbulentes Land, in dem die Barone oft frech und habgierig werden. Im Gegensatz zu einigen anderen Provinzen ist Dinander nicht durch hohe Berge oder tiefe Flüsse geschützt.« Sie schüttelte den Kopf. Ihre tiefroten Haare wirkten im schwachen Schimmer des Mondes beinahe schwarz. In wunderschönen Wellen fiel es ihr über die nackten Schultern. »Trotzdem würde jeder gute Landesherr lieber in Frieden leben, anstatt zu kämpfen. Aber ich fürchte, daß für meinen Vater das Erbe aus Blut und Stahl schon zu einer Zwangsvorstellung geworden ist.«

»Und dazu gehört auch die mystische Wächterfunktion der Ahnen der Einharsons?« fragte Conan.

»Ach was! Das ist doch nur dummer Aberglaube!« Calissas Augen sprühten vor Empörung unter der roten Mähne. »Ich gebe überhaupt nichts darauf und hoffe nur, daß Favian diesen Unsinn ebenfalls vergißt, wenn er einmal Baron ist. Ich kann ihm helfen, das

Land weise zu regieren. Ich habe viele Ideen, wie man den Handel in der Provinz verbessern und beleben kann. Vor allem muß man die Abgaben der Pächter neu festsetzen und gerechter verteilen. Mein Vater will von diesen Dingen nichts hören, weil sie von der Tradition abweichen. Als Frau wird meine Stimme bei allen Angelegenheiten des Staats überhört. Sie wollen mich nicht einmal morgen auf die Reise durch die Provinz mitnehmen. Aber durch Favian werde ich etwas mehr Einfluß haben.«

»Und daher kriechst du nachts zu deinem Bruder ins Bett, um ihm gute Ratschläge zu erteilen?« Conan streichelte Calissa, die sich an ihn schmiegte. »Ich bin erstaunt, daß du das wagst. Soweit ich ihn bis jetzt kennengelernt habe, halte ich ihn für einen ziemlich chaotischen Burschen, dem mehr an Trinken und Weibern liegt als daran, ein guter Herrscher zu werden.«

Calissa runzelte die Stirn; aber dann nickte sie zögernd. »Ja, es stimmt, wir stehen uns nicht mehr so nahe wie früher. Je näher Favian der Volljährigkeit kommt, desto mehr gibt er sich immer wilderen Ausschweifungen hin. Und ich ebenso. Aber das ist nur, weil wir uns gegen die überstrenge Hand unseres Vaters auflehnen.« Sie setzte sich etwas auf und legte das Kinn auf die Faust, ehe sie weitersprach.

»Wenn Vater Favian nur annähme und ihm so weit Vertrauen entgegenbrächte, daß er ihm Stück für Stück ein bißchen mehr Macht übergäbe, würde mein Bruder sich sicherer fühlen. Aber Favian kann es Vater nie recht machen, ganz gleich, wie sehr er sich bemüht. Und jetzt habe ich Angst, daß er ganz aufgegeben hat.« Calissa räkelte sich wohlig unter Conans Liebkosungen. Dann lachte sie leise und traurig. »Seltsam ist es schon! Da trifft der große Baron alle möglichen Vorkehrungen, um den einzigen Sohn, den Erben, seinen größten Schatz, zu schützen; aber gleichzeitig behandelt er ihn mit tiefer Verachtung und zeigt ihm nie auch nur eine Spur von Vaterliebe.«

»Wie dem auch sei«, meinte Conan, »ich glaube, daß in Dinander alles drunter und drüber gehen wird, wenn Favian erst die Peitsche darüber schwingt.«

»He, Leibwächter, du bist nur ein ungebildeter Barbar und viel zu jung. Du hast vom Regieren keine Ahnung.« Obwohl Calissa ihn tadelte, genoß sie seine Liebkosungen weiter. »Es liegt in der Natur eines bedeutenden Lords, manchmal gegen die Regeln zu verstoßen. Sein Amt bedeutet viel Druck und bringt viele Privilegien. Wie kann man von jemandem erwarten, daß er seine Macht richtig benutzt, wenn er nie ihre Extreme ausgekostet hat, selbst die Extreme, welche über Leben und Tod seiner Gefolgsleute entscheiden?«

Danach schnurrte Calissa wie ein Kätzchen. Offensichtlich genoß sie, wie die starken Hände des Cimmeriers sie streichelten. Dann sprach sie weiter. »Du bist bestimmt überrascht, wenn ich dir erzähle, daß einige der gerechtesten und beliebtesten Herrscher auch die ausschweifendsten und exzentrischsten sind. Allen voran kann ich dir unseren König Laslo nennen. Er hat in Belverus einen Harem, in dem alle Hautfarben und Geschlechter vertreten sind. Alle dienen einzig und allein seinem Vergnügen. Nur wenige von uns Hochgeborenen sind frei von diesen Schwächen. Das wirst du auch noch herausfinden.

Im Vergleich mit anderen sind die Eskapaden meines Bruders noch ausgesprochen harmlos, zumal die jungen Frauen aus beinahe allen Schichten sich ihm aufdrängen. Er sieht auch gut aus ...« Sie drehte den

Kopf und schaute den Cimmerier an. »Du übrigens auch.«

»Am besten gefällt dir wohl meine Mähne.« Conan wischte einige seiner rabenschwarzen Haarsträhnen aus Calissas Gesicht. »Ich bin mir nicht sicher, ob ich dir nicht nur deswegen gefalle, weil ich ihm ähnlich sehe.«

»Vorsicht, Barbar! Auch für dich gibt es Grenzen. Aber jetzt sollten wir dies sinnlose Reden einstellen.« Sie stand auf. »Weg mit diesem Umweg, der behindert uns nur!«

Calissa warf das Kleidungsstück ab. Vor den Augen des Cimmeriers öffnete sich eine wunderbare mondbeschienene Landschaft.

7

FAVIANS REISE

»Dort drüben liegt Schloß Edram, in den Windungen des Flusses Urlaub.« Durwald saß kerzengerade im Sattel und zügelte sein Pferd, um mit den beiden Männern im Streitwagen hinter ihm zu sprechen. »Wir müßten es bis Sonnenuntergang leicht schaffen.«

»Ja, Einhar sei Dank!« Swinn, der den Streitwagen fuhr, ruckte mit den Zügeln, um die drei Pferde auf die hohe Böschung neben dem Weg zu treiben, weil man von dort einen besseren Ausblick aufs Tal hatte. »Endlich haben wir die Berge und die verwunschenen Wasserfälle hinter uns und die verfluchten steinigen Ziegenpfade!«

Conan suchte an der Bronzestange Halt, um von der mit Leder bezogenen Sitzbank aufzustehen, die quer im Streitwagen angebracht war. Dann schaute er über Swinns Schulter und die Rücken der Pferde. Ja, mitten im Tal stand ein großes Wasserschloß. Das hatte Durwald offenbar gemeint.

Es war aus gelben Steinen erbaut. Kegelförmige Kuppeln wölbten sich über fünf miteinander verbundenen Rundtürmen, in deren Mitte ein Innenhof lag. Das Schloß befand sich auf dem anderen Ufer, wo der Fluß Urlaub eine scharfe Biegung machte. Durch diese Stellung kontrollierte es den gewundenen Fluß auf drei Seiten. Ferner beherrschte es die Brücke, welche sich in drei großen Steinbögen fast im Schatten der Türme über den Fluß spannte.

Eine wahre Festung für einen Landedelmann, dachte Conan. Offenbar lebte der Junker im Wohlstand. Fruchtbares Ackerland und saftige Weiden lagen auf beiden Seiten des Flusses, dicht übersät von Bauernkaten. Die nächste Furt bot sich erst ein ziemliches Stück flußaufwärts. Der Herr in Schloß Edram beherrschte nicht nur das Tal, sondern konnte auch mit einem ständigen Einnahmenstrom aus Brückenzöllen rechnen. Gar nicht übel, dachte der Cimmerier.

Der Weg zum Schloß führte ziemlich steil von der Anhöhe herab, auf der sie gekommen waren. Er schlängelte sich durch nicht allzudicht bewaldete Hügel hinaus in die Talebene. Auf alle Fälle würde er im Schloß bequemer schlafen als in der kalten Berghöhle gestern nacht, wo Wölfe und Eulen ihnen eine Mondscheinserenade dargebracht hatten und der Wind durch die Felsspalten pfiff, als der Cimmerier Wache gegen Räuber gehalten hatte.

Eigentlich brauchten sie vor einem Überfall durch Straßenräuber oder Rebellen keine Angst zu haben, da Baldomer vierzig seiner besten Reiter mitgenommen hatte. Aber der Baron befürchtete ständig den hinterhältigen Anschlag eines Meuchelmörders. Dabei war er weniger um sein eigenes Leben, als um das seines Sohnes besorgt. Favian ritt in der Rüstung eines einfachen Soldaten mitten unter den Reitern. Allerdings trug er die Nase ziemlich hoch, hielt sich von den Kameraden fern und kam den Befehlen der Offiziere nur selten nach. Vor der Kavallerie rumpelte der Streitwagen dahin, welchen Swinn lenkte, während der Cimmerier nur untätig dasaß. Er trug Favians leicht geänderte Prunkrüstung. Baldomer, ganz in Schwarz, bildete auf seinem weißen Hengst zusammen mit Durwald und zwei anderen hohen Offizieren die Vorhut. Svoretta war nicht dabei. Er war in Dinander geblieben, um die Zügel der Herrschaft während der Abwesenheit des Barons zu führen.

»He, Swinn, rück mal rüber!« rief der Cimmerier. Das Schloß war jetzt hinter den bewaldeten Hügeln verschwunden. »Laß mich mal zur Abwechslung ein bißchen fahren. So schwer kann es nicht sein. Ich habe dir die letzten zehn Meilen genau zugesehen.« Er hatte keine Lust mehr, sein schmerzendes Hinterteil auf der harten Bank durchrütteln zu lassen, und schob sich nach vorn zum Fahrer.

»Nein, Barbar!« Mit schnellem Ruck an den Zügeln veränderte Swinn die Geschwindigkeit des Wagens so plötzlich, daß der Cimmerier nach hinten auf die Sitzbank geschleudert wurde. »Ich muß mich vor dir verneigen, wenn die Menge zuschaut; aber nicht hier! Außerdem ist das Lenken eines Streitwagens eine kitzlige Sache. Eigentlich sollte nur ein Edelmann die Zügel führen.«

Conan verzog mißmutig das Gesicht. Er wollte wieder aufstehen, aber der Weg führte jetzt steil über ein Geröllfeld hinab auf eine kleine Lichtung. »Wenn Kutschieren ein so überaus edler Zeitvertreib ist, wundere ich mich, daß alle hohen Herren lieber im Sattel sitzen.«

Swinn lachte. »Lord Favian würde sofort mit mir den Platz tauschen. Er ist der absolute Meisterlenker der Familie. Warum glaubst du wohl, daß er so schlechte Laune hat?« Swinn warf schnell einen Blick zurück, wo der junge Lord griesgrämig dreinschauend dahin ritt. Er war so weit weg, daß er Swinn nicht hören konnte, daher fuhr dieser fort: »Gewiß denkt er, daß seine zukünftigen Untertanen ihn für einen Trottel halten, wenn du an seiner Stelle so untätig hier oben herumsitzst.«

»Na, dann wollen wir ihm bessere Laune verschaffen!« Der Weg war jetzt eben, so daß Conan es wagte, wieder aufzustehen. »Irgendwann werde ich lernen, die Pferde zu lenken, also warum nicht gleich jetzt?« Er schob Swinn beiseite und griff nach den Zügeln.

»He, Barbar, was ... ah!« Swinn wurde plötzlich steif und fiel gegen den überraschten Cimmerier. Conan sah, daß ein langer Pfeilschaft aus dem Rücken des Mannes ragte. Der Pfeil war durch die schwarze Rüstung wie durch Pergament gedrungen. Im nächsten Augenblick traf Swinn der nächste Pfeil aus der anderen Richtung. Die Spitze durchbohrte Brustharnisch und Brust und machte noch eine Ausbuchtung in die rückwärtige Halsplatte. Von allen Seiten prasselten jetzt Pfeile gegen die Metallbeschläge des Streitwagens. Einer traf Conans Helm, so daß der Cimmerier Sterne vor den Augen aufblitzen sah.

Etwas weiter vorn wieherte ein Pferd laut und bäumte sich auf. Dann brach es zusammen. Es war Durwalds Hengst. Der Wagen machte einen Satz und kippte bedenklich, als das Gespann plötzlich nach rechts die Böschung hochpreschte, um Baldomers prächtigem Schimmel auszuweichen, aus dessen Hals ein Pfeil hervorragte. Vor und hinter dem Wagen hörte man Schreie und Stöhnen. Aus dem dichten Unterholz und von den Bäumen um die kleine Lichtung regnete es aus allen Richtungen Pfeile. Erst jetzt brüllte ein Kavallerieoffizier Befehle zu den weiter hinten reitenden Soldaten.

Conan war durch den schweren Körper Swinns stark in der Bewegungsfreiheit eingeschränkt. Er warf einen Blick auf das Gesicht des Mannes. Der Tod hatte schon seinen Schleier über die Augen gezogen. Da ließ er ihn nach hinten auf den Wagen sinken und riß an den Zügeln, um das Gespann unter seine Herrschaft zu bekommen. Die völlig erschreckten Pferde bäumten sich auf und gingen dann rückwärts. Um ein Haar wäre Conan vom Wagen gefallen und mitten zwischen Steinbrocken und Wildblumen gelandet. Er klammerte sich an die Stange. Dann fiel er auf die Knie, als die drei Pferde in ihrer Panik einen Satz machten und in verschiedene Richtungen losstürmen wollten.

Da legte sich ihm eine Hand auf die Schulter, und jemand rief ihm ins Ohr: »Komm auf die Beine, wenn du mitfahren willst! Nur einen Moment, dann habe ich die Biester wieder unter Kontrolle!« Es war Favian. In der einfachen schwarzen Rüstung und dem schmucklosen Helm sah er sehr gut aus. Tollkühn war er von seinem galoppierenden Pferd auf den Streitwagen gesprungen. Dann hatte er die Sitzbank und Swinns Leichnam hinabgestoßen und unter den Schweifen der Pferde die schleifenden Zügel wieder aufgenommen.

»So, alles in Ordnung! Halt dich fest und mach mir Platz!« In Favians Händen wurden die Lederzügel plötzlich lebendig. Die drei Rosse galoppierten im Gleichschritt voran. Der Wagen sauste in die Wiese auf der anderen Seite.

Conan stand mit angewinkelten Knien da, um die Stöße der Räder etwas abzufangen. Er hielt sich an der Stange fest. Eigentlich hatte er erwartet, daß der junge Edelmann umkehren und vor dem Hinterhalt die Flucht ergreifen würde. Jetzt sah er zu seiner Bestürzung, daß Favian direkt auf die Waldkante zuhielt, aus welcher der Pfeilhagel am dichtesten kam. Schon flog ein Pfeil zwischen den Köpfen der Pferde hindurch.

Beinahe hätte er sie mit dem gefiederten Schaft an den Ohren gekitzelt.

»Danke deinen heimischen Schneekobolden für jeden Stoß dieses Wagens!« rief Favian. »Dadurch bieten wir ein viel schwierigeres Ziel.«

Conan antwortete nicht, sondern löste nur die eine Hand von der Stange und griff zum Schwert.

»Nein, du Narr! Nicht das Schwert! Den Speer!« schrie Favian und trieb beinahe übermütig die Pferde zu noch größerer Schnelligkeit an. »Das ist eine einhändige Waffe mit großer Reichweite. Genau diese brauchst du. Ja, genau!« fügte er hinzu, als der Cimmerier hinter sich griff und aus einem der großen Köcher an den Seiten des Streitwagens einen Kurzspeer holte. Dann nahm er noch einen zweiten und hielt diesen in der Hand, mit welcher er sich festklammerte, während er mit der anderen weit ausholte.

»He, Mann, duck dich!« Anstatt den Wagen vor dem Unterholz anzuhalten, wie Conan erwartet hatte, preschte Favian einfach weiter. Zweige schlugen dem verblüfften Cimmerier ins Gesicht. Er hatte Mühe, den gezückten Speer nicht zu verlieren. Und dann waren sie plötzlich nicht nur von hohen Baumstämmen umringt, sondern von allen Seiten stürmten Gestalten in langen Umhängen mit Kapuzen herbei. Doch diese flohen sofort in Panik vor den galoppierenden Pferden.

Nur eine Figur blieb stehen und zielte mit dem Langbogen auf den Streitwagen. Instinktiv schleuderte Conan den Speer und durchbohrte die von keiner Rüstung geschützte Brust des Mannes. Mit einem Schmerzensschrei brach der Angreifer zusammen. Der Cimmerier sah nicht, wo der Pfeil gelandet war.

»He, du hast ja ungeahnte Talente!« schrie Favian

und kutschierte das Gespann um einen dicken Baumstumpf. »Ich jage sie, und du bringst sie um! Da ist wieder einer!«

Conan schwang den nächsten Speer, aber er brauchte ihn nicht zu schleudern; denn der Mann verging sich kaum ein Dutzend Schritte vor dem Gespann mit dem Fuß in einer Baumwurzel und stolperte. Im nächsten Augenblick trampelten ihn die Hufe der erregten Rosse tief in den feuchten Waldboden. Conan spürte den sanften Ruck, als der Wagen über das Opfer rollte.

»Heiho! Wieder einer tot! Die feigen Verräter fliehen. Aber jetzt Vorsicht!« Favian duckte sich tief. Der Cimmerier hing hilflos an der Stange, als der Wagen über einen umgefallenen Baumstamm sprang. Sie machten einen Satz, welcher fast ebenso hoch war wie die Radnaben. Es folgten noch weitere Senken und Furchen. Die Rosse stürmten durchs Unterholz. Niedrig hängende Äste peitschten gegen Conans Helm. Er hatte große Mühe, sich auf den Beinen zu halten. Dann überrollte der Wagen wieder zwei Menschen, die sich vor Favian hinter einem Stamm in Sicherheit gebracht hatten. Doch vergebens, wie ihre Schreie bezeugten.

Jetzt kamen sie an eine Stelle, wo die Bäume weiter auseinander standen. Hier konnte Favian noch schneller fahren. Als Conan hinter sich Schreie und Hufschlag hörte, wagte er einen Blick zurück. Baldomers Reiter stürmten jetzt durch den Wald und ritten weitere Angreifer nieder. Doch auch die Reiter kamen nicht unbeschadet davon. Mehrere wurden von Pfeilen durchbohrt oder von niedrig hängenden Ästen aus dem Sattel geworfen.

»Hab keine Angst, der Sieg ist unser!« jubilierte Favian, als sie sich der nächsten Lichtung näherten. »Ein Streitwagen kann über ein Gelände fahren, in welches sich kein Reiter wagt, weil er dem Boden so viel näher ist.«

Mit diesen Worten hetzte er die drei Pferde einen gewundenen Pfad hinab, um zwei der Schurken zu verfolgen. Conan saß in der Hocke und hielt sich mit aller Kraft an der Stange fest. Die Schweife der Rosse wehten ihm beinahe ins Gesicht. Unter Favians dämonischer Hand schien der Wagen mehr Zeit in der Luft als auf festem Boden zu verbringen. Bei jedem Sprung und Stoß befürchtete der Cimmerier, endgültig hinauskatapultiert zu werden.

»Heiho! So ist's recht! Dreh dich um und kämpf, du elender Feigling!« schrie Favian dem einen Flüchtigen zu, der zwischen zwei Bäumen stehengeblieben war und mit dem Pfeil auf die Insassen des Wagens zielte. Doch dieser Schuß verfehlte das unstete Ziel um mehrere Fuß. Der junge Lord lenkte den Wagen so nah an die Bäume heran, daß Conan den Schützen mit dem Speer erwischen konnte.

Die Spitze des Speers drang dem Fliehenden von hinten tief unter die Achsel. Der Cimmerier wollte aber unter keinen Umständen die Waffe verlieren, wie schon so viele davor. Daher hielt er fest und schleifte das Opfer ein Stück durch den Wald, ehe sich der Speer löste. Dann suchte er den Wald nach dem letzten Feind ab.

Dieser war auf einen umgestürzten alten Baumstamm geklettert, welcher selbst für den jungen Lord unerreichbar hoch war. Der Mann in dem Umhang hatte die Kapuze tief ins Gesicht gezogen und hielt keinen Bogen in der Hand. Nur einen Moment blickte er zum Streitwagen, dann war er im Wald verschwunden. Der kurze Blick hatte Conan tief getroffen. Das ovale Gesicht, das ihm in die Augen gesehen hatte, war das einer Frau gewesen.

»Verdammter Schlangenküsser, elender Rebell! Ich bekomme deinen Kopf schon noch!« rief Favian und trieb das Gespann in weitem Bogen um den gefallenen Baumstamm herum. Dann hielt er fluchend vor dem kleinen, aber reißenden Fluß an, welcher um dicke Felsbrocken dahinbrauste. Conan stieg vom Wagen und ging zum Ufer. Von der Frau war kein Zeichen zu entdecken. Das Rauschen des Wassers übertönte jedes Geräusch, das sie auf der Flucht machte.

Der Cimmerier kehrte zum Streitwagen zurück und half Favian die schaumbedeckten halbtoten Pferde abzureiben und zu beruhigen. Knackende Äste und lautes Fluchen verrieten das Nahen der Reitertruppe. Sie kamen im Schritt. Nur ihr Anführer schien es eilig zu haben. Es war der Baron, welcher auf dem Pferd eines der toten Kavalleristen saß.

»Favian! Dort drüben ist er! Hierher, Männer, folgt mir!« schrie er und winkte. »Junge, was hast du dir dabei gedacht, so weit vorauszujagen?«

»Vater, wir haben Rebellen getötet und ...«, begann der junge Lord.

»Also, das dulde ich nicht! Du hättest selbst den Tod finden können, und dann wäre das edle Geschlecht der Einharsons von Dinander erloschen!« Wütend riß der Baron das Pferd beiseite und blieb direkt vor dem Streitwagen stehen. »Von jetzt an bleibst du gefälligst in meiner Rufweite!«

Marschall Durwald, der ebenfalls auf einem geborgten Pferd saß, ritt neben ihn. »Es war wirklich eine Meisterleistung, das Gespann hierher zu führen, Mylord! Der junge Lord hat sich sehr verdient gemacht.

Er hat die Rebellen vertrieben, und viele mußten dabei ihr Leben lassen.«

»Ja, ja. Dieser Barbar scheint mit dem Speer recht passabel zurecht zu kommen.« Baldomer nickte Conan gnädig zu. »Natürlich bist du gefahren, Favian. Das habe ich mir gleich gedacht.« Dann runzelte er die Stirn und schüttelte den Kopf. »Aber eines Tages mußt du lernen, wie ein echter Kommandant deine Truppen vom Rücken eines edlen Rosses aus zu führen.«

Ohne dem Vater zu antworten, ging Favian zum Fluß, um den Helm für die Pferde mit Wasser zu füllen. Conan sah von der Seite, daß das Gesicht des jungen Edelmanns vor Wut entstellt war und daß ihm Tränen über die Wangen flossen.

Inzwischen kam ein niederer Offizier durch den Wald herbeigeritten, um dem Baron Meldung zu erstatten. »Elf Rebellen sind tot, Sire. Leider ist keiner mehr übrig, den wir hätten verhören können. Wir glauben, daß fünf oder sechs möglicherweise entkommen konnten; aber es ist gefährlich, sie in diesem Wald zu verfolgen.«

»Nein, das ist nicht nötig. Junker Ulf kennt diese Gegend und wird uns sagen, wo wir sie am besten erwischen können.« Dann wandte Baldomer sich an Durwald. »Das waren verzweifelte Burschen. Den Kapuzen nach dürfte es sich um Anhänger des Schlangenkults handeln, von denen wir schon gehört haben. Bist du auch meiner Meinung?«

Der Marschall nickte und musterte den Baron vorsichtig, als wolle er abschätzen, wie offen er sprechen konnte. »Das ist in der Tat schwer zu sagen, Mylord. Die Umhänge mit den Kapuzen sollten offenbar die Identifizierung unmöglich machen. Aber die wenigen Köpfe, die wir jetzt haben, führen uns womöglich zu weiteren Personen.« Er zwirbelte seinen Schnurrbart. »Ich habe allerdings bei keinem der toten Rebellen einen Fetisch oder eindeutige Bemalung gesehen.«

»Das waren Schurken der übelsten Sorte! Sie haben unsere Pferde getötet!« Baldomer schüttelte empört den Kopf. Seine Augen funkelten vor Wut. »Diese Schweine werden für den Mord an diesen edlen Tieren teuer bezahlen!«

»Gewiß, Sire. Es waren keine Strauchdiebe, sonst hätten sie die Pferde verschont.«

»Ha, niemand weiß, was diese aufrührerischen Kerle dazu treibt, sich zu empören und abscheuliche Religionen auszuüben.« Baldomer drückte dem Pferd ungeduldig die Fersen in die Weichen. »Aber kommt jetzt zurück auf den Weg. Wenn du es schaffst, fahr den Streitwagen von hier weg, Favian! Bleib aber dicht hinter uns! Junker Ulf wird uns mehr über diese Rebellen sagen können, sobald wir in Schloß Edram sind.«

8

BLUTIGER FLUSS

»Und so seht Ihr selbst, daß dieses Scharmützel für beide Seiten teuer zu stehen kam.« Baron Baldomer machte eine Pause in dem Bericht, um einen Schluck Wein aus dem Silberpokal zu trinken. »Wir haben ein Dutzend Männer und einige unserer besten Pferde schon beim ersten Pfeilhagel verloren. Doch danach jagten wir die feigen Schurken, welche uns aus dem Hinterhalt überfielen, in die Flucht und töteten die meisten von ihnen. Selbst mein Sohn, in seiner Verkleidung als gewöhnlicher Soldat, leistete einen bescheidenen Beitrag in diesem Kampf.« Der Baron warf einen kurzen Blick auf Favian, der in einem Bogenfenster des runden Bankettsaales saß.

Der junge Lord hatte ein Bein vor sich aufs breite Fenstersims gestellt. Er erwiderte den Blick nicht, gab auch keine Antwort. Stumm trank der junge Aristokrat aus dem Becher und ließ den Blick immer wieder hinaus auf den dahinrauschenden Fluß schweifen. Selbst in der Rüstung eines einfachen Kavalleristen sah er blendend aus.

Sein Doppelgänger Conan saß gemütlich am großen Eichentisch und widmete sich hingebungsvoll den letzten Stücken des Wildschweinbratens, an dem die anderen längst kein Interesse mehr hatten. Vor der Landbevölkerung hatte er seinen kurzen und steifen

Auftritt erfolgreich absolviert. Er war aus dem Streitwagen ausgestiegen und die kurze Strecke über den Hof bis zum Schloß gegangen, ohne daß jemand ihm nach dem Leben getrachtet hatte. Jetzt tafelte er hier auf Schloß Edram mit den Edlen des Landes und trug die geborgte Rüstung, allerdings ohne sich darin besonders aristokratisch zu benehmen.

Der rundliche Gastgeber, Junker Ulf, wandte das feiste Gesicht über dem Lederwams Baldomer zu. »Ja, Mylord, ich bedaure Euer schreckliches Mißgeschick zutiefst. Es ist in der Tat eine Schande für dieses Gebiet. Wäre ich Euch doch nur mit meinen Männern bis in die Berge entgegengeritten! Ach, es wäre mir lieber, dieser Pfeil, welcher Euren edlen Hengst traf, hätte mich durchbohrt!« Dabei schlug er sich auf den dicken Bauch. »Aber die infame Tat ist geschehen. Ich verspreche Euch jedoch, daß ich auf der Stelle dafür sorgen werde, daß diese Rebellen hart bestraft werden.«

»Vielleicht können wir Euch dabei helfen«, sagte Baldomer mit einem Seitenblick auf Durwald. »Ich nehme an, Ihr habt eine Ahnung, wo dieser Aufruhr seinen Ursprung nahm.«

»Selbstverständlich, Mylord!« Ulf nickte so heftig, daß die stoppeligen Wangen nachbebten. »Ketzerei und Verrat lauern in diesen Tagen vielerorts, besonders seit dieser Schlangenkult wieder aufgelebt ist. Darüber muß ich Euch später noch mehr berichten.« Der dicke Junker schüttelte in heftigem Mitgefühl mit seinem hohen Gast die ungewaschenen langen Locken, ehe er fortfuhr.

»Selbst hier, ganz in der Nähe, gibt es Nester dieses hochverräterischen Natterngezüchts. Ich denke da besonders an ein Dorf. Es liegt einen halben Tagesritt von hier entfernt. Schon lange möchte ich es züchtigen, auch schon vor diesem letzten, wirklich abscheulichem Verbrechen. Falls Ihr einen Teil Eurer Elitetruppe entbehren könntet, um dabei zu helfen, Mylord, wüßte ich dies ungemein zu schätzen. Ich kann mit ziemlicher Sicherheit sagen, daß die elenden Schurken dieses Dorfs bei der feigen Attacke auf Euch und Eure Männer mitgemacht haben.«

»Das höre ich gern.« Der Baron nickte beifällig und blickte wieder zu Durwald. »Ein Aktionsplan, ohne endlose Überlegungen und Wenn und Aber. Wir helfen Euch mit Freuden, Junker Ulf.«

»Gewiß, Mylord, aber wir sollten besonnen handeln«, warf Durwald ein und betrachtete den fetten Junker mißtrauisch. »Wenn Ihr Euch recht erinnert, fiel uns auf, daß die Umhänge der Rebellen städtischen Zuschnitt hatten und vielleicht aus Dinander oder Numalia stammten. Es ist durchaus möglich, daß die Aufrührerischen uns aus dem Westen vorausgeeilt sind.«

»Ja, aber es besteht doch wohl auch kein Zweifel, daß sie Unterstützung von der hiesigen Bevölkerung hatten. Warum griffen sie uns denn nicht in den Bergen an? Und wohin sind sie geflohen?« Baldomer schüttelte den Kopf und verzog das Gesicht. »Nein, Marschall, manchmal ist es am besten, schnell und entschlossen zu handeln, ohne lange zu zaudern.«

Er heftete seinen Raubvogelblick wieder auf Ulf. »Ich werde Euch zwanzig Reiter als Unterstützung mitschicken, Junker. Mein Sohn Favian soll sie anführen — diesmal ordnungsgemäß in der Rüstung eines Kavallerieoffiziers, mit einer scharfen Klinge in der Hand und einem starken Roß zwischen den Schenkeln. Durwald, du reitest mit und paßt auf den Jungen auf. Den Barbaren nimmst du natürlich auch mit, damit meinem Erben kein Leid geschieht.«

»Jawohl, Mylord«, sagte Durwald, da ihm keine Wahl blieb, als sich mit dem Entschluß des Barons abzufinden.

»Ich danke Euch.« Ulf verneigte sich tief, wobei seine Schweinsäuglein listig blitzten. »Wir könnten die Reiter schon morgen vor Tagesanbruch losschicken. Ich selbst werde hier im Schloß bleiben und mich persönlich um Euer Wohlergehen und Eure Sicherheit kümmern, Mylord.«

Baldomer nickte gnädig und sah sich im Saal um. Falls er erwartete, daß sein Sohn ihm für das Kommando dankte, wurde er enttäuscht. Favian musterte die Anwesenden nur einmal gelangweilt und schaute dann wieder auf den Fluß hinaus.

Für einen Augenblick herrschte betretenes Schweigen, dann ergriff Durwald das Wort. »Ihr sagtet, daß Ihr noch weitere Informationen über die Aktivitäten des Schlangenkults hättet, Junker Ulf? Würdet Ihr uns diese mitteilen?«

»Noch viel besser!« Ulf strahlte. »Ich habe einen Gefangenen!« Er klatschte in die Hände und genoß es sichtlich, daß alle ihn erwartungsvoll anblickten. »Ich habe vor kurzem einige Steuereinnehmer nach Osten geschickt — nach Varakiel —, um von einem verstockten Pächter die Abgaben einzutreiben. Sie fanden sein Land verlassen vor, mehrere Getreidefelder standen in Flammen. Von ihm selbst keine Spur. Aber in den nahen Wäldern erspähten sie die brandschatzenden Rebellen und nahmen einen gefangen. Der Mann ist ein überzeugter Schlangenanbeter, allerdings geriet er vielleicht erst vor kurzem in diese hysterische Bewegung.«

»Und wo ist dieser Gefangene?« Der Baron stand auf. »Wie bald können wir ihn sehen?«

»Sofort, wenn es Euch beliebt, Lord Baldomer. Wir haben ihn eigens für Euch am Leben erhalten.« Ächzend erhob sich der Junker aus dem Sessel. »Allerdings muß ich Euch warnen: Der Mann hat sich bisher geweigert, mit uns zusammenzuarbeiten. Die Macht Sets ist sehr stark in ihm. Obwohl wir Wasser und Feuer angewendet haben, konnten wir die Teufel nicht aus ihm heraustreiben.«

»Ich hoffe, Ihr habt genug von ihm übriggelassen, daß wir ihm noch einige Fragen stellen können«, sagte Durwald leise. Mit mürrischem Gesicht stand er auf und schritt mit Baldomer und dem Junker Ulf zu einer Seitentür des Bankettsaals. Conan nahm noch schnell ein paar reife Quitten aus der Obstschale auf dem Tisch und steckte sie ein. Auch Favian bequemte sich, den Sitz im Fenster zu verlassen und mit dem Cimmerier den anderen zu folgen.

Vom Bankettsaal aus gelangte man auf einen breiten Wehrgang, welcher zwei der fünf Türme des Schlosses miteinander verband. Die Sonne schien hell auf die gelben Ziegel, wodurch die Schatten besonders dunkel wirkten. Ein klarer blauer Himmel wölbte sich über ihnen. Eine frische Brise trieb einige weiße Wolken dahin. Unten schlängelte sich der Fluß zwischen satten smaragdgrünen Weiden dahin. Die Strohdächer der Häuser der kleinen Stadt am Brückenkopf leuchteten wie helles Gold.

Ulf führte sie an einem großen Katapult auf Rädern vorbei. Mehrere dieser Kriegsmaschinen standen auf dem Wehrgang, jederzeit bereit, feindliche Boote auf dem Fluß zu versenken oder Angreifer von der Zugbrücke zu jagen. Als Munition dienten die aufgeschichteten Steine und Pechtöpfe daneben. Der Junker blieb vor einer metallbeschlagenen Tür im nächsten

Turm stehen. Zwei Posten hielten dort mit ausdruckslosen Gesichtern Wache.

»Wir benutzen den Nordturm als Wachstube und Verlies«, erklärte Ulf seinen Gästen, während er den schweren Riegel zurückschob. »Die Fundamente von Schloß Edram sind durch das häufige Hochwasser des Urlaubs zu feucht, um als Verlies zu dienen, in welchem die Gefangenen überleben können. Aber ich bin sicher, daß unsere Ausweichlösung durchaus Eure Billigung erfährt. Wir sind hervorragend ausgestattet.«

Er stieß die Tür nach innen auf und bat sie, einzutreten. Von den Kohlenbecken schlug ihnen Hitze entgegen. Durch die engen Schießscharten fiel das Tageslicht herein. Pferdegeschirre und Schmiedehandwerkszeug hingen und standen an den runden Wänden, was für eine Wachstube nicht ungewöhnlich war. Dann lagen noch andere Dinge herum, deren Sinn und Zweck auf den ersten Blick nicht erkennbar waren.

In der Mitte des runden Raumes hing ein großes Speichenrad an Ketten von der Decke. Darauf war ein junger Bauernbursche mit ausgebreiteten Armen und Beinen festgebunden. Er schien halb bewußtlos zu sein. Wo sein rauhes Gewand weggerissen war, sah man die Spuren der Folter mit siedendem Wasser oder glühenden Eisenstäben auf der Haut. Das blasse Jungengesicht war ausdruckslos nach oben gerichtet. Auch jetzt bewegten sich die Augen nicht, um die Ankömmlinge zu mustern.

»Die einzigen Äußerungen, die wir ihm bisher entlocken konnten, waren wüste Flüche«, erklärte der Junker. »Aber als er noch bei Kräften war, kämpfte er wie ein leibhaftiger Teufel.« Er zeigte einladend auf ein Becken mit glühenden Kohlen. »Hier, Mylord, versucht Euer Glück mit den glühenden Zangen. Vielleicht seid Ihr erfolgreicher als wir.«

Der Baron beobachtete Ulf nicht und betrachtete den Gefangenen skeptisch. Offensichtlich war er enttäuscht. »Das ist doch noch ein Kind! Kein sehr furchteinflößender Rebell!«

»Laß ihn ›*Kaa nama kaa lajerama*‹ sagen«, schlug Favian vor, der beim Eingang stehengeblieben war. »Kein Anhänger des Schlangenkults kann diese Worte aussprechen und weiterleben.«

Marschall Durwald beugte sich zu dem Gefangenen hinunter. Er hatte schließlich sehr viel Erfahrung mit Verhören. Sogleich schlüpfte er in die Rolle des verständnisvollen Freundes. »Keine Angst, mein Junge! Ich bin nicht hier, um dir weh zu tun.« Dann kniff er den Burschen in die Wangen, so daß dieser unwillkürlich den Mund aufriß. Durwald blickte hinein. Dann ließ er den Gefangene jäh los und fuhr den Junker wütend an. »Also nein! Wie soll er uns etwas sagen, wenn irgendein Idiot ihm die Zunge verstümmelt hat?«

»Nein, nein, das gehört zu einem Ritual des Schlangenkults!« verteidigte sich der fette Junker. Er nahm eine Zange, die allerdings kalt war, und hielt sie hoch. »Sie schlitzen die Zunge auf, damit sie die heiligen Silben Sets aussprechen können.« Er trat vor den Gefangenen und fuhr ihm mit der Zange in den offenen Mund. Wie von der Tarantel gestochen sprang er zurück und ließ die Zange fallen. Der Bauernbursche hatte bei diesem Eingriff den Gebrauch der Zunge wiedergefunden.

»*Hathassa fa Sathan!*« zischte es aus dem bleichen Gesicht. »*Sa setha efanissa, na!*« Bei diesen Verwünschungen erhaschten die betroffenen Zuschauer einen

Blick auf die gespaltene Zunge, die wie bei einer Schlange aus dem Mund fuhr und wieder verschwand. Obgleich die Stimme des Gefangenen anfangs erstaunlich kräftig war, erlosch der Glanz in den hellen Augen schnell. Dann sank der Kopf zurück auf die Radspeichen. Der geschundene Körper sackte in sich zusammen.

»Was hat er gesagt?« Baldomer blickte die anderen mit hochgezogenen Brauen an. »Kennt jemand diese Sprache?«

»Das ist kein Dialekt aus dieser Gegend, Mylord«, antwortete Ulf. »Vielleicht nicht einmal ein menschlicher.« Er zuckte mit den Schultern. »Ich habe keine Ahnung, was diese Worte bedeuten. Trotzdem werde ich mit Sicherheit morgen früh in meinen Stiefeln nachsehen, ob keine Giftschlangen drin sind.«

Conan stand neben der Tür. Der Appetit auf die Quitten war ihm längst vergangen. Er legte sie auf einen angekohlten Tisch. Dann trat er zu Favian. Der Cimmerier war erstaunt, wie groß die Wut war, welche er in sich spürte. Die Adern an den Schläfen pochten sichtbar. Er wußte nicht, was als nächstes kommen würde. Quälende Erinnerungen an die Zeit im Verlies in Dinander wurden wach, als er sah, welche Gemeinheiten in diesem rauchigen Raum begangen wurden.

Er schaute zu dem Gefangenen hinüber. Doch diesem war nicht mehr zu helfen. Die letzten Lebensgeister hatten den ausgemergelten Leibeigenen verlassen. Die leeren Augen waren nach oben gerollt. Conan kam sich irgendwie schmutzig vor. Er hatte ein flaues Gefühl im Magen und trat hinaus auf den sonnigen Wehrgang.

Am nächsten Morgen verließ eine Doppelreihe Reiter Schloß Edram. Sie folgten nicht dem Urlaub flußaufwärts, da dieser zu viele ausladende Biegungen beschrieb, sondern preschten geradeaus über Wiesen und Weiden. Dann machten sie aber doch nach einer Stunde einen Umweg zu einem Wäldchen. Dort hielten sie an. Die Soldaten sammelten trockene Äste und Zweige. Daraus fertigten sie Reisigfackeln, die sie hinter den Sätteln festbanden.

Da Conan die vornehme Rüstung trug, war er von diesen Arbeiten ebenso ausgenommen wie die anderen Offiziere. Er ritt mit Durwald und Lord Favian ziemlich an der Spitze der Kolonne. Um den Erben der Einharson-Dynastie zu schützen, hatten ihn die beiden Nichtaristokraten zwischen sich genommen. Da Favian sie nur mißmutig anschaute, kam es zu keiner Unterhaltung zwischen den drei Männern.

Der junge Lord kehrte jedoch häufig den Kommandanten heraus, indem er der Abteilung befahl, schneller zu reiten, oder einen Soldaten heftig beschimpfte, weil dieser nicht in Reih und Glied geblieben war. Die zwanzig Kavalleristen Baldomers hatten viel mehr Disziplin als Ulfs Männer. Diese kamen Conan ziemlich schlaff und überheblich vor, besonders der Kerl mit dem Wieselgesicht, welcher neben Durwald ritt und angeblich den Weg zum Schlupfwinkel der Rebellen kannte.

Als die Sonne am dunstigen Himmel auf den Mittagspunkt hinwanderte, machten die saftigen Weiden unter den Hufen der Rosse fruchtbaren Getreidefeldern Platz. Weiter vorn zeigte eine geschwungene Baumlinie an, daß sie sich wieder dem Fluß näherten. Ein Reiter aus Baldomers Abteilung, eigentlich ein Bauer, äußerte sein Mißfallen darüber, daß sie eine so breite Schneise in das kurz vor der Ernte stehende Weizenfeld trampelten. Die anderen lachten spöttisch über diese Bedenken.

Favian gebot ihnen sofort energisch Schweigen. Allerdings nützte dies auch nichts; denn kurz darauf sagte der mit dem Wieselgesicht etwas zu Durwald, worauf dieser dem jungen Lord die Nachricht weitergab. Favian nickte und ließ die ganze Abteilung anhalten. Auf sein Zeichen hin brachten Ulfs Männer den Feuertopf und steckten die Reisigbündel in Brand. Dann zückte der junge Lord sein Schwert und gab den Befehl zur Attacke.

Keiner sah das Angriffsziel. Doch der Führer schrie den Offizieren an der Spitze zu, daß sie unmittelbar davor seien. Conan ließ sein Pferd mit den anderen dahinstürmen. Er hatte große Mühe, nicht aus dem unbequemen Sattel geschleudert zu werden.

In dem kniehohen Getreide und auf dem weichen Ackerboden hörte man den Hufschlag kaum. Es gab auch keine Hindernisse, welche die Attacke verlangsamten. Die fruchtbaren Äcker waren nicht durch Hekken oder Mauern, sondern nur durch niedrige Erdwälle getrennt, welche die Pferde mühelos im Sprung überwanden.

Plötzlich sahen sie einige Bauern, welche auf den Äckern arbeiteten. Beim Anblick der Reiterschar ließen sie die Hacken fallen und flohen in wilder Panik. Völlig überrascht hörte der Cimmerier, wie alle Soldaten die Schwerter aus den Scheiden rissen und in wildes Kriegsgeheul ausbrachen. Im nächsten Augenblick hatten sie bereits die ersten Bauern niedergeritten und erschlagen. Trotz der Schmerzensschreie der Opfer ritten sie mit unverminderter Geschwindigkeit weiter.

Diese Hyborier kennen wirklich keine Gnade, dachte Conan. Sie töteten einander noch schneller als Fremde. Ein seltsames Volk. Er war froh, daß ihm bisher noch kein unglücklicher Bauer unter die Hufe geraten war.

Trotzdem war er mitten im Kampfgetümmel und mußte die Augen offenhalten. Da auch er, wie alle anderen, das Schwert gezückt hatte, war es für ihn nicht leicht, das galoppierende Pferd mit einer Hand zu führen.

Doch gleich darauf gelangte die Abteilung in Obstgärten. Vor ihnen lag auf einer Anhöhe am Flußufer das Dorf. Die Soldaten bildeten einen Halbkreis und preschten darauf zu. Die Bewohner wurden von dem Angriff völlig überrascht. In heller Panik liefen sie davon, als sie den Hufschlag hörten, und suchten in ihren Behausungen Schutz.

Auf dem festgetretenen Lehmboden donnerten die Hufe der Pferde auf den Hauptplatz. Favian ritt mit gellenden Schreien und gezücktem Schwert allen voran. Conan folgte in einiger Entfernung, da sein Pferd es vermied, auf die von der Vorhut niedergemachten Dorfbewohner zu treten. Überall hörte er Fluchen und Schreien. Die Soldaten töteten nicht nur die Menschen auf der Straße, sondern holten sie auch aus den Hütten heraus und machten sie ohne Gnade nieder.

Conan kam sich wie ein Narr vor, da er erwartet hatte, es handle sich um eine irgendwie geordnete Strafexpedition. Hier fragte keiner nach Schuldigen oder Verdächtigen. Es war ein regelrechtes Gemetzel. Männer, Frauen und Kinder wurden alle unterschiedslos getötet. Die Männer des Junkers waren besonders grausam. Mit Freudenschreien schlachteten sie sogar die angebundenen Haustiere ab. Unter Favians Kommando benahmen sich die Soldaten aus Dinander etwas disziplinierter, aber nicht weniger blutrünstig. Vor Conans Augen flackerten die Bilder von der blutigen Plünderung in Venarium auf. Aber in diesen elenden Hütten gab es bestimmt nichts zu plündern. Das dämpfte seinen Eifer.

Niemals hätte er sich vorstellen können, daß es ihm etwas ausmachen würde, Nemedier zu töten; doch jetzt war ihm nicht wohl. Allerdings hatte er nicht die Absicht, durch die Hand eines Rebellen oder Soldaten sein junges Leben zu verlieren. Er stieg vom Pferd. Damit war die Gefahr eines Sturzes gebannt. Dann führte er das Tier durch die Rauchschwaden und redete sich ein, daß ihn der Kampf im Grund nichts angehe.

Jetzt wurden auch die Reisigfackeln eingesetzt. Unter Favians Befehl gingen die pergamenttrockenen Strohdächer blitzschnell in Flammen auf. Dann brachen die Soldaten die Türen und Fenster der Hütten auf und warfen noch mehrere Brandsätze ins Innere. Die Bewohner schrien und schluchzten. Wer hinauslief, wurde erbarmungslos von den Reitern getötet. Conan sah sich vergeblich nach irgendeiner Form von bewaffnetem Widerstand um. Nichts. Er war sicher, daß dieses Dorf nicht die Höhle der Rebellen war, wie Junker Ulf behauptet hatte.

Dann erregte etwas anderes seine Aufmerksamkeit: Durch eine Lücke zwischen zwei brennenden Hütten sah er ein blasses Gesicht. Trotz der Rauchschwaden kam es ihm bekannt vor.

Der Cimmerier ließ sein Pferd los und lief zu Fuß weiter. Den einen Arm hielt er vors Gesicht, um sich vor der Hitze und den herabfallenden Balken zu schützen. Dann war er hinter dem Dorf. Er rieb sich die tränenden Augen und spähte umher. Ja, dort drüben verschwanden mehrere Gestalten im Weidengebüsch am

Flußufer. Mit dem Schwert in der Rechten folgte er vorsichtig.

Bereits nach wenigen Schritten griff ihn einer der Bauern im Schutz der Weiden an. Der Mann trug nur ein Wams aus Wolle und Sandalen. Mit einem Hieb hatte der Cimmerier der aus einem Ast geschnitzten Heugabel die drei Zinken abgeschlagen. Sein Schlag war aber so kraftvoll, daß die Klinge weitersauste und den Gegner am Hals traf. Als der Mann zu Boden sank, warf Conan einen Blick auf ihn. Ja, er hatte ihn nur mit der flachen Klinge erwischt und für kurze Zeit ins Reich der Träume geschickt. Vorsichtig stieg er über ihn und schlich weiter.

Am schilfigen Ufer zerrten vier Flüchtige an einem winzigen Boot, das aus einem Holzrahmen bestand, über den Häute gespannt waren. Sie wollten die Nußschale ins Wasser schleppen. Der Cimmerier pirschte sich näher durchs Schilf. Da richtete sich die größte Gestalt auf. Sie trug den bekannten Umhang mit Kapuze. Letztere war allerdings vom Kopf geglitten, so daß Conan die langen blonden Flechten sah. Die Frau auf dem Baumstamm, welche nach dem mißglückten Überfall in den Wald geflohen war. Jetzt war sie hier mit drei Kindern aus dem Dorf.

Da entdeckte ein kleiner Bursche mit rußigem Gesicht und Rotznase den Cimmerier. Kampfbereit kam er ihm mit einem Messer entgegen, dessen Klinge abgebrochen war. Die Frau packte den Kerl am Hemdkragen und zog ihn neben sich. »Kümmere dich um das Boot!« befahl sie. In Conans Ohren klang das Nemedisch recht hart. Dann holte sie aus ihrem Gürtel einen Langdolch und wartete kühl auf den Verfolger.

Da raschelte es nicht weit von Conan im Weidengebüsch. Einer von Baldomers Soldaten führte sein Pferd zum Fluß. Offenbar wollte er es trinken lassen. Jetzt grinste der alte Haudegen mit herabhängendem Schnurrbart widerwärtig. »Aha, ein Mädel vom Land und schon flügge! He, die Kleine gehört erst mir. Verstanden?«

Der Mann taumelte zurück. Sein Pferd wieherte erschrocken, als Conans Klinge auf den metallenen Brustharnisch seines Herrn direkt unterhalb der Rippen traf. Der Veteran hob sofort tapfer die eigene Waffe, ohne Rücksicht auf die Schmerzen. Doch hatte er nach dem Blitzangriff des Cimmeriers keine Chance mehr, sein Leben zu retten. Der nächste Hieb Conans erwischte ihn von innen in die ungeschützten Kniekehlen. Er stolperte und fiel in den Schlamm. Dann versetzte ihm Conan durch die Halsöffnung des Harnischs gezielt den Todesstoß. Verängstigt flüchtete das Pferd ins Gebüsch.

Jetzt wandte sich der Cimmerier wieder der jungen Frau zu. Doch diese hatte inzwischen mit den Kindern das Boot freibekommen und schob es durch einen schmalen Kanal hinaus auf den Fluß. »Warte!« wollte er ihr nachrufen; aber das Wort erstarb ihm in der Kehle.

Er watete noch ein Stück weiter, wo das Schilf nicht so dicht stand. Jetzt sah er die Nußschale wieder. Sie trieb auf dem offenen Fluß dahin. Die Frau saß im Heck und bemühte sich, das Boot mit einem Ruder zu steuern. Sie schaute nicht zurück.

Conans Blick wanderte flußaufwärts. Vor ihm zogen tiefrote Schlieren im träge fließenden Wasser dahin: Blut vom Massaker im Dorf! Er ging weiter, wo keine Weiden den Blick versperrten. Nach einer Flußbiegung bot sich ihm ein noch schrecklicheres Bild. Die Feuersbrunst und die dunklen Rauchschwaden spiegelten sich im Wasser. Der ganze Fluß schien nur noch karmesinrotes Blut zu führen.

Doch was war das? Der Cimmerier spähte angestrengt hinüber. Dann fluchte er. Am liebsten hätte er laut, aber bitter gelacht. Er konnte es kaum fassen: Auf beiden Ufern hatten hölzerne Plattformen gestanden. Auf jeder war eine primitive Winde. Die hinter dem Dorf stand jetzt in Flammen. Dicke Seile, wahrscheinlich von den Soldaten gekappt, schwammen mitten im Fluß. Ein großes Flachboot tanzte auf den blutroten Wellen. Es war eine Fähre! Mit ihrer Hilfe hatten die Bauern dieser Gegend den Fluß überquert, was zweifellos zum Wohlstand des Dorfes beigetragen hatte — bis heute!

Angewidert wandte sich der Cimmerier ab und ging die Böschung hinauf. Ihm war, als trübten blutige Schleier seine Blicke. Er marschierte auf die Feuersbrunst im Dorf zu, von wo ihm gellende Schreie und Prasseln entgegenkamen.

Nur einmal blieb er hinter einer brennenden Hütte stehen und zerrte einen von Junker Ulfs Schergen von einem sich verzweifelt wehrenden Bauernmädchen herab. Er schnitt dem Mann blitzschnell die Kehle durch und ließ die Leiche liegen, während das Mädchen wimmernd im Schilf verschwand.

Dann marschierte er durch Rauch und Flammen bis ins Herz des Infernos. Dort saß Durwald immer noch hoch zu Roß und schaute Favian zu, der mit heiserer Stimme die Männer zu weiteren Greueltaten aufforderte. Schließlich befahl der junge Lord, noch mehr Holz auf die brennenden Hütten zu werfen, damit sie bis auf den Erdboden abbrannten.

Conan trat zum Marschall und blickte mit finsterer

Miene zu ihm auf. »Durwald, jetzt weiß ich, warum wir hier sind.«

Der Aristokrat schaute den Cimmerier an, dann dessen blutbeflecktes Schwert. »Nun?« fragte er mit schmerzlichem Lächeln. Sein eigenes Schwert lag griffbereit vor ihm auf dem Sattel.

»Eine Fähre! Hier führt eine Fähre über den Fluß! Darin bestand die Rebellion, über welche sich Junker Ulf so empörte. Deshalb mußte dieses Dorf zerstört werden: ein Boot, das mit seiner steinernen Brücke in Wettbewerb getreten war, so daß er weniger Zölle einnahm.«

Durwald schüttelte nur den Kopf und schwieg.

»Willst du das ruhig hinnehmen?« fuhr der Cimmerier ihn an. »Bist du ein Krieger oder ein Schlächter unschuldiger Menschen?«

Der Marschall ritt langsam weiter. Sein Gesicht verriet keinerlei Gefühle. Aus den rot umränderten Augen flossen Tränen. Aber so erging es den meisten Männern hier; daher wußte Conan nicht, ob diese Tränen vom beißenden Rauch oder von bitterer Scham herrührten. Niemand würde dies je erfahren.

9

TÖDLICHE BRAUTNACHT

Die Stadttore von Dinander ragten zu beiden Seiten hoch auf. Sie waren aus schweren Holzbohlen gefertigt und mit schwarzen Eisenbändern beschlagen. Sie wirkten ebenso furchteinflößend wie die dunklen Mauern daneben. Zweifellos erfüllten sie beide Zwekke: Sie hielten Bürger auch gegen ihren Willen in der Stadt und wehrten Eindringlinge ab. Heute allerdings waren die Torflügel weit geöffnet. Auf der Straße dahinter spazierten viele Bewohner, alle festlich gekleidet, und genossen die Nachmittagssonne. Doch als Baron Baldomer Einharsons Reiterabteilung durchs Tor trabte, fielen Schatten auf die meisten Gesichter. Mit der üblichen Hochachtung, aber auch Angst machten sie dem Schloßherrn Platz.

Der Baron ritt hinter den vier Reitern in schwarzer Rüstung, welche die Vorhut bildeten. Er saß gebieterisch auf dem hochbeinigen Fuchswallach, den er anstelle seines geliebten Schimmels ritt. Dicht hinter ihm rollte der Streitwagen mit Marschall Durwald. Der Lenker war — jeder unbedarfte Zuschauer hätte es beschworen — der kühne Sohn des Barons, Favian.

Doch dieser Zuschauer hätte einen Meineid geleistet, denn ein Barbar aus dem Norden, allerdings in der Prunkrüstung Favians, hielt die Zügel. Baldomers Sohn ritt in den ersten Reihen der Kavallerieabteilung.

Er hatte das Visier über die schönen, wenn jetzt auch versteinerten Gesichtszüge geklappt.

Der einfache Bürger wäre verwirrt gewesen, hätte er von der Scharade gewußt. Da ritt Baldomer, für jedermann erkennbar, ein leichtes Ziel für seine Feinde. Seine kostbare glänzende Rüstung bot nicht mehr Schutz gegen einen Pfeil als der plumpe Brustharnisch eines gemeinen Reiters. Warum verbarg er die Identität seines Sohnes und nicht die eigene?

Die Antwort mußte in den komplizierten und geheimnisvollen Gedankengängen der Aristokraten liegen, die sich vom gesunden Menschenverstand des einfachen Bürgers sehr unterschieden. Diese Aristokraten sind schon seltsame Wesen, hätte der unbedarfte Bürger gedacht.

Doch Lord Baldomer schien hochzufrieden zu sein, falls man jemals auf seinen zerklüfteten Zügen diesen Gemütszustand lesen konnte. Kerzengerade saß der große Mann im Sattel und musterte die Scharen seiner Untertanen. Die Menschen standen so dicht gedrängt, daß er den Wallach zügelte und sich bis zum Streitwagen zurückfallen ließ. Dem Cimmerier gelang es einigermaßen gut, den Wagen durch die Straßen zu lenken. Schließlich richtete Marschall Durwald von der Bank des Wagens aus das Wort an den alten Krieger.

»Anscheinend ist die Nachricht über unsere Ankunft uns vorausgeeilt, Mylord, sonst wären kaum so viele Menschen auf den Beinen.« Der Marschall betrachtete nachdenklich die dichtgedrängten Reihen. Ab und zu nickte er einem prominenten Bürger oder dessen hübscher Frau zu. »Entweder hat sich der Kurier ausgeplaudert, den wir zu Svoretta schickten, oder der alte Meisterspion selbst hat die Kunde durch seine Agenten verbreiten lassen.«

»Ja, ich wünschte, er würde nicht so das Auge der Öffentlichkeit scheuen und uns offen am Stadttor begrüßen! Selbst der alte Lothian wäre mir willkommen, damit wir endlich erfahren, was sich während unserer Abwesenheit zugetragen hat.« Baldomer verzog keine Miene, während er mit Durwald sprach. »Aber es ist zur Abwechslung auch nicht übel, wenn mich meine Untertanen willkommen heißen. Ich werde auf dem Hauptplatz anhalten und ihnen mitteilen, daß die Fahrt durch die Provinz erfolgreich war und daß wir die Rebellen vernichtend geschlagen haben.«

»Vielleicht wäre es weiser, diesen Schlag gegen die Rebellen nicht zu sehr hochzuspielen, Mylord«, riet Durwald mit einem bitteren Lächeln um die Mundwinkel. »Es war schließlich nur ein kleines Scharmützel und kein direkter Schlag gegen die Rebellen.«

Baldomer schüttelte entschieden den Kopf und runzelte die Stirn. »Der Tod zweier Soldaten durch ein feindliches Schwert ist genug Beweis für eine nicht zu unterschätzende militärische Präsenz. Und haben deine Offiziere nicht die Leichen von achtundsiebzig bewaffneten Sympathisanten der Aufrührer gezählt, darunter Männer, Frauen und Kinder? Das nenne ich einen beachtlichen Sieg.«

Obwohl der Cimmerier sein Hauptaugenmerk darauf richten mußte, den Streitwagen sicher durch die Menschenmenge zu lenken, hörte er dennoch mit einem Ohr dem Gespräch zu. Er war in letzter Zeit überaus schlechter Laune gewesen, heute besonders, wie man an dem ungeduldigen Rucken mit den Zügeln erkennen konnte. Die Leute drängten sich immer dichter an den Streitwagen heran. Ständig hielt er Ausschau nach einem Hinterhalt oder einem möglichen Meuchelmörder. Die Zurückhaltung und gezwungene

Fröhlichkeit auf den Mienen der meisten Bürger gaben ihm zu denken. Feierten die Leute wirklich die Rückkehr des Barons oder eher seine Abwesenheit? Vielleicht würde er den wahren Grund nie erfahren, warum sich ausgerechnet heute anscheinend sämtliche Einwohner Dinanders auf den Straßen versammelt hatten.

Baldomers abgekürzte Reise durch die Provinz einen großen Erfolg zu nennen, war eine Riesenlüge – oder eine noch größere Illusion. Das wußte der Cimmerier genau. Eine Woche lang hatten sie sich auf Schloß Edram aufgehalten, wobei allerdings einige Teilnehmer aus naheliegenden Gründen fehlten. Dann waren sie nach Dinander zurückgekehrt. Die ganze Zeit über hatte Conan nie erfahren, was man dem Baron über das Massaker im Dorf berichtet hatte. Der Cimmerier war ganz sicher, daß dieses Dorf keine Hochburg der Rebellen war; aber er hatte diese blonde Frau dort gesehen …

»Bedenkt, Mylord, daß wir bei diesem Angriff keinerlei Spuren des Schlangenkults vorfanden.« Durwald kämpfte immer noch gegen die Verbohrtheit des Barons an. »Aber die Anhänger dieser Sekte stellen eine schnell wachsende Bedrohung dar, gegen welche wir so schnell wie möglich etwas unternehmen sollten.«

»Gewiß, Durwald, du hast schon recht. Jetzt bin ich wieder hier und werde eine größere Abteilung aufstellen und diese Schlangenfresser vernichten.« Baldomer machte eine Pause und blickte über die Mähne des Fuchses auf den Marktplatz hinab. »Aber was haben wir denn hier? Eine Hochzeit.«

Conan mußte aufpassen, da sie jetzt auf die breite Prachtstraße gelangten, wo die Menschen weiter entfernt standen. Er lenkte den Streitwagen an der Tempelschule vorbei. Zwischen den Marmorsäulen standen die jungen Tempelschüler und -schülerinnen. Zuvor war er an den düsteren grauen Mauern der Garnison vorbeigefahren. Als er den fauligen Geruch aus den Verliesen in der Nase spürte, überfielen ihn wieder die bitteren Erinnerungen an die schreckliche Zeit dort. Doch nun lag vor ihm der kopfsteingepflasterte Hauptplatz Dinanders.

Hier standen Tische, die sich unter der Last der Speisen und Getränke geradezu bogen. Die Menschen waren auch prächtiger gekleidet. Überall sah er Spitzen und reich bestickte Seidengewänder. Am geschäftigsten war das Treiben vor einem breiten Gebäude mit Arkaden und Türmchen. Es war die Zunfthalle.

»Allem Anschein nach handelt es sich um eine Hochzeit in der Familie eines bedeutenden Handwerkers«, sagte Baldomer vom Pferd herab. »Ein Goldschmied wahrscheinlich, wenn ich diesen Aufwand betrachte.«

»Jawohl, Mylord.« Durwald beugte sich etwas über das Rad des Streitwagens, um dem Baron etwas zu sagen, was nicht für alle Ohren bestimmt war. »Mir fällt ein, daß ich vor kurzem das Aufgebot für die Heirat von Evadne, der Tochter des alten Silberschmieds Arl, gesehen habe. Er besitzt auch ein kleines Gut.«

»Evadne ... ist das nicht die, welche in der Priesterschule die Kunst der Metallverarbeitung lehrt, obgleich die Zunft strikt gegen Frauen ist?«

Durwald nickte. »Ja, ein sehr eigensinniges Mädchen.«

»In der Tat! Jetzt kann ich mir auch denken, was dahintersteckt.« Baldomer betrachtete den Platz mit finsterer Miene. »Es ist ein alter Trick von reichen und aufmüpfigen Familien, die Hochzeit dann zu feiern, wenn der Landesherr nicht da ist. Dadurch vermeiden sie, daß dieser seine Privilegien wahrnimmt.« Er drehte sich im Sattel um und winkte Favian zu sich. »Laß deine Männer drüben bei den Stufen anhalten!« Dann wandte er sich Conan zu. »Halte dort drüben! Es wäre sehr unhöflich, wenn wir bei dieser Hochzeit nicht unsere Glückwünsche darbrächten. Denk dran, du bist mein Sohn!«

Conan lenkte den Streitwagen zu den Arkaden vor der Zunfthalle. Dabei stieß er gegen einen Blumenständer. Die Leute liefen vor Schreck auseinander, da sie befürchteten, das Gespann könnte durchgehen. Favian befahl den Reitern, schnell eine Kette zu bilden, um größeren Schaden zu verhüten. Er fluchte über die miserablen Fahrkünste des Cimmeriers, weil diese natürlich ihm zugeschrieben wurden.

Conan schluckte ein wütende Antwort hinunter und stieg vom Wagen, um auf Baldomer zu warten. Zu seiner Überraschung blieb der Baron im Sattel sitzen und trieb den Fuchs die niedrigen Stufen zum Haupteingang der Halle hinauf.

Dem Cimmerier blieb nichts anderes übrig, als hinter dem peitschenden Schweif des Rosses durch das kunstvoll geschnitzte hohe Portal zu treten. Wahrscheinlich verlieh ihm die Wut im Bauch eine gewisse Sorglosigkeit im Benehmen, wie es sich für einen Aristokraten geziemte. Durwald und Favian folgten in gebührendem Abstand, letzterer mit geschlossenem Visier.

Das Innere der Zunfthalle war dunkel. Nur in der Mitte warfen die Kerzen des runden Leuchters ihren Schein auf die Zeremonie, welche in dem etwas tiefer liegenden Rund des Steinbodens stattfand. Die auf der

Galerie stehenden Gäste zuckten zusammen, als sie die Hufe des Fuchswallachs klappern hörten. Dann verneigten sie sich vor dem Baron, wie es sich geziemte. Allerdings bemerkte der Cimmerier den Unwillen auf vielen Gesichtern. Einige wagten sogar, ihren Nachbarn etwas zuzuflüstern, als sie Baldomer hoch zu Roß sahen. Andere blickten ihn mit offener Furcht an.

Die Hauptpersonen waren — jedenfalls bis zum Eindringen Baldomers — der Mann und die Frau in der Mitte. Sie trugen Festkleidung und knieten sich gegenüber, während eine mit Girlanden geschmückte Priesterin den rituellen Hochzeitstanz zu Ehren der hiesigen Fruchtbarkeitsgöttin Ulla aufführte. Jetzt blickte das Brautpaar zum Baron, und die Priesterin blieb stehen. Conan wußte nicht, ob die Zeremonie beendet oder durch den ungebetenen Gast nur unterbrochen war. Der junge hübsche Bräutigam musterte seinen Lehnsherrn stolz und etwas widerspenstig, als er sich erhob. Der Cimmerier konnte das Gesicht der Braut nicht sehen, da es unter einem kostbaren juwelenbesetzten Spitzenschleier verborgen war. Auch sie stand beeindruckend ruhig und stolz auf.

Ihre Haltung beeindruckte den Cimmerier sehr. Auch sein edler Zwilling war von ihr fasziniert, wie er feststellte, als er Favian von der Seite musterte. Der junge Lord hatte den Kopf mit dem immer noch geschlossenen Helm keck zur Seite gelegt.

»Seid gegrüßt!« Baldomers Stimme hallte in der großen Halle wider. »Wie traurig, daß wichtige Staatsangelegenheiten mich zu einer Fahrt in die Provinz zwangen, so daß ich zu Eurer Hochzeit zu spät komme. Aber dennoch möchte ich der erste sein, welcher euch eine lange und fruchtbringende Verbindung wünscht, vor allem Gesundheit für euch und alle Verwandten, welche hier versammelt sind.« Der Baron musterte die Gesichter der unmittelbaren Familienangehörigen des Brautpaars, welche im flackernden Schein der Kerzen teilweise im Schatten lagen. Unverhohlene Verachtung zeichnete sich auf seinen Zügen ab.

»Ich versichere euch, daß mein edles Geschlecht euren Häusern jede Ehre und jedes Privileg zuteil werden läßt, wie es die Sitte des Landes vorschreibt. Mein Sohn Favian stimmt darin voll und ganz mit mir überein.« Damit legte er die Rechte im schweren Fehdehandschuh auf Conans Schulter, um seinen väterlichen Stolz auf den prächtigen Sohn zum Ausdruck zu bringen. Dem Cimmerier war nicht wohl, als sich die Blicke der Anwesenden auf ihn hefteten, zumal diese alles andere als freundlich waren.

»Um es kurz zu machen«, fuhr er Baron fort, »erkläre ich hiermit: Heute stehen die Tore meines Schlosses für die Fortführung dieses Hochzeitsfestes weit offen. Meine Diener werden für alle Essen und Getränke auftischen. Ihr alle seid meine Gäste. Ich bitte vor allem um die Anwesenheit dieses stattlichen Burschen und seiner Braut. Nein, ich bitte nicht, ich befehle es!«

Baldomer warf noch einen Blick auf das Brautpaar, dann machte er kehrt und ritt zum Portal zurück. Zögernd wurden einige halbherzige Dankesrufe laut. Wenn man den festlichen Anlaß der Einladung bedachte, war die Reaktion darauf weit weniger begeistert, als Conan es erwartet hatte. Ja, er hörte unwilliges Murmeln und Flüstern, als er hinter dem Baron wieder auf den sonnenüberfluteten Stadtplatz trat.

Wieder herrschte im Schloß festliches Treiben. Überall duftete es nach köstlichen Speisen. Trompeten spielten lautstark. Wieder saß der Cimmerier, vom Fest ausgeschlossen, mit finsterem Gesicht in Lord Favians Schlafzimmer. Er hatte keine Kerze oder Öllampe angezündet. Er wartete in einem Sessel, den er halb hinter einen Vorhang am Fenster gestellt hatte. Mit trüben Gedanken blickte er über das staubige Sims auf den Hof hinab. Diener mit Fackeln liefen über den Hof. Ihre Schatten tanzten an den hohen Wänden. Aus dem offenen Portal des Schlosses drang der Schein unzähliger Kerzen herauf.

Die zuckenden Schatten spiegelten die Gedanken des Cimmeriers wider. Allerdings waren sie dank des großen Kruges mit Wein, dem er bereits kräftig zugesprochen hatte, nicht mehr allzu klar. Er dachte an viele Dinge: Da waren die Liebe und die Feindschaft, welche er in den letzten Wochen hier gefunden hatte, der Glanz und der brennende Ehrgeiz im Schloß, der Haß und die Scham über die vielen Schurkereien, welche er hier und anderswo erlebt hatte. Ganz allmählich drehte sich alles in seinem Kopf um einige Kernfragen: Wie lange sollte er noch hier bleiben? Wieviel Gold oder andere Schätze konnte er mitnehmen, wenn er sich entschied, Lebewohl zu sagen? Wie viele Menschen sollte er am Leben lassen ...

Plötzlich hörte er ein Geräusch auf dem Gang vor dem Zimmer. Sofort war er hellwach, alle trüben Gedanken verflogen. Er legte die Hand an den Säbelgriff. Vorsorglich hatte er die Waffe bereits aus der Scheide gezogen und gegen den Stuhl gelehnt. Jemand machte sich am Riegel zu schaffen. Ohne Furcht behielt der Cimmerier die Tür im Auge. Wenn sein Herz schneller schlug, dann nur in der Hoffnung, das Schäferstündchen könnte sich wiederholen, welches ihm bei der letzten Wache in Favians Zimmer die Zeit so angenehm verkürzt hatte.

Doch als die Tür aufschwang, taumelte nur Favian mit einer Kerze in der Hand herein. Er war ohne Helm und trug seine zweitbeste Rüstung. Beim Anblick des Barbaren reagierte er kaum. Er tappte unsicher zum Bett, warf sich darauf und zeigte auf die offene Tür.

»Weg mit dir, Barbar! Der rechtmäßige Besitzer dieses Zimmers ist eingetroffen, und heute nacht wird er kaum deiner Dienste bedürfen. Geh zurück in dein stinkendes Kellerloch!«

Diese Worte verbesserten Conans Laune nicht. Er rührte sich nicht. »Ich habe den Befehl, heute nacht hier Wache zu halten. Bei den vielen Gästen, die überall im Schloß herumlaufen, hielten dein Vater und Svoretta es für zu gefährlich, daß du in deinem Bett schläfst. Also, verzieh dich und such du dir ein anderes Loch!«

Anstatt beleidigt zu sein, richtete Favian sich erstaunt auf. »Mein Vater hat dir gesagt ...? Nein, dieser alte Dämon! Ich hätte nicht gedacht, daß er zu einer derartigen Gemeinheit fähig wäre.« Der junge Lord stand auf und kam auf Conan zu. Er war vor Wut außer sich. »Cimmerier, du hast meinen Platz, meinen Namen, meinen Streitwagen, meine Rüstung und auch meine Ehre gestohlen, aber meine Männlichkeit bekommst du nie und nimmer!« Er hob die geballte Faust. »Die Eide sind geschworen, die Trauung ist vollzogen. Jetzt muß die Braut hierherkommen, damit ich mein Vergnügen mit ihr habe. Es ist mein natürliches Recht und Privileg — ungefähr das einzige, was mir noch geblieben ist. Und ich will eher sterben, ehe ich darauf verzichte!«

Conan befürchtete, der betrunkene Lord werde ihn im nächsten Augenblick angreifen. Daher stand er auf und trat einige Schritte zurück. »Was meinst du? Welche Schurkerei hast du vor? Du bist völlig besoffen.« Vorsorglich legte er eine Hand an den Säbel, um den wutschnaubenden Favian abzuwehren. Allerdings fürchtete er ihn nicht, da der junge Lord bedenklich schwankte. »Welche Braut soll heute nacht zu dir kommen?«

»Ja, Barbar, davon hast du natürlich keine Ahnung! Das Recht der ersten Nacht! Ein Privileg des Adels. Warum feiern wir denn überhaupt dieses Fest hier? Den Göttern sei Dank, daß mein Vater mir dieses Vorrecht nicht nehmen kann! Auch wenn es vielleicht nur wegen seines körperlichen Mangels ist.« Hochmütig stand Favian da und starrte den Cimmerier voller Verachtung an. »Als der einzige der Einharsons, welcher dazu in der Lage ist, darf ich mit jeder Jungfrau in der Provinz in ihrer Hochzeitsnacht schlafen.«

Conan schüttelte erstaunt den Kopf und stellte den Säbel weg. »Aber das ist entsetzlich! Welche junge Frau läßt eine derartige Entehrung zu ... und welcher Bräutigam?«

»Zulassen? Sie haben keine Wahl!« Favian lachte verächtlich. »Aber du wärst überrascht, Barbar, wie viele Mädchen sich danach sehnen — ganz besonders die aus guten Familien. Sie hüten diesen kurzen Moment des Glanzes für den Rest ihres langweiligen Lebens. Und welcher gemeine Mann schätzt sich nicht glücklich, einen aristokratischen Ableger in seinem verkümmerten Stammbaum zu haben, wenn es der Braut geglückt ist, Gnade vor höchsten Augen zu finden?«

Conan schüttelte erneut den Kopf. Das war alles

grotesk. »Ich wundere mich nur, daß dein Vater den edlen Samen in deinen Lenden so beschützt. Seine Nachkommen dürften doch über halb Nemedien verstreut sein.«

Favian hob den Kopf und antwortete Conan nicht. Schritte näherten sich der Tür. Eine Rüstung klirrte. »Genug mit dem Geschwätz, Barbar! Ich höre, daß man mir die Braut bringt, damit ich mich um sie kümmere. Allerdings habe ich den Eindruck, daß sie ziemlich stolz und hochmütig ist. Aber das gibt sich schnell, wenn ich ihr mit der Gerte zeige, wer der Herr ist.« Er packte den Cimmerier am Arm. »Komm hier entlang. Eine Begegnung auf dem Korridor könnte Verwirrung stiften. Hier, dieser Gang führt zur Hintertreppe.« Schnell hatte der junge Lord den Gobelin beiseite geschoben und die Tür aufgerissen, welche Conan ja vertraut war. Ehe der Cimmerier recht wußte, wie ihm geschah, hatte Favian ihn bereits hindurchgeschoben und die Tür wieder verriegelt.

Die Wirkung des Weines war doch nicht ganz verflogen, mußte Conan feststellen, als er leicht benebelt und verwirrt in dem stockdunklen engen Gang stand.

Zum Glück kannte er die Örtlichkeit ja vom letzten Besuch. Er benutzte den Säbel wie einen Blindenstock und tastete sich weiter zu den rückwärtigen Gemächern des Schlosses.

Dann bemerkte er einen winzigen Lichtstreifen unter einer Tür. Das war Calissas Tür! Als er davorstand, sah er, daß der Riegel nicht vorgelegt und das Schloß nicht ganz zugeschnappt war. Vorsichtig schob er die Säbelklinge in den Spalt und drückte den Eisenstift nach oben. Danach ließ sich die Tür leicht aufstoßen.

Der Lichtschein kam von einem Kandelaber mit drei Kerzen, der auf einer Truhe am anderen Ende des

Zimmers stand. Die Flammen wurden von einem Silberspiegel eingefangen und verstärkt, welcher dahinter an der Wand hing. Davor stand Calissa und wusch sich in einer goldenen Waschschüssel. Das hauchdünne Nachtgewand hatte sie von den Schultern gestreift. Es hing ihr lose um die Hüften. Das Haar ergoß sich in dunkelroten Kaskaden über den weißen Rücken.

Beim leisen Knarren der Tür drehte sie sich um und blickte den Besucher an. Auf ihrem Gesicht stand weniger Angst als freudige Überraschung. Sie rührte auch keinen Finger, um ihre Reize zu verhüllen. »Favian, lieber Bruder! Wie schön! Wir hatten noch gar keine Gelegenheit, uns zu unterhalten ...« Dann bemerkte sie ihren Fehler und errötete. Schnell griff sie zu einem bestickten Leinentuch und deckte es über den Busen, auf dem die Tropfen des Waschwassers funkelten.

»Dein Bruder vergnügt sich mit einer anderen Schönen heute nacht, Calissa.« Conan steckte den Säbel ein und schloß die Tür hinter sich, wobei er aufpaßte, daß das Schloß richtig einschnappte. »Er hat mich hinausgeworfen, obwohl ich die ganze Nacht Wache halten sollte.«

Die schöne Lady schwieg. Dann steckte sie die Arme in das Nachtgewand, ohne dabei das Handtuch loszulassen. Ihre neue Schamhaftigkeit wurde durch den Spiegel in ihrem Rücken vereitelt.

»Warum verbirgst du soviel Schönheit, Calissa?« Conan kam auf dem gewebten Teppich auf sie zu. »Ich habe doch schon alles gesehen, und aus viel größerer Nähe.«

»Halt, bleib stehen!« Calissa griff hinter sich und holte eine Schere hervor. Diese richtete sie wie einen Dolch gegen den Cimmerier. Dabei funkelte sie ihn drohend an. »Selbst wenn ich dir einmal gewisse Freiheiten gestattet habe, bist du immer noch ein Diener in diesem Schloß und hast mir gar nichts zu sagen!«

»Ja, schon gut, wie du meinst.« Conan blieb stehen und sah sie stumm an. Calissa strich sich eine rote Locke aus der Stirn. »Aber anscheinend ist es Sitte in diesem Haus, daß die hohen Herrschaften mit dem niederen Volk engen Verkehr pflegen«, sagte Conan spöttisch.

»Es reicht, Barbar!« Calissa fuchtelte mit der Schere vor ihm herum. »Wenn mein Bruder mit jeder Schlampe der Stadt ins Bett gehen will, kann ich nichts dagegen tun, oder? Frauen zählen hier nicht. Ich kann doch nichts dafür, daß er einen so schlechten Geschmack hat.«

»Aber Mädchen, du bist ja eifersüchtig! Ich wußte nicht, daß ...« Conan sprach nicht weiter. Eigentlich wollte er Calissa tröstend in die Arme nehmen, aber er blieb stehen. »Es ist wirklich nicht leicht für dich, zu einer so verrückten Familie zu gehören. Das verstehe ich.«

»Verrückt? Sprich nicht von Geisteskrankheit, sonst bricht der Wahnsinn noch an Orten aus, wo du sie am wenigsten erwartest. Erinnere dich: Auch ich bin eine Einharson!« In ihrem blassen Gesicht glühten die Augen. »Aber eigentlich ist es gleichgültig. Wahnsinn ist in der Welt recht verbreitet, und in diesem Land besonders. Der Wahnsinn des Krieges und des Aufruhrs der Bürger wird auch zu uns kommen, ganz gleich, was wir tun.«

»Dann hast du wieder etwas von der Rebellion gehört?« fragte Conan. »Redet man heimlich bei Hof darüber?«

Calissa lachte. »Bist du so blind, daß du nicht siehst

und merkst, wie es brodelt? Selbst hier bei diesem scheußlichen Fest kannst du es merken. Das Gemurmel, die feindseligen Blicke, die grausamen Auflagen der Herrschenden. Das einfache Volk empört sich gegen die immer härter werdenden Forderungen meines Vaters. Und jetzt habe ich Gerüchte gehört, daß der Schlangenkult im Osten täglich an Macht gewinnt.«

»Ach ja, sie haben dir von dem Hinterhalt erzählt? Das waren hervorragend ausgebildete Bogenschützen, die uns da im Wald überfallen haben. Um ein Haar hätten sie uns alle getötet«, berichtete Conan mit todernster Miene. »Wenn wir nicht so blitzschnell reagiert hätten und ...«

»Du Narr! Diese Rebellen haben keine Chance«, unterbrach ihn Calissa hochmütig und schüttelte ungeduldig die roten Locken. »Mein Vater, du und seine Soldaten werden sie vernichten, wie es die Kriegsherren von Dinander mit derartigen Ausbrüchen schon seit Jahrhunderten getan haben.« Sie legte die Hand an die Stirn. »Dabei hasse ich den ganzen Aufruhr und das Leid. Unsere Provinz wird dadurch wieder weit zurückgeworfen werden. Alles, was meine Mutter erreicht hat, ist dann wieder verloren. Die Leibeigenen werden wieder wie Sklaven leben, und diese Stadt wird nichts als ein großes Gefängnis sein. Oh, wie ich mich davor fürchte!«

Der Cimmerier betrachtete sie einen Augenblick lang stumm. »Ja, Calissa, das verstehe ich. Daran möchte ich auch nicht teilhaben«, sagte er schließlich. Dann überlegte er wieder. »Ist dir je der Gedanke gekommen, von hier fortzugehen? Es gibt noch mehr Städte als Dinander, und die meisten sind schöner und riechen sehr viel besser.«

»Nein, Conan, du verstehst gar nichts.« Müde warf

sie die Schere zurück auf die Truhe, wo sie gegen ein Salbendöschen klirrte. »Ganz gleich, was hier auch geschieht, ich muß es durchstehen und versuchen, wenigstens etwas zu retten. Mein Vater wird mich brauchen und nach ihm mein Bruder — obwohl beide dies niemals zugäben.«

Der Cimmerier nickte. »Verstehe. Ich hoffe nur nicht, du erwartest, daß ich ebenfalls für immer bleibe.«

»Aber nein, Conan! Es ist besser, wenn du fortgehst. Doch jetzt komm her!« Sie legte ihm die Arme auf die Schultern, ohne sich an der Rüstung zu stören. »Es tut mir leid, daß ich dich so scharf angefahren habe. Wie du gesagt hast: Seltsame Beziehungen haben eine lange Tradition im Schloß. Laß uns das Beste daraus machen, hmm?« Dann erstickten Conans leidenschaftliche Küsse ihre Worte.

Nach wenigen Minuten löste sie sich aus seiner Umarmung. »Das ist schrecklich unbequem. Komm, ich helfe dir aus der Rüstung — zumindest teilweise.« Sie löste mit geschickten Fingern die Riemen an den Schnallen.

Schreie aus Wut und Schmerzen rissen den Cimmerier aus leichtem Schlaf. Er hatte sich bereits daran gewöhnt, daß er im Schloß nie tief schlafen konnte. In Sekundenschnelle war er hellwach und versuchte im schwachen Licht der niedergebrannten Kerzen etwas zu erkennen. Die Schreie entstammten keinem Alptraum, sondern waren in der Nähe ausgestoßen worden. Da war er ganz sicher.

Vorsichtig löste er sich aus Calissas weichen Armen und glitt aus dem Bett. Dann zog er schnell Rüstung und Stiefel an. Der markerschütternde Schrei wurde nicht wiederholt. Aber es kam ihm vor, als hörte er auf dem Korridor Schritte und Klirren. Vielleicht noch mehr Menschen, welche die Schreie aus dem Schlaf gerissen hatten? Er schnallte den Säbel um und schlich sich zur Tür. Lautlos öffnete er sie und verließ das Zimmer der Geliebten.

Im engen Korridor war es dunkel; aber Conan tastete sich mühelos bis zu Favians Zimmer vor. Er hörte fremde Stimmen drinnen: ein Mann und eine Frau. Anscheinend stritten sie sich. Der Cimmerier spürte, daß Gefahr lauerte. Er stemmte den Rücken gegen die Wand im Korridor und drückte mit der Stiefelsohle gegen die Tür, welche der junge Lord hinter ihm verriegelt hatte. Nach kurzer Zeit hielt das Schloß dem Druck nicht mehr stand und brach heraus. Die Tür schwang auf und donnerte gegen die Wand.

Mit einem Blick erfaßte der Cimmerier die grausige Szene: Da lag Favian auf dem Boden. Er hatte kein Hemd an, aber den Kilt und die Stiefel, welche sich in der seidenen Bettdecke verfangen hatten. Das Gesicht und die nackte Brust waren blutüberströmt. Jemand hatte dem jungen Lord die Kehle durchgeschnitten. Offenbar hatte ihn der Mörder dabei überrascht, wie er gerade sein Recht als Herrscher verlangte. In einer Hand hielt er noch die Peitsche.

Auf der anderen Seite des Zimmers standen drei Personen: Zwei waren Männer, Bürger in Festtagskleidung. Sie hielten Schwerter in den Händen, aber die Klingen waren nicht blutbefleckt. Vor ihnen stand eine Frau. Sie drehte dem Cimmerier die Seite zu und wischte gerade die Klinge ihres Dolchs und die blutigen Hände mit Favians Hemd ab. Conan erkannte ihr gelbes Gewand sofort wieder, obgleich es jetzt an vielen Stellen zerfetzt war. Sie rief den Männern schnell einige Worte zu. Trotz ihrer schroffen, beinahe geschäftsmäßigen Art war sie zweifellos die unschuldige junge Braut, auf welche Favian vorhin so ungeduldig gewartet hatte. Jetzt drehte sie sich um und blickte Conan an. Ja, er wußte, warum sie ihm bereits bei der Trauungszeremonie in der Zunfthalle bekannt vorgekommen war: Es war die blonde Rebellin, die er bei dem Hinterhalt im Wald und später am Fluß bei dem Dorf gesehen hatte, welches in Flammen aufgegangen war.

10

ERBFOLGE DURCH DAS SCHWERT

Als Conan die Tür eingedrückt hatte, hatte die Meuchelmörderin ihren Gefährten noch etwas zugerufen. Erst als diese mit offenen Mäulern den Cimmerier anstarrten, hatte sie sich umgedreht. Wahrscheinlich hielten ihn die beiden Männer für den Geist des ermordeten Favian. Jetzt trat der eine mit erhobenem Schwert zögernd vor. Doch die Frau gebot mit einer gebieterischen Handbewegung Einhalt. Sie betrachtete Conan mit ernster Miene, als bereite sie sich innerlich auf eine längere Rede vor. Da stieß ihn jemand in die Seite.

»O nein! Favian!« gellte es ihm in den Ohren.

Es war Calissa. Sie war aufgewacht und ihm barfuß hinterhergeschlichen. Jetzt wollte sie ihn beiseite schieben und ins Zimmer stürzen; aber er hielt sie fest und versuchte sie zurück in den dunklen Gang zu befördern. Sie schlug wütend um sich, schrie und schluchzte. Doch es half ihr nichts. Gegen die Kraft des Cimmeriers kam sie nicht an. Schließlich hatte er sie draußen und drückte die Tür zu. Dann preßte er den aufgesprengten Riegel wieder ins Schloß.

»Komm mit, Calissa! Dies ist nicht der richtige Ort für dich. Geh wieder in dein Zimmer!«

»Aber mein Bruder! Man hat ihn ermordet!« Calissa schluchzte laut. »Warum nimmst du diese Meuchelmörder nicht fest oder tötest sie? Ich kenne dieses Weib. Sie heißt Evadne und war eine der Rebellen der Tempelschule. Geh zurück und bring sie alle um!«

»Lieber schütze ich jetzt dein Leben.« Conan drängte die aufgebrachte Lady vor sich den Gang hinunter. »Calissa, heute nacht herrscht überall Rebellion! Ich würde mich wundern, wenn Favians Tod alles war.«

»Nein, hör auf! Laß mich los! Ich will zu meinem Bruder!« Sie schrie und stieß wild um sich. »Du elender Feigling, tu deine Pflicht!« Mit den wilden roten Haaren wirkte sie wie eine Furie. Dann brach sie in Schluchzen aus. »Ja, jetzt sehe ich klar. Du weigerst dich, mir zu gehorchen, weil du mit denen im Bund bist, du elender Verräter!«

Conan hatte es geschafft, Calissa wieder in ihr Zimmer zu schaffen, ohne daß er Verfolger gehört hatte. Er hielt sie fest. Sie wandte das Gesicht zu ihm. Es war totenblaß und tränenüberströmt. Das sah er trotz des schwachen Kerzenscheins. »Du, der Leibwächter meines Bruders, dem wir alle vertraut haben, du hast im entscheidenden Augenblick deinen Posten verlassen! Und dann bist du hierhergeschlichen, um mich zu verführen und mich in seiner letzten Stunde von ihm fernzuhalten!« Sie trommelte mit den kleinen Fäusten gegen das Metall seines Brustharnisches. »Mörder! Schurke!«

»Sei still, Calissa! Du hast ja den Verstand verloren! Crom weiß, daß ich deinen Bruder wirklich nicht besonders gut leiden mochte, aber ...« Der Cimmerier befürchtete, daß sie ihm den Dolch aus dem Gürtel ziehen könnte, und stieß sie weit von sich. »Calissa, beruhige dich!«

»Nein, du Verräter! Du elender Wollüstling! Was weiß ich? Durchaus möglich, daß du ihn selbst getötet hast!« Sie hatte sich wieder auf ihn gestürzt und wollte ihm die Augen auskratzen. »Wachen! Kommt und ergreift diesen Verräter und Mörder!«

Conan stieß sie wieder weg. Diesmal fiel sie aufs Bett. Schluchzend blieb sie einige Minuten lang liegen. Es kümmerte sie nicht, daß ihr Nachtgewand hochgeschoben war. Plötzlich sprang sie auf und stürzte zur Truhe. Hektisch suchte sie nach einer Waffe. Jetzt hörte man auch aus anderen Teilen des Schlosses Lärm. Allerdings glaubte Conan nicht, daß dies die Antwort auf Calissas Schreie war.

»Hör mir zu, Calissa!« sprach Conan beschwichtigend auf sie ein. »Favian ist an seinen eigenen Lastern zugrunde gegangen. Ich habe damit nichts zu tun.« Jetzt klang seine Stimme verbittert. »Aber du … du wirst mir zu gefährlich, als daß ich dich weiter beschützen kann. Schieb den Riegel hinter mir zu! Leb wohl!« Mit schnellen Schritten verließ er das Zimmer. Kaum hatte er die Tür hinter sich geschlossen, hörte er, wie Flaschen klirrend daran zerbrachen. Außer sich vor Wut schleuderte Calissa alles dagegen, was ihr in die Hände fiel. Dabei stieß sie die schrecklichsten Verwünschungen gegen ihn aus.

Als er sich wieder durch den stockdunklen Gang tastete — diesmal in die andere Richtung —, kämpften widersprüchliche Gefühle in seiner Brust. Calissas Verhalten schmerzte ihn. Sie war ebenso wahnsinnig wie der Rest ihrer Familie. Das war traurig. Aber anderseits schlug sein Herz auch höher. Er war jetzt kein Spielzeug der Einharsons mehr. Er war frei von ihnen — endlich! Er war seines Versprechens ledig, auf den jungen Lord aufzupassen! Jetzt konnte er fortgehen! Er mußte es nur schaffen, dieser Schlangengrube lebendig zu entrinnen.

Der Cimmerier dachte an die Rebellen. Gegen Männer wie den Baron hatten sie seine ungeteilte Sympathie. Und diese Evadne ... Also das war einfach ein Prachtweib! Trotzdem spürte er nicht das Verlangen, ihre blutbefleckten Hände zu küssen. Für seinen Geschmack waren die ganzen nemedischen Weiber zu hinterhältig. Für ihn war es das beste, so schnell wie möglich Dinander und dieses Land zu verlassen.

Aber sollte er zu diesem Zweck nicht versuchen, den Sold zu kassieren, welcher ihm noch zustand? Solange im Schloß alles drunter und drüber ging, konnte er vielleicht noch einen hübschen Bonus als Abfindung einstecken. Er erinnerte sich an die Geldkassette, die er in Baldomers Zimmer gesehen hatte. Vielleicht half ihm die Ähnlichkeit mit Favian bei dem Diebstahl, wenn er schnell handelte? Andererseits war es vielleicht klüger, sich im Schutz der Dunkelheit davonzumachen und möglicherweise einen noch größeren Trennungsschmerz zu vermeiden.

Jetzt kam er zur Tür am Ende des Korridors. Mühelos drückte er den Riegel auf, öffnete sie und steckte den Kopf ins Zimmer. Auf der gegenüberliegenden Seite blähte sich ein Vorhang, welcher offenbar das Schlafzimmer abteilte. Dahinter kam eine durch Öllampen erleuchtete Wendeltreppe. Das wußte er.

Langsam schlich er bis zur Treppe und lauschte. Nichts zu sehen und nichts zu hören! Selbst Calissas wütende Schreie waren verstummt. Er stieg einige Stufen hinunter. Jetzt hörte er am Fuß der Treppe Geschrei. Jemand hämmerte mit Waffen gegen eine Tür. Schnell machte er kehrt und lief wieder ins Schlafzimmer hinauf. Dann rief er sich den Lageplan des Schlosses vor Augen und eilte weiter zu einer Tür auf der anderen Seite.

Diese Tür führte auf einen großen Korridor. Aber er hatte noch keine zwei Schritte hinein getan, als ihm zwei Männer um die Biegung entgegengerannt kamen. Offensichtlich wurden sie verfolgt. Der erste war Svoretta, der Herr aller Spione. Er trug einen weiten schwarzen Umhang und hatte einen breitrandigen weichen Hut aufgesetzt, um das Gesicht zu verbergen. Ihm folgte Eubald, der Waffenmeister, auf den Fersen. Er steckte vom Hals bis zur Köpermitte in der Rüstung und keuchte atemlos.

»Ach, Barbar, bin ich froh, dich zu sehen!« rief ihm Svoretta zu. »Dein Schützling ist tot, hat man mir jedenfalls gemeldet. Aber keine Angst, wir haben für dich dennoch noch Verwendung.« Er blieb keuchend stehen und warf einen furchtsamen Blick zurück. Dann schaute er den Cimmerier mißtrauisch an. »Es sei denn, du hast beschlossen, mit den Verrätern gemeinsame Sache zu machen ...«

»Nein, mit Verrätern will ich nichts zu schaffen haben!« erwiderte Conan eisig und zückte den Säbel. »Daher auch nicht mit dir!«

Der kräftige Hieb hätte den Herrn aller Spione auf der Stelle töten müssen, doch der dicke Mann bewegte sich erstaunlich behende. Blitzschnell hatte er ebenfalls eine Waffe unter dem Umhang hervorgerissen und parierte Conans Schlag. Hinterhältigerweise hatte er den Degen ohne Scheide versteckt getragen. Seine Klinge war länger und spitzer als Conans Kavalleriesäbel. Mit der Spitze konnte er durch die Ritzen der Rüstung dringen. Svoretta ging in Fechterhaltung und führte einen Stoß direkt auf den ungeschützten Hals des Cimmeriers, so daß dieser zurückweichen mußte.

Jetzt zückte auch Eubold den Säbel, um Svoretta zu helfen. Conan mußte gegen zwei Gegner gleichzeitig kämpfen. Er tat es geschickt, indem er mit der Klinge ein blitzendes Abwehrnetz um sich wob. Mit einem glücklichen Hieb gelang es ihm, Eubolds Säbel kräftig zur Seite zu schlagen, so daß er von dieser Seite einen Augenblick lang Ruhe hatte. Mit demselben Schwung traf seine Klinge Svoretta durch den Umhang. Tiefrot zog er sie zurück.

Der Herr aller Spione taumelte und stöhnte. Er preßte die Hände unterhalb des Bauchs auf den Leib. Seine Augen weiteten sich vor Entsetzen, als er das Ausmaß der Verwundung feststellte. Er ließ den Degen fallen und stürzte mit einer halben Drehung auf den Steinboden.

»Wenn ich darauf vertrauen könnte, daß du von allein stirbst, ließe ich dich einfach liegen«, knurrte Conan und blickte auf den stöhnenden Gegner hinab. Jetzt krümmte sich Svoretta und röchelte. »Aber ich möchte nicht die restlichen Jahre meines Lebens damit verbringen, vor deinem Giftbecher oder Meuchelmörder Angst zu haben.« Ohne den fassungslosen Eubald zu beachten, hob er den Säbel und schlug mit aller Kraft zu. Der Herr aller Spione krümmte sich nicht mehr. Sein Röcheln verstummte. Der Kopf rollte über die Steinplatten.

Jetzt blickte der Cimmerier Eubold an. Der Waffenmeister stand wie gelähmt da. Plötzlich tauchten drei bewaffnete Männer auf dem Korridor auf. Es waren Rebellen. Auch sie huldigten der neuesten Mode in Dinander, zu festlicher Kleidung Waffen zu tragen. Sie kamen ruhig näher und unterhielten sich dabei.

Eubald blickte Conan an. Die Wunden und blauen Flecken, welche er bei ihrer ersten Begegnung davongetragen hatte, waren fast verheilt. Nur die letzten gelbgrünen Flecken um die Augen verliehen ihm ein unheimliches Aussehen. Er hob den Säbel, allerdings nicht sehr entschlossen. Unwillkürlich suchten seine Augen den blutigen Leichnam seines Gefährten.

»Nun, Waffenmeister, wie ich sehe, bist du bereit, mir die nächste Lektion zu erteilen«, spottete der Cimmerier und ließ seine Säbelklinge hörbar durch die Luft sausen. »Seit unserem letzten Treffen habe ich viel gelernt, wie du dich selbst überzeugen konntest.«

Eubold stieß einen Fluch aus und wandte sich den drei Rellen zu. Offenbar vertraute er mehr auf deren Gnade als auf die seines ehemaligen Schülers. Conan schaute ihm enttäuscht nach, zögerte jedoch, ihm zu folgen.

Mit wilden Hieben stürzte sich der Waffenmeister auf die drei Gegner. Dabei verwundete er den einen am Schwertarm. Aber es gelang ihm nicht, sich den Weg zu bahnen. Der dritte Mann bückte sich und stach Eubold in ein Bein. Dann umringten die drei Rebellen den lahmenden Waffenmeister und versetzten ihm einen Hieb nach dem anderen. Seine Abwehr wurde zusehends schwächer. Schon blutete er aus mehreren Wunden.

Conan blieb nicht, um das unausweichbare Ende mit anzusehen. Er wollte gegen diese Rebellen weder kämpfen noch sich mit ihnen verbünden. Er nutzte aus, daß die Burschen noch so enthusiastisch dabei waren, Eubold zu erledigen, und lief schnell in die andere Richtung.

Mit etwas Glück hätte er auf diesem Weg ins Zentrum des Schlosses gelangen müssen. Von dort hörte er ebenfalls lautes Geschrei und Waffenklirren. Das Herz des jungen Barbaren aus dem Norden schlug plötzlich höher. Eine gewisse Sorglosigkeit und Freude kamen in ihm auf, als er daran dachte, in dem ganzen Tumult bestimmt eine Möglichkeit zu finden, die Taschen mit Schätzen zu füllen. Doch in seinen kühnsten Träumen hätte er sich nicht ausmalen können, welche Begegnung ihm bevorstand.

Plötzlich trat Baron Baldomer nur wenige Schritte vor dem Cimmerier durch eine Seitentür seiner Gemächer auf den Gang. Vielleicht sah Baldomer nicht den wilden Haß, der ihm aus den stahlblauen Augen des Cimmeriers entgegenschlug, der Mann in schwarzer Rüstung hinter ihm, einer der Eisernen Wächter, wußte sofort, wer Conan war und wo seine Loyalität lag. Im nächsten Augenblick hatte der erfahrene Kämpe das Schwert herausgerissen und den Hieb des Cimmeriers pariert, welcher auf den Baron gezielt hatte.

Ein Kampf auf Leben und Tod begann. Die beiden Gegner schlugen erbarmungslos aufeinander ein. Immer wieder suchte sich die Klinge des Soldaten den ungeschützten Kopf mit der rabenschwarzen Mähne des jungen Barbaren. Doch dieser wich behende aus oder wehrte sie ab. Conans Säbel traf mehrmals den Brustharnisch des Soldaten am Hals und in der Leiste; aber es blieben nur glänzende Kratzer auf dem schwarzen Metall zurück. Der Ausgang dieses stummen, verzweifelten Kampfs war so ungewiß wie sein Zweck. Der Baron ließ sich nicht herab, etwas zu sagen oder sich einzumischen. Kühl sah er zu und schnallte sich die stählernen Fehdehandschuhe fest.

In wilder Kampfeslust wurde der Cimmerier bald dieses sinnlosen Schlagabtauschs mit dem Eisernen Wächter müde. Plötzlich tauchte er unter einem Hieb hindurch und schlang die Arme um die Brust des Manns und brachte ihn aus dem Gleichgewicht. Er nutzte dies aus und hebelte ihn über die Hüfte. Als der

Gegner klirrend zu Boden fiel, sprang Conan und setzte sich rittlings auf ihn. Dann drehte er ihm den Kopf mit dem Helm zur Seite und schlug mit dem Säbelgriff auf die nur durch einen Lederlappen geschützte Stelle zwischen Helm und Schulterplatte. Nach mehreren Schlägen lag der Gegner still mit seltsam verrenktem Hals da.

»Endlich hast du es geschafft, wie ein richtiger Krieger zu kämpfen, mein Sohn!« Baldomer betrachtete den keuchenden Sieger wohlgefällig. Der gesunde Teil des Gesichts verzog sich zu einem freundlichen Lächeln. Er war bis auf den Helm in voller Rüstung. »Es macht mich stolz zu sehen, daß du gesiegt hast; aber mein Herz ist angesichts deiner blutigen Rebellion traurig.«

»Ich bin nicht Euer Sohn!« rief ihm Conan zu und stand wieder auf. »Favian ist tot. Die Braut, welche er in sein Zimmer schleppte, um sie zu vergewaltigen, hat ihm die Kehle durchgeschnitten.«

Der Baron schüttelte den Kopf und lächelte weiter. »Nein, Junge, mach dich nicht über mich lustig! Das war der Barbar aus dem Norden, den ich dorthin geschickt hatte, um deinen Platz einzunehmen. Siehst du jetzt endlich die Weisheit in dieser Entscheidung deines Vaters ein? Aber warum schüttelst du verstockt den Kopf? Solltest du entschlossen sein, deinen edlen Namen und dein Geschlecht zu verleugnen« — Baldomer zückte mit erstaunlicher Ruhe das Langschwert, das er am Gürtel trug —, »ja, dann müssen wir kämpfen bis zum bitteren Tod! Eines aber mußt du wissen, mein Sohn.« Seine Augen funkelten wie wahnsinnig, als er den falschen Sohn anblickte. »Ganz gleich, ob dein Blut oder meines auf diesen uralten Steinen vergossen wird, es ist edles Blut!«

Dann eröffnete der Baron den Zweikampf mit einem gefährlichen Seitenschlag. Conan hatte keine Mühe zu parieren, doch als er mit einem Schlag von oben nach unten antwortete, war das Langschwert plötzlich direkt vor ihm und schlug seinen Säbel zur Seite. Nur mit größter Kraftanstrengung konnte er die Waffe halten und zurückweichen. Jetzt war ihm klar, daß er es mit einem überaus erfahrenen Gegner zu tun hatte, dem Wahnsinn noch zusätzliche Kräfte verliehen. Obwohl der Baron in zahllosen Kämpfen den Sieg davongetragen hatte, war er doch kein Jüngling mehr. Der Cimmerier mußte ihn müde machen. Conan beschränkte sich daher darauf, die gewaltigen Schläge des Alten abzuwehren. Nur gelegentlich wagte er selbst einen schnellen Ausfall.

»Na, mein Sprößling, so leicht ist es nicht, den Gegner umzubringen, was?« höhnte Baldomer und wich geschickt einem Schlag des Cimmeriers aus. Er blieb immer wachsam und schonte nach Möglichkeit seine Kräfte. Die Beinarbeit war immer noch tadellos. Er konnte sogar sprechen, obwohl er den Gegner nie aus den Augen ließ und ständig Hiebe austeilte. »Es wäre besser, wenn ich mein Schwert für dich einsetzen würde, Sohn; aber ich wußte immer, daß du dich eines Tagen gegen mich erheben würdest, ganz gleich, wie sehr ich mir Mühe gab, dir den rechten Weg zu weisen.« Der alte Kriegslord konnte einen kraftvollen Schlag des Cimmeriers nicht genau parieren. Sein Schwert glitt ab, so daß Conans Klinge ihn an der Schulter traf. Der Alte schien zu wanken, doch im nächsten Augenblick sauste seine Schwertspitze bedrohlich nahe an der Kehle des Cimmeriers vorbei.

»Im Blut der Einharsons fließt ein wilder Charakterzug!« rief der Baron und wich zurück. »Immer wieder taucht er in den Generationen auf und führt zu den dunkelsten Verbrechen: Vatermord, Brudermord und Selbstmord! Vielleicht muß es so sein, da ein erfolgreicher Herrscher nicht vor Blut zurückschrecken darf. Ich habe gegen dieses dunkle Erbe gekämpft und zu deinen Ahnen gebetet … Aber, Favian, seit deiner Kindheit spürte ich, daß in dir ein übergroßer Anteil dieses bösen Stoffs gärt.«

Inzwischen hatten sie im Eifer des Kampfes den Korridor verlassen und kreuzten die Klingen auf der breiten Galerie, von der aus man die Eingangshalle des Schlosses übersehen konnte. Jetzt waren sie auch den Blicken von Zuschauern preisgegeben. Den oberen Teil der großen Freitreppe verteidigten Eiserne Wächter mit Piken und Säbeln, während von unten die Rebellen erbittert nach oben drängten. Mehrere Tote lagen bereits auf den Stufen. Keiner der Eisernen Wächter kam Baldomer zu Hilfe. Offensichtlich waren die Soldaten nicht sicher, wem sie bei diesem Zweikampf der adligen Herren helfen sollten. Doch viele schauten interessiert zu.

Jetzt erhob der Cimmerier zum erstenmal die Stimme. »Ihr klagt andere des Vatermords und anderer schwarzer Verbrechen an, alter Baron; aber welche Tat kann schändlicher sein, als der Mord an Eurem jungen Weib aus dem Norden, an Eurer Lady Heldra?« Dabei ließ er die Säbelklinge durch die Luft wirbeln, um an Boden zu gewinnen.

»Ha, mein Sohn, der Tod deiner Mutter! In der Tat war das ein schändliches Verbrechen!« Baldomer warf einen schnellen Blick auf die Neugierigen in der Nähe. Seine Stimme klang beinahe weich, wie von Rührung übermannt. »Vollbracht von den Rebellen, mit welchen du dich jetzt mit deinem unglaublichen Verrat gemein machst! Aber warum sprichst du gerade jetzt von dieser Schandtat?«

»Weil du lügst!« Conan ließ jede Höflichkeitsfloskel fallen und unterstrich seine Worte mit einem schnellen Säbelhieb auf den Kopf des Barons. Der starrköpfige Alte hatte Schwierigkeiten, den Kopf zu neigen, so daß die Klinge ihm die grauen Locken durcheinanderwirbelte. »Nachdem die Kriegsverletzungen dich entmannt hatten, hattest du keine Verwendung mehr für eine Ehefrau. Du haßtest sie«, stieß Conan schweratmend hervor. »Daher hast du ihren Tod befohlen. Svoretta hat die Tat vollbracht. Er hat sie vergiftet, wie er auch mich vergiften wollte. Gemeinsam habt ihr dann den Rebellen die Schuld gegeben.«

»Nein, das ist eine Verleumdung! Sie war untreu!« schrie Baldomer. Sein gutes Auge flackerte ebenso wild wie das verletzte. »Ich habe sie immer noch geliebt; aber sie hat mich verraten. Das hat der Herr der Spione mir gemeldet. Wie konnte ich das ruchbar werden lassen?« Jetzt war sein Gesicht so von Gefühlen aufgewühlt und verzerrt, daß man die Narbe kaum noch sah. »Sie hat mich verraten! So wie jetzt du, mein Sohn!«

Der Baron ging wieder in die Offensive und schlug wie wild auf den Cimmerier ein. Dieser wich behende aus und griff auch seinerseits an. Er ließ sich von den geschickten Finten des alten Kämpen nicht täuschen; dennoch mußte er Fuß um Fuß weichen. Zu erbittert und zu genau kamen die Schläge Baldomers. Doch dann sah Conan eine Möglichkeit. Als ein Hieb des Barons ihn nur um Haaresbreite verfehlte und gegen die Brüstung schlug, packte der Cimmerier den Säbel mit beiden Händen und stieß ihn mit aller Kraft vorwärts und gleichzeitig nach oben. In weniger kräftigen und sicheren Händen wäre die gekrümmte Klinge abgerutscht oder abgebrochen; aber er schaffte es, mit ihr durch den schwarzen Stahl des Brustharnisches zu dringen. Der Stoß war so gewaltig, daß die Klinge bis zur Hälfte im Baron verschwand.

Klirrend prallte der letzte Schlag des Barons von Conans Rüstung ab. Das Langschwert fiel zu Boden. Mit letzter Kraft griff der alte Mann nach der Klinge in seiner Brust und umklammerte sie. Er schaffte es, auf die Knie zu kommen.

»So endet nun alles.« Baldomers Stimme klang nicht mehr so kraftvoll wie sonst. Verbittert fuhr er fort: »Das Geschlecht der Einharsons lebt dennoch weiter. Gut so! Möge dieser Mord deine Herrschaft kräftigen, Sohn.« Immer noch mit einer Hand den Säbel umklammernd, griff er mit der anderen zum Hals und holte das glänzende Amulett mit der schweren Goldkette unter der durchbohrten Rüstung hervor. Wieder sah Conan den sechszackigen Stern, welchen Baldomer während der nekromantischen Zeremonie am Schrein in der Krypta getragen hatte. »Dies geht nun auf dich über ... und damit die Herrschaft über Dinander, samt allen dazugehörigen Ländereien, und alle göttlichen Rechte unserer Familie. Sei streng, mein Junge ...« Aus der Nase floß ihm jetzt Blut. Baldomers Finger lösten sich vom Säbel, langsam sank er nach hinten. Das zerfurchte Gesicht war zwar blaß und blutbefleckt, aber seltsam gefaßt und ruhig. Endlich waren diese unruhigen Züge wieder ausgeglichen.

Als Conan so dastand und das goldene Amulett in der Hand hielt, spürte er plötzlich großen Widerwillen, seinen Säbel aus der Brust des Barons zu ziehen. Statt dessen bückte er sich und hob das Langschwert Baldomers auf. Dann streifte er die Kette über den

Kopf und drehte sich um. Auf der Galerie kämpfte niemand. Alle hatten atemlos dem furchtbaren Zweikampf zugesehen, der — wie sie meinten — zwischen Vater und Sohn ausgetragen wurde.

Jetzt musterte der Cimmerier die große Eingangshalle. Es bot sich ihm ein chaotisches Bild. Da man beim Bau davon ausgegangen war, daß der Feind nur durch das Portal eindringen könne, war die Verteidigung auf das Abschießen von Pfeilen durch die Schießscharten hoch oben in der Mauer beschränkt. Doch jetzt war die Rebellion innerhalb der Mauern ausgebrochen. Die Flügel des Portals standen weit offen, die Angreifer waren in dichten Scharen sowohl drinnen wie draußen. Kein Bogenschütze hatte Posten an den Schießscharten bezogen. Die Eisernen Wächter kontrollierten den oberen Teil der Freitreppe und den Korridor zu den Gemächern des Barons. Die Rebellen hatten den unteren Teil der Treppe und beide Flügel des Zwischengeschosses in ihrer Gewalt. Die Fronten waren starr, als alle Conan anstarrten und warteten, auf welche Seite sich der junge Sieger nun schlagen werde. Die meisten hielten ihn für Favian. Das wurde dem Cimmerier plötzlich wieder bewußt.

Hinter der Treppe warteten Durwald und eine Handvoll Adliger, darunter auch sein silberhaariger Lehrer Lothian. Schweigend blickten sie zu ihm herüber und waren offenbar ebenso unsicher wie alle anderen. Da stürzte plötzlich aus dem Korridor die aufgelöste Calissa mit zwei Wachen. Mit einem Blick hatte sie die Szene erfaßt und lief sofort zu den Ratgebern ihres Vaters. Dann zeigte sie anklagend mit dem Finger auf Conan und schrie laut:

»Dort steht der Verräter ja! Ein Mord hat ihm nicht genügt. Jetzt steht er neben dem dahingeschlachteten

Leichnam meines Vaters! Ergreift ihn schnell und legt ihn in Eisen! Keine Folter ist zu grausam für diesen …« Der Rest ihrer Anklage ging im allgemeinen Lärm unter. Alle sprachen aufgeregt durcheinander und schwangen erneut die Waffen. Viele fluchten laut.

Als Conan sah, daß die Eisernen Wächter oben auf der Treppe die Piken aufnahmen und drohend gegen ihn richteten, traf er seine Entscheidung. Sein Platz war nicht bei den anmaßenden adligen Herren Dinanders. Schnell schritt er auf den Teil zu, wo den Rebellen am wenigsten schwarze Rüstungen gegenüberstanden. Dabei schwang er das Schwert Baldomers hoch über dem Kopf. Der junge Barbar sah so bedrohlich aus, daß die Eisernen Wächter erschreckt Platz machten. Die Rebellen nützen die Bresche sofort mit Freudengeschrei aus und drängten vor. Conan kreuzte noch mit zwei Soldaten die Klinge, dann war er inmitten der Aufrührer.

Sie hießen ihn mit Jubel und Schulterklatschen willkommen. Überrascht sah er, daß Evadne auch dabei war. Die kriegerische junge Frau trug jetzt Kilt und Kettenhemd über dem gelben Gewand. Ohne mit der Wimper zu zucken, erwiderte sie kalt seinen erstaunten Blick. Dann sprach sie ihn an, so daß alle sie hören konnten. »Adliger oder Barbar, wenn du dich auf unsere Seite schlägst, bist du nur einer unter vielen, nicht mehr und nicht weniger. Bei uns sind alle gleich. Vergiß das nicht!« Dann machte sie kehrt und verschwand in der Menge.

Jetzt wich die Starre von den Kämpfern. Die Fronten wogten hin und her. Allerdings schlugen die Eisernen Wächter nach dem Tod des Barons und nachdem sein Nachfolger anscheinend zu den Rebellen übergelaufen war, nur mit sinkendem Mut drein. Conan wollte sich beim Kampf beteiligen. Aber die Soldaten wichen vor den Aufrührerischen so schnell zurück, daß er beinahe bis zur obersten Stufe laufen mußte, ehe er mitkämpfen konnte. Während er sich noch mit den Ellbogen zwischen den Rebellen Platz schaffte, um das Schwert zu schwingen, hörte er von unten neues Geschrei.

Er kämpfte sich zum Geländer der Galerie vor und schaute hinab. Die Städter drängten in Panik durchs offene Portal in die Halle. Dann sah er Schwerter, geschwungen von Männern in Ritterrüstung; aber er konnte sie nicht deutlich erkennen. Er beugte sich noch weiter vor. Verstärkung aus der Garnison?

»Flieht, sie sind zurückgekehrt!« So gellten die Schreie herauf. »Die Einharsons! Die toten Barone haben die Gräber verlassen, um ihren Fluch zu erfüllen!«

11

DIE KRIEGSHERREN

Als Conan von der Galerie nach unten blickte, zog sich seine Kopfhaut zusammen; denn insgeheim wußte er, daß die Schreie die Wahrheit verkündeten. Inmitten der fliehenden Rebellen stapften riesige Krieger in seltsamen Rüstungen einher. Ihre Schwerter sahen verrostet aus und abgrundtief böse. Die alten Rüstungen aus Kupfer waren von giftigem Grünspan überzogen. Ja, es waren die toten Kriegslords des Einharson-Geschlechts! Dem Cimmerier lief es eiskalt über den Rücken, als er sich erinnerte, wie diese Rüstungen auf den kalten Sarkophagen in der Krypta unter dem Schloß gelegen hatten, und an die mystischen Andeutungen, daß ihre Besitzer eines Tagen zurückkommen würden, um das Geschick der Provinz zu entscheiden.

Da die Eindringlinge von Kopf bis Fuß in der Rüstung steckten, wußte niemand, was sich in diesen altersschwachen Harnischen und Helmen verbarg. Einige Krieger schienen verletzt zu sein, andere seltsam unvollständig. Doch alle schwangen unbarmherzig die Schwerter und Streitäxte. Die zerhackten Leichen, welche hinter ihnen auf dem Boden lagen, bezeugten ihre grimmige Entschlossenheit.

Kaum hatte der Cimmerier die Bedrohung verstanden, war sie schon ganz in seiner Nähe. Er hörte hinter sich Schreie und drehte sich um. Drei dieser uralten bösen Krieger tauchten aus einem Seitengang auf. Wie in einer Vision stieg vor ihm das Bild der langen Treppe auf, welche irgendwo aus Baldomers Räumen direkt in den Keller führte. Zweifellos waren die Ungeheuer auf diesem Weg heraufgekrochen. Conan stieß einen kräftigen Fluch aus und schob die Rebellen beiseite, um sich der Nemesis in den Weg zu stellen.

Die erste Gestalt war mit Sicherheit ein Geschöpf der Zauberei. Die bronzegeschützten Gliedmaßen bewegten sich so lautlos und behende wie die Beine und Fühler eines Insekts. Durch die schmalen Schlitze des mit hohem Federbusch verzierten Helms sah er nur Dunkelheit, keine Augen. Das lange schartige Schwert des Unholds sauste so gnadenlos schnell durch die Luft, daß der Cimmerier Mühe hatte, ihm zu entgehen. Bei näherem Hinsehen stellte er fest, daß bei den nicht von den geschrumpften Lederriemen geschützten Stellen an Ellbogen und Fußknöcheln nichts darunter zu sehen war, nicht einmal Knochen.

Der junge Cimmerier wich einem Schwerthieb aus, indem er sich duckte. Aber sofort sprang er vor und versetzte dem Gegner einen harten Schlag gegen den grünspanigen Brustharnisch. Er hatte gehofft, ihn damit umzuwerfen. Doch es klang nur hohl, als die Klinge das Metall traf. Der Stoß hatte den Krieger aus grauer Vorzeit auch nicht aus dem Gleichgewicht gebracht. Nur Conans Schulter tat vom Rückstoß weh.

Wütend stellte er sich wieder dem Feind zum Kampf. Er wartete, um dann nach einer Finte zuzustoßen. Diesmal erwischte er mit der Schwertspitze die Lücke zwischen der oberen und unteren Armschiene des Geisterkriegers und trennte die Lederriemen dort durch. Doch der Schwertarm des Unheimlichen teilte weiter unbeirrt die tödlichen Schläge aus. Zum Glück konnte der Cimmerier dem einen gerade noch ausweichen, so daß er ihn nur an der Schulter traf.

Conan lernte dadurch, daß es keine Rolle spielte, welche vermeintlichen Wunden er diesen nichtexistierenden Körpern der alten Einharsons zufügte. Die Kraft dieser Phantome lag in den Schwertern, welche mit eigener mystischer Energie ausgestattet waren, so daß sie ständig weiter die todbringenden Halbkreise beschrieben. Die Rüstungen marschierten offenbar nur als Dekoration hinter den Schwertern. Sie hatten keinerlei Funktion und brauchten daher nicht geschützt zu werden. Verbissen kämpfte der Cimmerier weiter. Selbst mit größter Anstrengung und unter Aufbieten seines gesamten Könnens gelang es ihm nicht, herauszufinden, ob diese Geisterklingen zerbrochen werden konnten, ja, nicht einmal, ob er sie parieren konnte.

Immer weiter mußte er vor dem Ansturm des Geisterkriegers zurückweichen. Mit fatalistischer Ruhe nahm er wahr, daß die Situation um ihn herum immer verzweifelter und aussichtsloser wurde. Einige wenige Rebellen hatten den Kampf gegen die Einharsons aufgenommen; aber keiner konnte sich lange halten. Viele waren bereits von den unermüdlich weiterschwingenden Klingen der uralten Schwerter niedergemäht worden. Anfangs hatten einige der Eisernen Wächter die Lücken der gefallenen Rebellen ausgenützt und Seite an Seite mit den untoten Kriegern gekämpft — doch diese unheimlichen Wesen kannten keine Verbündeten. Conan sah, wie ein Soldat von einem rostigen, mit Spinnweben bedecktem Schwert durchbohrt wurde, ehe seine Kameraden so viel Verstand bewiesen und vor den Ungeheuern zurückwichen.

Welche mystische Macht auch immer in diesem die

Toten erweckenden Fluch steckte, sie erstreckte sich nicht auf Baldomer. Sein durchbohrter Leichnam lag immer noch starr auf der Galerie. Der uralte Zauber wirkte auch nicht auf sein Schwert; denn die gestohlene Waffe hatte kein überirdisches Eigenleben in Conans Hand entwickelt — jedenfalls bis jetzt noch nicht.

Diese kleinen Lichtblicke zählten aber nicht, da die Einharsons, welche bereits kämpften, so mörderisch waren, daß sie sehr bald das gesamte Schloß von allen lebenden Menschen säubern würden. Conan war jetzt mit einem guten Dutzend Rebellen in die Ecke getrieben worden. Nur die große Freitreppe blieb als möglicher Fluchtweg.

»Ha, du Verräter!« hörte er plötzlich eine schrille Frauenstimme hinter sich. »Jetzt siehst du, wie der niemals sterbende Groll meiner Vorväter dich bestraft!« Der Cimmerier warf einen kurzen Blick über die Schulter. Es war Calissa. Sie war den Wachen entkommen und hatte sich bei der allgemeinen Panik auf der Galerie in seine Nähe vorgearbeitet. Jetzt hing sie an der hölzernen Brüstung und betrachtete das Gemetzel mit giftig strahlenden Augen. »Kämpf mit deiner ganzen wilden Kraft, Cimmerier! Halt aus, damit meine Ahnherrn dich den ganzen Weg bis in deine nordische Eiswüste jagen können! Nein, nie wirst du ihnen entkommen! Nachdem du nun den letzten Erben des Geschlechts der Einhars getötet hast, werden sie niemals wieder in ihre Gräber zurückkehren!«

Sie war wahnsinnig. Die blutigen Ereignisse dieser Nacht hatten ihr völlig den Verstand geraubt. Welch ein Unterschied zu der edlen jungen Frau, welche ihn noch vor wenigen Stunden liebkost hatte! Es tat ihm im Innersten weh, sie so zu sehen, doch dann mußte er dem nächsten Schlag eines ihrer Ahnherrn ausweichen, um sein Leben zu retten.

Jedoch hatten ihre geifernden Worte ihn auf eine neue Idee gebracht. Er wich vor dem Untoten zurück und lief auf Calissa zu. Sie versuchte zu fliehen; aber er erwischte sie am Handgelenk.

»Was willst du? Laß mich los, du elender Schurke! Willst du mich jetzt auch noch umbringen wie meinen Bruder und meinen Vater?« Sie wehrte sich verzweifelt, konnte aber gegen die Kraft des jungen Barbaren nichts ausrichten.

Conan steckte das Schwert in die Scheide und nahm die Kette mit dem Amulett vom Hals. Dann streifte er sie über Calissas zerzauste rote Locken. Sie spuckte ihn vor Wut an. Da packte er sie an beiden Schultern und hielt sie eisern fest. Das Amulett legte sich auf die durch das Spitzennachtgewand kaum verhüllten Brüste.

Plötzlich war alles auf der Galerie völlig verändert. Der Phantomkrieger aus der Einharson-Dynastie, welcher den Cimmerier soeben noch mit dem Schwert töten wollte, hielt mitten im Schlag inne. Mit der stolzen Haltung eines siegreichen Duellanten machte er kehrt und stolzierte zurück in Richtung Kellertreppe. Innerhalb von Minuten folgten ihm seine gespenstischen Gefährten mit gesenkten Mordschwertern. Conan warf schnell einen Blick über die Brüstung. Ja, unten in der Halle und vor dem Portal hatten die Kämpfe ebenfalls aufgehört.

»Was ist das für ein übler Trick?« kreischte Calissa. »Wer hat je gesagt, daß eine Frau das Hoheitszeichen des Barons tragen dürfe? Weg damit!« Sie griff nach dem glänzenden Amulett und wollte es vom Hals reißen; aber Conan drehte die Kette so eng zusammen, daß er ihr mit einer Handbewegung die Kehle hätte zuschnüren können. »Kommt zurück, ihr Kryptageister! Kommt und kämpft weiter! Ich befehle es euch!« Doch die untoten Krieger marschierten mechanisch zurück, ohne sich durch ihre hektischen Schreie beirren zu lassen.

Die überlebenden Rebellen eilten auf Conan zu und halfen ihm, Calissa zu bändigen. Sie nahmen den Eisernen Wächtern gegenüber eine bedrohliche Haltung ein, als diese Anstalten trafen, Calissa zu befreien. Der Cimmerier erteilte den Männern, welche die Lady festhielten, schnell Befehle.

»Sorgt dafür, daß sie ruhig bleibt! Vor allem muß die Kette mit dem Amulett unter allen Umständen an ihrem Hals bleiben.« Er verknotete die Kette über dem weißen Nacken, obwohl sie noch immer den Kopf von einer Seite auf die andere warf. »Das ist die Macht, welche die Gespensterkrieger in die Flucht schlägt. Wahrscheinlich verlangt der Familienfluch nur, daß ein lebendiger Einharson das Wahrzeichen trägt, nicht aber, daß dieser Nachkomme auch über die Stadt herrscht. Hier haltet sie fest! Aber ihr bürgt mir bei eurem Leben, daß ihr kein Leid zugefügt wird, verstanden? Dru, der Schmied, kann bei der ersten Gelegenheit die Kette mit einer Niete verkürzen.«

Kaum waren die letzten Vorfahren der Einharsons verschwunden, wurden überall Freudenschreie laut. Die meisten hielten den Cimmerier für Favian und jubelten dem jungen Lord zu, weil er sich auf die Seite der Rebellen geschlagen und den Fluch seines Vaters abgewendet hatte. Dabei hatten sie vor wenigen Minuten noch versucht, sein Geschlecht auszulöschen. Viele, die vorher in Panik geflohen waren, drängten zurück ins Schloß, bis die Halle wieder voller Menschen war.

Aber die Rebellen waren zahlenmäßig doch sehr geschwächt, so daß die Eisernen Wächter sie ziemlich leicht überwältigen würden, dachte Conan. Doch zu seiner Überraschung marschierte plötzlich eine Gruppe Adliger vor. Sie hatten die Waffen in den Scheiden und hoben die Hände als Zeichen ihrer Friedensliebe.

»Haltet mit dem Kämpfen inne, wir wollen verhandeln!« rief einer. »Wer auch immer der Anführer dieses Aufruhrs sei, möge vortreten und mit uns sprechen.«

Die Führer der Delegation waren Marschall Durwald und der greise Lothian, der Minister fürs Protokoll bei Hofe. Gefolgt von anderen Adligen niederen Rangs, schritten sie geradewegs auf Conan zu. Dann blieben sie in geziemender Entfernung stehen. Vielleicht taten sie dies auch um ihrer Sicherheit willen, nicht nur aus Würde. Anführer der Rebellen, darunter auch Evadne, hatten sich um den Cimmerier geschart. Sie blickten mißtrauisch auf die hohen Herren.

»Ehe ihr eure Zungen mit Lügen und Drohungen ermüdet, ihr adligen Schurken, will ich euch versichern, daß wir nichts außer euer völligen Kapitulation annehmen!« Der Sprecher war ein hagerer junger Rebell mit kurzgeschnittenem Blondhaar. Er sah eher wie ein Tempelschüler aus als wie ein Krieger. »Das Schloß ist praktisch in unserer Hand, und in der ganzen Provinz haben sich unsere Anhänger gegen die Willkürherrschaft erhoben.« Mehrere seiner Gefährten nickten mit ernstem Gesicht, aber keiner sagte etwas.

Durwald stand hochaufgerichtet, mit dem Helm in der Armbeuge, in der Mitte der adligen Gruppe. Er strich sich mit der Hand übers wirre Haar und schaute den jungen Mann nur durchdringend an. Nach kurzem Nachdenken antwortete er.

»Und nun glaubt ihr, daß ihr uns nicht braucht.

Vielleicht haben die führenden Familien der Stadt und einige Landedelleute euch ihre Unterstützung zugesagt; aber könnt ihr eine Armee aufstellen, welche die Stadt verteidigen und für Recht und Ordnung darin sorgen kann?« Sein glänzender schwarzer Schnurrbart verzog sich zu einem herablassenden Lächeln. »Oder glaubt ihr, daß ihr einfach ein paar Priester Sets aus Stygien holen könnt, damit diese euer gestohlenes Lehen verwalten?«

»Setpriester? Wir haben mit dem Schlangenkult nichts zu schaffen!« rief ein Rebell, dessen Schläfen schon grau wurden. Er trug das braune Gewand eines Dieners von Ulla. Allerdings hatte er sie — wenig priesterlich — mit dem Schwertgurt anstelle des Stricks in der Mitte zusammengebunden. »Wir sind alle treue Anhänger der wahren Kirche von Nemedien. Ich habe gehört, daß im Osten dieser Schlangenwahnsinn tobt; aber wir dienen einer frommen Sache.«

»Ja, und unserer Reform-Ratsversammlung gehören die besten Familien an«, erklärte Evadne lautstark von weiter hinten. Ihre schroffe Art brachte alle, die vielleicht auch etwas sagen wollten, zum Schweigen. »Nicht die edelsten, sondern die besten!« Herausfordernd blickte sie die Adligen an. »In unserem Rat wird die Stimme eines Handwerkers ebenso gehört wie die eines Ritters; der Bauer hat das gleiche Recht, seine Meinung frei zu äußern, wie der Junker. Wir beanspruchen diese Baronie zum Wohl aller für uns, um den Grausamkeiten und Ungerechtigkeiten ein Ende zu bereiten, welche unter Baldomers Herrschaft täglich mehr wurden.«

Ihre Rede erntete laute Zustimmung aus den Reihen der Rebellen. Ohne diese eines Blickes zu würdigen, wartete sie auf Durwalds Antwort.

»Das klingt alles gut und schön, Evadne. Wie ein frischer Wind in diesem an harter Kandare geführten Teil Nemediens. Ich frage mich nur, was die Barone in der Nachbarschaft davon halten ... besonders die edlen Lords Sigmarck und Ottislav.« Diesmal sträubte sich Durwalds Schnurrbart belustigt. »Wie lange wird es deiner Meinung nach dauern, bis sie mit scharfen Schwertern und noch schärferen Federn in Dinander einfallen, um die Landkarten ihrer Baronien neu zu zeichnen und eurem hübschen politischen Experiment mit einem Federstrich ein Ende zu bereiten?«

»Aber du hast bei deiner Rechnung König Laslo vergessen, dem das gesamte Land gehört!« rief ein schwarzbärtiger Rebell trotzig. »Er hält die Barone in Schach und hat uns in den vergangenen Jahren auch gegen ungerechte Erlasse und Steuern beschützt. Seine Truppen in Numalia sind viel größer als die, welche ein kleiner Lord ausheben kann.«

Durwald lachte. »Dies also ist das Schicksal, welches ihr auf eure Köpfe herabbeschwören wollt! Ihr wollt euch von königlichen Legionen maßregeln und unterdrücken lassen! Glaubt ihr etwa, daß eine derartige Schande euer Los verbessert? Oder daß rauhe Söldner aus dem Süden des Reichs ein offeneres Ohr für eure Wehwehchen haben als die Soldaten, welche hier aus der Gegend stammen?« Er schüttelte den Kopf. »Ich kann euch versichern, daß diese Söldner sich wie Sieger aufführen werden. Ohne die geringsten Bedenken werden sie plündern und stehlen. Höchstwahrscheinlich wird König Laslo irgendeinen kleinen Offizier zum Statthalter mit unbeschränkter Macht über uns ernennen.«

Die Rebellen sprachen wütend und hitzig miteinander. Doch als der Cimmerier die Stimme erhob, verstummten alle. »Was schlägst du vor, Durwald?« fragte Conan.

Ehe der Marschall antworten konnte, erhob der greise Lothian die Stimme und erklärte mit erstaunlicher Festigkeit: »Ich glaube, ich kann einen Vorschlag unterbreiten, welcher beiden Seiten frommt. Wenn ihr Aufrührerischen euch einigen könnt, wer eure Anführer sein sollen, dann könnten diese sich mit uns zurückziehen, um die Angelegenheit in etwas ruhigerer Umgebung zu besprechen.«

Die Rebellen waren verdutzt. Dann steckten sie die Köpfe zusammen und hatten mit einer Schnelligkeit und Einstimmigkeit ihre Abgesandten gewählt, die den Cimmerier sehr erstaunte. Die Wahl traf auf Evadne und den Priester mit dem Schwert, dazu noch den Schwarzbärtigen und zwei andere Männer. Der Cimmerier war so selbstverständlich mit eingeschlossen, daß es keines Wortes bedurfte.

Die beiden Gruppen gingen auf eine Tür neben Baldomers Gemächern zu. Die Rebellen waren vorsichtig. Sie gingen als erste hinein und schlugen mit den Schwertern auf die Vorhänge und Gobelins. Dann folgte das halbe Dutzend Adliger. Von jeder Partei bezog ein Mann vor der Tür Wache. Die übrigen Kämpfer warteten in gebührendem Abstand.

»Nun, Edle und Rebell ... Abgesandte.« Langsam ging der alte Lothian durch den Raum und setzte sich an den Tisch gegenüber der Tür. Alle übrigen blieben mit der Hand am Schwertgriff stehen. »Es ist doch einsichtig, daß irgendein Kompromiß im Interesse aller sein dürfte. Wie einige von euch wissen, habe ich keineswegs die Ansicht des verstorbenen Barons bezüglich seiner drakonischen Erlasse geteilt. Tatsache ist, daß ich ihn sogar häufig vor einer Entwicklung wie dieser heute gewarnt habe.« Der Greis setzte sich auf den Kissen zurecht. »Andererseits bin ich selbstverständlich ein Verfechter der Herrschaft durch die Aristokratie. Wenn ich mir einige Worte als Mitbegründer der Wissenschaft von der edlen Linie adliger Geschlechter erlauben darf, möchte ich …«

»Komm zur Sache!« unterbrach ihn Evadne. »Wenn du zu lang sprichst, haben unsere bewaffneten Anhänger eure gesamten Truppen in der Stadt aufgerieben und ihr besitzt nichts mehr, worüber ihr verhandeln könnt.« Ihre Augen funkelten Durwald an, als sie weitersprach. »Sagt uns nur, welches gemeinsames Interesse die Menschen in Dinander mit ihren Peinigern haben könnten.«

»Also, einen Augenblick«, protestierte Durwald. »Auch ich warnte Baldomer gegen seine Unmäßigkeit. Niemand hier verabscheut unnötige Grausamkeit mehr als ich.«

»Na, seht ihr, wir sind gar nicht so weit auseinander«, warf Lothian mit freundlichem Lächeln ein. »Wenn wir uns jetzt auf eine sinnvolle Teilung der Gewalten einigen können …«

»Du bist ein alter Narr!« unterbrach ihn der schlanke blonde Jüngling. »Wann wurde in Dinander je die Regierungsgewalt geteilt, wenn nicht durch die scharfe Klinge eines Schwerts?«

Evadne fiel ihrem Gefährten ins Wort. »Richtiger wäre die Frage: wann nicht? Sag uns, Minister, wer ist nach Favian der nächste in der Thronfolge der Barone?«

»Nun, der alte Eggar, der Junker der Waldseen, Baldomers Vetter«, antwortete Lothian ohne Zögern.

»Das habe ich mir gedacht! Ein versoffener Nichtstuer, berühmt-berüchtigt für die Mißwirtschaft in seinem lächerlich kleinen Reich. Niemals wird unser Volk einen so widerwärtigen Tyrannen dulden!« Herausfordernd blickte die junge Frau in die Runde. »War er denn heute abend gar nicht im Schloß?«

»Wenn er da war, ist er tot oder geflohen«, antwortete Durwald. »Kein großer Verlust. Falls du an eine Marionette denkst, stimme ich dir zu, daß wir eine viel eindrucksvollere Persönlichkeit brauchen als ihn.«

Der Priester mit dem Schwert schüttelte bedauernd das graue Haupt. »Es ist wirklich schade, daß Lady Calissa eine Frau ist ... und dazu noch wahnsinnig. Einst war sie die Stimme der Mäßigung am Hof. Aber niemand kann von ihr erwarten, die Ermordung ihrer Familie einfach hinzunehmen. Und jetzt kann sie nicht einmal selbst getötet werden, wenn ich das richtig sehe.« Er blickte die anderen an. »Man muß sie für den Rest ihres Lebens unter strengster Bewachung halten — oder zumindest so lange, bis unser heiliger Exorzist den Fluch der Einharsons aus der Welt schaffen kann.«

Betretenes Schweigen folgte seinen Worten. Schließlich sprach der Schwarzbart. »Wenn wir schon einen neuen Baron wählen wollen, dann wäre es meiner Meinung nach am besten, wir nähmen einen jungen Erben, den wir leicht beeinflussen können, oder einen, der so alt und gebrechlich ist, daß er keinen Ehrgeiz mehr hat.«

»Aber versteht ihr denn nicht, daß wir nicht so weit suchen müssen!« Ungeduldig erhob sich Lothian vom Sitz. »Wir haben den idealen Erben hier, direkt vor uns! Wir haben Lord Favian!«

»Favian ist tot!« widersprach der Schwarzbart. »Falls deine Augen nachgelassen haben, darf ich dich daran erinnern, daß er in seinem Blut auf dem Boden seines Schlafzimmers liegt. Und was diesen Doppelgänger betrifft, den ihr uns hier vorführt — nun, er hat sich als ein Kerl nach unserem Herzen gezeigt, indem er Baldomer tötete und sich auf unsere Seite schlug. Aber wir vom Reformrat haben euren Betrug schon längst durchschaut.«

»Hm, alle Achtung.« Lothian strich sich durch den grauen Bart. Seine Äuglein funkelten listig. »Aber dennoch ist Conan für unser gemeinsames Ziel ideal. Vielleicht könnten wir alle, die seine wahre Identität kennen, durch einen Eid zum Schweigen verpflichten. Man könnte doch durchaus glaubwürdig erklären, daß der Leibwächter anstelle von Lord Favian getötet wurde. Dem Barbaren aus dem Norden wäre die Treue der Mehrheit aller Untertanen sicher, nämlich derer, welche blind den traditionellen Führern folgen. Er ist im Grunde ein guter Kerl. Das kann ich bezeugen, schließlich hat er meinen Unterricht genossen.«

»Aber würden die Bewohner von Dinander vor Favian knien, obwohl er ein Vatermörder ist?« gab der Priester zu bedenken. Seine Brauen waren in ernsthafter moralischer Sorge gerunzelt. »Eines unserer Ziele bei der Machtergreifung war doch, die blutigen Verbrechen des Einharsons-Geschlechts ein für allemal zu beenden.«

»Na bitte! Unser Vorschlag steht doch ganz in der Tradition«, versicherte ihm Durwald mit großzügiger Handbewegung. »Wahrscheinlich ist Conans Tat der Bruch mit der Vergangenheit, welcher es den Leuten ermöglicht, wieder einen Einharson als Kriegsherrn zu dulden.«

»Ja, stimmt, es dürfte nicht schwierig sein, ihn als Baron auszugeben.« Der blonde Jüngling schlug begeistert gegen das Schwert in der Scheide. »Es besteht auch nicht die Gefahr, daß der Barbar tatsächlich

Macht ausübt. Man muß ihn nur ab und zu dem Volk zeigen und davon abhalten, daß er etwas mit seinem grauenvollen nördlichen Akzent sagt. Für den Mob ist er der Baron und für uns ein Lakai.«

»Halt dein ungewaschenes Maul, du Hund!« fuhr Conan den Rebellen an, der blaß wurde und verstummte. »Ich bin niemandes Lakai! Und mir mißfällt der Gedanke abgrundtief, für jemanden wie dich die Marionette zu spielen.« Drohend blickte er in die Runde. »Wenn ich diesen Mummenschanz weitertreibe, dann nur zu meinen Bedingungen.«

»Selbstverständlich, Conan, selbstverständlich.« Durwald legte dem Cimmerier beschwichtigend die Hand auf die Schulter und lächelte ihn an. »Wir werden dafür sorgen, daß du fürstlich belohnt wirst und ein mehr als bequemes Leben führen kannst. Vielleicht finden wir sogar einige Anlässe, bei denen du dich auf militärischem Gebiet hervortun kannst, um eine glaubwürdige Fassade zu wahren. Wegen der Staatsgeschäfte mußt du dir den Kopf nicht zerbrechen. Wir im Rat werden dafür die volle Verantwortung übernehmen.«

»Unter Aufsicht des Reformrats natürlich, wolltest du sagen«, meldete sich der Schwarzbart zu Wort. Seine Gefährten murmelten beifällig.

»Ja, ja, das arbeiten wir alles noch genau aus«, wischte Durwald ihre Bedenken vom Tisch. »Glaubt mir, wir sind ebenso froh wie ihr, endlich Baldomer und seinen bösartigen Affen Svoretta los zu sein. Und auch seinen aufmüpfigen Sprößling Favian. Solange die legitimen Interessen des edlen Hauses gewahrt bleiben, können Adel und gemeines Volk von jetzt an friedlich zusammenleben, und Dinander kann froh auf eine glückliche Zukunft hoffen.«

12

MYLORD BARBAR

Ein Sonnenstrahl drang durch einen Spalt des Vorhangs ins dunkle Zimmer. Staubkörnchen tanzten darin. Dann suchte er sich den Weg über die zerwühlten Satindecken des großes Betts. Wie eine Säbelklinge fiel das Licht auf das Gesicht des Cimmeriers. Die Helligkeit traf sein benebeltes Hirn wie ein Schwertstreich.

Der Schläfer drehte sich unwillig murmelnd zur Seite, um dem Licht zu entkommen. Dabei erwischte er die falsche Richtung. Er rutschte mit den Beinen von der weichen Matratze und verfing sich in den Laken und dem Schwert, das stets neben ihm lag, wie ein treues Eheweib. Als er blindlings nach Halt suchte, stieß er gegen einen niedrigen Tisch neben dem Bett. Halbvolle Becher und Karaffen klirrten zu Boden.

Stöhnend über diese Lärmqualen zog er sich wieder auf die Bettkante. Dann blinzelte er mühsam. Langsam erkannte er seine Umgebung.

Es war das Schlafgemach des verblichenen Baron Baldomer. Hoch und weit, wie es einem Aristokraten zustand. Aber im Winter würde es kalt und schrecklich zugig werden. Da war Conan sicher. Nachdem er eigenhändig die Matratze umgedreht und ausgeklopft hatte, befahl er, daß die schweren Vorhänge des Betts abgenommen und verbrannt wurden. Er hoffte dadurch alle üblen Geister aus dem Raum zu verbannen. Aber trotz seiner Vorsichtsmaßnahmen übte das üppig ausgestattete Zimmer einen schlechten Einfluß auf den Cimmerier aus.

Jemand klopfte rücksichtslos laut an die Tür. Conan kam mühsam auf die Beine und ging, nur mit der Leinentunika bekleidet, zur Tür, um den Riegel wegzuschieben. Als er sie öffnete, schallte ihm eine rauhe, aber herzliche Stimme entgegen.

»Na, junger Baron, wie fühlst du dich heute morgen?« Der Hüne mit gebrochener Nase brachte ein Tablett mit Obst und Brot herein. »Als ich den Krach hörte, wußte ich, daß du aufgewacht bist. Na, wird auch Zeit! Die Sonne kriecht schon über die Dächer. Und, wie geht's dir?«

»Sprich leiser, Rudo! Ich fühle mich sauschlecht. Ich glaube, man hat mich vergiftet.« Conan schlich zurück ins Bett. »Der Wein gestern abend ...«

»Ja, der Wein, daran wird's liegen.« Rudo betrachtete die große Pfütze zwischen den zerbrochenen Karaffen. »Vergiftet? Ach ja? Dann muß die halbe Stadt tot sein. Nach dem Fest sind die meisten auf allen vieren heimgekrochen.« Mit einer Hand packte er den Tisch und stellte ihn wieder auf, um das Tablett loszuwerden. Dann nahm er ein herumliegendes Hemd und wischte den Unrat vom Boden auf. »Von diesem Zeug hätte jede einzelne Sorte einen Mann flachgelegt; aber du hast letzte Nacht alles durcheinander runtergekippt! Du forderst dein Schicksal wirklich tollkühn heraus, Conan. O Verzeihung, Mylord Baron.«

Dann fand Rudo eine unversehrte halbvolle Karaffe. Ohne zu zögern, setzte er sie an die Lippen und nahm einen kräftigen Schluck. Genießerisch wischte er sich die Lippen. »Ganz ehrlich, Mylord Baron, als wir noch trockene Brotkrusten im Verlies kauten, hätte auch keiner gedacht, daß wir je einen Nektar wie diesen schlürfen würden, was? Also, ich freue mich über deinen Erfolg und Aufstieg in dieser Welt, und ich finde es wirklich anständig von dir, daß du deine alten Freunde nicht vergessen hast.«

Conan saß auf der Bettkante und massierte die pochenden Schläfen. Als Antwort grunzte er nur und tat so, als sähe er nicht, wie Rudo einen Becher aus Gold mit der Riesenpranke zerdrückte und diskret in die Schärpe der seidenen Pumphose steckte.

Dann ging Rudo los und brachte dem Cimmerier einen Krug frischer Milch und Brot zum Frühstück. Conan saß im Schneidersitz auf dem Bett und aß und trank gierig. Ihm behagte das anspruchslose Essen, das ihm schon geschmeckt hatte, als er noch neben der Küche die Mahlzeiten einnahm. Trotz der früheren Sticheleien traute er den neuen Gefährten unten, daß sie ihn nicht vergifteten. Doch nun lag ein langweiliger, leerer Tag vor ihm. Als angeblicher Baron hatte er lächerlich wenig Pflichten zu erfüllen. Hauptsächlich bestand seine Aufgabe darin, gegen Sonnenuntergang in voller Rüstung auf den Wehranlagen herumzustolzieren und ›Audienzen‹ zu geben, bei denen er sich mit den Höflingen und Vertretern der Rebellen unterhielt, welche in diesen Tagen Dinander wirklich regierten.

Allerdings bildete er sich nicht ein, daß er die Stadt besser regieren könnte. Alles schien im Augenblick recht gut unter Kontrolle zu sein. Nach jener ersten Blutnacht war der Aufruhr durch den Tod Baldomers und die darauffolgende Einigung zwischen Rebellen und Adligen verhältnismäßig ruhig verlaufen. Einige niedrige Offiziere und Funktionäre, wie den Henker

Fletta, hatte man vor ein bürgerliches Gericht gestellt und zum Tode verurteilt. Nachdem man ihnen alle Glieder auf dem Rad gebrochen hatte, waren die Rachegelüste der Bewohner Dinanders gestillt. Mehrere unbeliebte Adlige verließen ihre Paläste und verschwanden. Entweder hatten ihnen Freunde am Hof den Rat gegeben unterzutauchen, oder sie hatten sie ermorden lassen. Die adlige Partei ließ es nicht zu, daß einer ihrer Anhänger angeklagt oder verurteilt wurde. Man fürchtete wohl, daß eine öffentliche Hinrichtung von Aristokraten ein böses Beispiel für die Zukunft setzen würde.

Lediglich über den Antrag, die Eisernen Wächter abzuschaffen, hatte es ernste Mißstimmung zwischen den beiden Parteien gegeben. Conan hatte der überlangen hitzigen Debatte zwischen Evadne und Durwald die meiste Zeit mit weinschwerem Kopf zugehört. Schließlich war der Antrag auf Abschaffung angenommen worden; aber große Bedeutung hatte dies nicht, da die Elitetruppen lediglich einen anderen Namen bekamen. Sie hießen nicht mehr Eiserne Wächter, sondern ›Rote Drachen‹. Einige Offiziere wurden befördert. Am meisten Arbeit bekam Dru, der Waffenschmied, weil er in den nächsten Wochen und Monaten an allen Rüstungen das neue Emblem anbringen mußte. Die Soldaten schlugen ebenso schneidig wie bisher die Hacken zusammen und befolgten weiterhin widerspruchslos jeden Befehl ihrer Vorgesetzten.

Der Cimmerier sah für sich in Dinander kein großes Betätigungsfeld außer zu trinken, zu essen und sich mit Weibern zu vergnügen, wie es einem Baron zukam. Ihm war es auch gleich, ob die Rüstung, in der er herumspazierte, schwarz oder rot war. Gefreut hatte er sich, einige der alten Kumpel wiederzutreffen, die mit ihm an der Gefängnisrevolte teilgenommen hatten. Nur seine Nachricht an die Dienerin Ludya, wieder in die Hauptstadt zurückzukommen, war unbeantwortet geblieben. Conan hegte den Verdacht, daß seine Arbeitgeber den Boten abgefangen hatten, da sie nicht erpicht darauf waren, daß Conan eine Frau fand, mit der er das blaue Blut der Einharsons scheinbar fortführte, indem er einen Sohn oder eine Tochter zeugte. Manchmal kam ihm der Gedanke, selbst hinauszureiten und Ludya zu suchen.

Aus diesen Gedanken riß ihn das Öffnen der Tür. Diesmal war der Besucher hübscher als der krummnasige Rudo. Evadne trat ein zur täglichen Besprechung. Sie trug eine einfache Tunika mit Gürtel und Sandalen. Die plötzliche Kopfbewegung verursachte dem Cimmerier einen stechenden Schmerz, so daß er zur Begrüßung nur unverständlich grunzte.

»Guten Morgen, Eure Lordschaft.« Evadne schien Conans mangelhafte Bekleidung nicht zu erstaunen. Sie rümpfte nur ein wenig die Nase. »Wie ich sehe, erholt man sich wieder langsam von der nächtlichen Ausschweifung. Hast du nicht langsam genug von diesen … Privilegien?« Sie setzte sich in geziemender Entfernung auf einen lackierten Stuhl.

»Doch«, brummte er. »Diese sinnlosen Vergnügungen hängen mir zum Hals heraus, ebenso wie die mütterlichen alten Huren, die du mir aus den Bierschenken heraufschickst. Ich sehne mich nach mehr Leben, als diese muffigen Räume bieten können.«

Evadne gab sich unbekümmert. »Wenn du ruhelos bist, könntest du doch auf die Jagd reiten. Setz eine für morgen an, wenn du willst.«

»Ach ja? Damit die Wildhüter noch mehr zahme Rehe aus den Käfigen lasse, die ich in Gesellschaft eines

Dutzends sauertöpfischer Soldaten abschlachten soll? Nein danke, Evadne.« Conan stützte den schweren Kopf auf die Hand. »In meiner Jugend, in Cimmerien, da diente die Jagd einem guten Zweck. Hier ist sie — wie alles andere — leer und schal.«

»Dann geh doch im Schloßhof fechten. Wenn du unbedingt dein Leben riskieren willst, kannst du gegen drei oder vier Rote Drachen gleichzeitig kämpfen. Vielleicht macht dir das Spaß.« Sie winkte ab und stand auf. »Es gibt soviel zu tun. Jeder Bürger ließe sich Nase und Ohren abschneiden, um an deiner Stelle zu sein. Ehrlich gesagt, finde ich es mühsam, deine barbarische Seele aufzuheitern.«

»Dann laß es doch, Evadne!« Conan sah sie an. »Warum machst du dir überhaupt die Mühe? Stimmt es, daß du mein Kindermädchen spielen und aufpassen mußt, daß ich meine Rolle als Baron gut spiele?«

»Deshalb muß ich mir keine Sorgen machen. Du spielst den degenerierten Aristokraten sehr überzeugend.« Sie schüttelte die blonden Locken und setzte sich wieder. »Aber vergiß nicht, wir haben eine junge Provinzregierung, die noch nicht ernsthaft auf die Probe gestellt wurde, und wir haben viele ... zusammengewürfelte Elemente dabei. Du und die arme geisteskranke Lady Calissa sind die Schwachpunkte. Jemand muß sich um euer Wohl kümmern.«

»Wie geht's eigentlich Calissa?« Conan schaute leicht melancholisch zum Fenster hinaus. »Wütet sie immer noch gegen die Fesseln?«

»Nein, sie zerrt nicht mehr an dem Zauberamulett und der Kette. Sie darf sich im Zimmer frei bewegen, solange jemand dabei ist, der aufpaßt, daß sie sich nicht mit der Kette erhängt. Sie wütet auch nicht mehr.« Ein mitleidiges Lächeln huschte über Evadnes

Gesicht. »Sie spricht überhaupt nicht mehr — mit niemandem.«

»Hmm. Das ist zwar für die Umwelt angenehm, aber schlimm für Calissa.« Der Cimmerier schüttelte den Kopf. »Aber dennoch frage ich mich, ob ich nicht ebenso ein Gefangener bin wie sie.«

»Blödsinn!« Evadne musterte Conan mißtrauisch. »Wenn du beschließt, Dinander seinem Schicksal zu überlassen und fortzugehen von den goldenen Drachmen, die täglich in deinen Beutel wandern, könnten wir dich kaum aufhalten.«

»Aber ihr würdet es versuchen, stimmt's?« Conan lächelte grimmig. »Kommst du vielleicht deshalb hierher und trägst einen Dolch am Schenkel versteckt?« Langsam stellte er die Füße auf den Boden, um aufzustehen. »Ist das dieselbe Waffe, welche du bei Favian benutzt hast?«

»Hör auf! So etwas würde ich nie wollen!« Evadne sprang auf. Ihre stolzen Züge waren blaß. »Aber ich warne dich: Wenn es ums Wohl unserer Provinz geht, tue ich alles, was nötig ist. Bis jetzt hat dein anständiges Verhalten dir Nachsicht eingebracht — aber die ist begrenzt. Treib es nicht auf die Spitze!«

»Ja, so habe ich die Lage eingeschätzt.« Der Cimmerier stand auf. Seine Bewegungen waren so geschmeidig, als hätte er nie Kopfschmerzen gehabt. Langsam ging er mit ausgestreckter Hand auf Evadne zu. »Ich verstehe dich sehr gut. Wir können beide töten, wenn es notwendig ist. Eigentlich müßte die Zeit hier nicht so düster und langweilig sein. Komm her, Evadne. Ich sagte dir doch bereits, daß deine Hochzeit neulich nur Theater war.«

»Nein!« Sie wich zurück. »Ich bin keine Tavernenhure, welche dir die Zeit versüßen will! Ich will auch nicht unter deine Eroberungen im Schloß eingereiht werden. Ich habe wichtigere Aufgaben zu erfüllen.« Sie funkelte ihn wütend an. »Und was meine Hochzeit betrifft — ja, vielleicht war sie nur eine Formalität. Das werde ich nie erfahren, da mein Mann von Baldomers Wächtern als einer der ersten getötet wurde.« Sie trat zur Tür und neigte höflich den Kopf. »Noch einen schönen Tag, Mylord!«

Stumm und lustlos schlurfte der Cimmerier zurück zum Bett. Er betrachtete die Speisen und Karaffen auf dem Elfenbeintisch daneben. Dann stieß er den Tisch um, ließ sich zurück auf die Kissen sinken und schloß die Augen.

Minuten, vielleicht auch Stunden später öffnete sich die Tür wieder. Conan war diesmal etwas klarer im Kopf, als er sich zur Seite rollte. Eine Hand war unter der Decke am Schwertgriff. Er stützte sich auf einen Ellbogen und schaute Durwald und Evadne erwartungsvoll entgegen.

»Nun, Lord Favian, wie ich dich weiternennen muß. Mit Freude stelle ich fest, daß Ihr Eure Rolle hervorragend spielt. Allerdings sind die Haare etwas unordentlich und auch zu lang ... aber, es ist eigentlich unwichtig, da niemand Euch mit dem lebenden Favian vergleichen kann.« Der Adlige im Lederkilt blieb vor dem Bett stehen und betrachtete die Unordnung mit spöttischem Lächeln. »Ich hoffe, Ihr habt Euch von den Freuden der Nacht voll und ganz erholt. Wir haben nämlich ein Problem, für das wir jeden Funken Verstand brauchen.«

»Der Waschzuber wird gerade gefüllt«, fügte Evadne hinzu. »Wir erwarten dich möglichst bald frisch gewaschen und angezogen.«

»Was ist denn der Anlaß?« Conan strich sich die rabenschwarze Mähne aus der Stirn. »Spricht eine junge hübsche Braut die heiligen Eide und kann das Stelldichein mit dem Schloßherrn nicht mehr abwarten?«

Evadnes Züge verhärteten sich bei dieser Bemerkung; doch Durwald lächelte nur. »Es sind gerade Kuriere von den Truppen der Barone in der Nachbarschaft eingeritten. Die Lords sind auf einer Strafexpedition gegen die Anhänger des Schlangenkults und erwarten, daß wir uns ihnen anschließen.«

»Gegen die Schlangenkultleute, sagst du? Das ist doch ein fauler Trick!« Conan sprang aus dem Bett und holte das Langschwert unter der Decke hervor. »Es ist wahrscheinlicher, daß die Kriegsherren gegen uns marschieren, jetzt, da wir schwach sind, so wie du es vorhergesagt hast. Machen wir alles in der Stadt für eine Belagerung fertig oder stellen wir uns ihnen auf dem Feld?«

»Ruhig, mein Junge, nicht so hitzig!« Durwald schüttelte nachsichtig den Kopf. »Mit Sicherheit haben die Barone vom Herrscherwechsel gehört und wollen unsere Stärke erproben. Gleichzeitig wollen sie ausspionieren, ob Dinander seine Ländereien noch halten kann. Trotzdem wette ich, daß diese Strafexpedition ernstgemeint ist.«

Der Marschall setzte sich auf eine Ecke des breiten Schreibtisches, verschränkte die Arme auf der Brust und fuhr fort: »Die Kulte im Westen sind eine unerträgliche Plage für sie. Die Fanatiker sind nach Süden in das Territorium von Ottislav eingefallen. Er wandte sich zuerst an seinen Freund Sigmarck um Hilfe. Jetzt kommen die beiden hierher. Das ist eine Gelegenheit für uns, ihnen zu zeigen, daß wir keinerlei Bindungen zum Schlangenkult haben und daß wir unsere Provinz fest in der Hand haben und sie jederzeit verteidigen werden.«

Inzwischen hatte Rudo einen Waschzuber und frische Sachen für Conan herbeigeschafft. Der Cimmerier tauchte den ganzen Kopf hinein und schüttelte sich dann wie ein junger Hund. »Vielleicht sollten wir uns mit den Kultkerlen zusammentun, wenn diese Barone so habgierig sind, wie du sagst.«

»Mit den Schlangenanbetern gemeinsame Sache machen? Con ... Lord Favian, das wäre politisch absurd!« Evadnes Augen funkelten empört.

»Und du bist eine feine Rebellin! Kaum an der Macht, schon greifst du zu den Waffen gegen deine Mitrebellen und willst sie vernichten.« Conan spritzte reichlich Wasser auf den nackten Oberkörper und trocknete sich dann ab. »Wenn diese Nachbarn dich gegen dein eigenes Volk aufbringen können, haben sie ihren Kampf schon halb gewonnen.«

»Nein, Mylord, diese Schlangenanbeter sind alles andere als angenehme Zeitgenossen.« Durwald betonte den falschen Titel übertrieben. »Man kann sie meiner Meinung nach kaum als Menschen bezeichnen. Du hast doch das Exemplar gesehen, das wir in Junker Ulfs Schloß verhorten.«

»Ja, es ist tatsächlich so«, bekräftigte Evadne. »Als wir nach Osten ritten, um Baldomer zu überfallen, kamen wir durch ein Tal, das sie verwüstet hatten. Es ist keine Religionsgemeinschaft, sondern eine Pest, welche sich immer mehr ausbreitet, bis man ihr mit Waffengewalt Einhalt bietet.« Evadne schlug die Augen nieder. Conan war nicht sicher, ob aus Gefühlsregung oder weil er jetzt seine untere Körperpartie wusch.

»Also, wenn ihr beide endlich mal einer Meinung seid, muß es richtig sein.« Der Cimmerier trocknete sich ab. »Und was muß ich tun, um diese Barone bei Laune zu halten? Wissen sie von früher, wie ich aussehe?«

Durwald schüttelte den Kopf. »Die diplomatischen Beziehungen waren kühl. Ich nehme an, daß weder sie noch einer ihrer Leute Favian seit zwölf Jahren gesehen hat. Du kannst ruhig in ihrer Gegenwart den Helm abnehmen.« Der Marschall beruhigte den Cimmerier. »Bestimmt haben sie widersprüchliche Gerüchte gehört; aber wenn du entschieden auftrittst, dürften wir dich ohne Schwierigkeiten als Favian durchbringen.«

»Du hältst dich an die protokollarischen Begrüßungen und Formen, die du gelernt hast«, sagte Evadne. »Außerdem bist du von Wachen gut geschützt.«

»Ja, wir als deine Ratgeber werden mit ihnen sprechen«, stimmte ihr Durwald bei. »Von einem so jungen Erben erwarten sie auch keine allzu hohe Staatskunst.«

»Die innere Halle wird hergerichtet«, fuhr Evadne fort. »Die Soldaten werden flußabwärts kampieren. Die Offiziere dürften gegen Abend hier eintreffen. Wir müssen jetzt die Ratsmitglieder zusammenrufen. Es gibt noch viel zu besprechen.«

Lampen verbreiteten gelbes Licht in der Halle des Schlosses. Lords und Krieger nahmen an den Tischen mit Brotlaiben und Pökelfleisch Platz. Große Fässer mit Bier standen bereit. Es herrschten nicht der Prunk und die Verschwendung wie bei Baldomers Festen. Alles wirkte spartanisch, doch dadurch auch härter und entschiedener. Die Bewohner Dinanders begrüßten die Gäste im Hof mit fröhlichem Geschrei. Alle Mitglieder des Rats, sogar der greise Lothian, trugen Rüstungen.

Die Wachposten gaben sich Mühe, besonders zackig zu marschieren.

Man merkte aber den beiden Lords nicht an, ob sie beeindruckt waren. Baron Sigmarck war klein und schlank, mit einem Zug von Grausamkeit im Gesicht. Er rümpfte die Adlernase über die primitiven Speisen und musterte seine Umgebung den gesamten Abend aus zynischen dunklen Augen. Ottislav war kahlköpfig mit buschigem Schnurrbart. Er trug schwere Goldketten und kostbare Pelzverbrämung. Der Baron bediente sich großzügig von allen Platten und Krügen. Doch wenn ihn jemand ansprach, gab er als Antwort nur immer ein scharfes ›Ho!‹ Dabei verzog sich der Mund unter dem Bart zu einem häßlichen Grinsen.

Nachdem Conan die beiden Barone eine Zeitlang beobachtet hatte, war er sicher, daß sie von ihm keine besonders guten Manieren oder große Herzlichkeit erwarteten. Evadne saß rechts, Durwald links von ihm. Die anderen Ratsmitglieder hatten die Plätze zwischen ihm und den Besuchern inne, so daß er gegen Fragen der Barone ziemlich gefeit war. Er widmete seine ganze Aufmerksamkeit dem Essen und Trinken. Dabei ließ er stumm die anscheinend nie endenden nemedischen Volkstänze über sich ergehen, welche die Anführer der Rebellen als Abendunterhaltung veranlaßt hatten.

Endlich verließen die letzten festlich herausgeputzten Bauern die Halle, und die Gespräche über den Feldzug im Osten begannen. Die Marschälle der Barone erläuterten mit undurchdringlichen Mienen in knappen Worten die militärischen Ziele: die völlige Ausrottung der Aufständischen im Osten und danach der schnelle Rückzug, ehe sämtliche Straßen vom Herbstregen in Schlamm verwandelt würden.

Danach beantworteten die Offiziere der Barone noch kurz Fragen, welche die Ratsmitglieder Dinanders ihnen stellten. Anfangs hörte man noch allerhand dunkle Andeutungen, daß die Schlangenanbeter von den neuen Herrschern Dinanders unterstützt würden. Doch nachdem die Gastgeber heftig protestiert hatten, änderten die Besucher ihre Strategie und verlangten jetzt nur noch militärische Unterstützung für ihre Ziele.

Während der Verhandlungen taten Durwald, Evadne und Lothian so, als berieten sie sich ernsthaft mit ihrem Baron. In Wahrheit führten die drei hitzige Wortgefechte, denen Conan kaum folgen konnte. Nur um den Schein zu wahren, nickte und murmelte er gelegentlich.

Die Diplomatie ging in ein heißes Stadium über. Jetzt liefen Conans Berater bis ans Ende der langen Tafel, um persönlich mit den fremden Baronen zu sprechen. Plötzlich kam ein unterdrückter Schrei. Als der Cimmerier erstaunt hinblickte, sah er, wie Evadne erbarmungslos Ottislavs Daumen nach hinten drückte, nachdem sie seine Hand von ihrer Taille genommen hatte. Sobald sie ihn losließ, lief der kahlköpfige Aristokrat vor Wut rot an. Seine Leibwächter traten sofort an seine Seite. Doch da lachte Lord Sigmarck boshaft und strich sich übers vorspringende Kinn.

Der kleine Baron fand es offenbar lächerlich, durch so viele Mittelsmänner zu verhandeln. Er lehnte sich vor und rief Conan zu: »Hör zu, Favian! Ich habe genug von diesem Gequatsche. Du stellst zehn Kompanien — nicht weniger und nicht mehr! Schließlich kommt diese ganze Rebellenplage aus deinem unruhigen Hinterland. Zehn volle Kompanien« — er musterte verächtlich die Leibwächter, welche sich um den vermeintlichen Baron Favian scharten —, »das heißt, falls deine Ratgeber es gestatten.«

Ehe ein anderer sprach, hatte Conan bereits entschieden genickt. »Abgemacht!« Er hob den Krug zum Gruß, ohne auf das nervöse Flüstern hinter sich zu achten.

»Nun gut!« Auch Sigmarck hob den Becher und trank auf das Abkommen. »Damit können wir diese Pestbrut bis an den Rand Varakiels jagen. Es wird eine erstklassige Hetzjagd!« Er stellte den Becher ab und lächelte Conan verschlagen zu. »Sag mal, Baron, wirst du mitkommen?«

Diesmal war Evadne schneller als der Cimmerier. »Nein, Baron Sigmarck, unser Herr bedauert, daß er in dieser kritischen Zeit in Dinander bleiben muß. Marschall Durwald wird an seiner Stelle die Truppen befehligen.«

Aber Conan hatte gehört, wie Sigmarck einen ihm vertrauten Namen genannt hatte: Varakiel! Das war Ludyas Heimat! »Allerdings werde ich mitreiten!« schrie er. Dann knallte er den Becher auf den Tisch und rief den überraschten Offizieren der Roten Drachen zu: »Befehl an alle! Wir reiten morgen früh los!«

13

MARSCH IN DIE HÖLLE

Wie faulige Zähne erhoben sich die rußgeschwärzten Ruinen der Mauern und Türme von Schloß Edram im grellen Tageslicht. Im eingestürzten Innern war es stockdunkel. Der strahlendblaue Himmel bildete einen harten Gegensatz dazu. Die Zerstörung hatte vor einigen Tagen stattgefunden. Kein Rauch, keine Flammen stiegen mehr empor; nur der Geruch feuchter Holzkohle drang dem Cimmerier in die Nase, als er vor dem eingestürzten Torbogen stand.

»Sie haben Junker Ulfs Schloß ebenso niedergebrannt wie er das Dorf am Fluß«, sagte er leise zu Evadne. »Ich kann es ihnen nicht verübeln. Am liebsten hätte ich es damals auch getan … aber irgendwie ist es seltsam. Ich hätte gedacht, daß die Rebellen das Schloß stürmen und sich dann drin festsetzen würden, um die Kontrolle über das Tal zu haben.« Er blickte auf die steinerne Rampe vor dem Torbogen und die Mauer, welche jetzt teilweise im Sumpf versank. »Sie hätten unsere Truppen tagelang aufhalten können.«

Evadne ging weiter und rief nur über die Schulter zurück: »Ich habe dir doch erklärt, daß wir es nicht mit einer Rebellion, sondern einer Pest zu tun haben! Die Schlangenanbeter verbreiten überall, wo sie hinkommen, nichts als Verwüstung. Wir haben Glück, daß sie nur einen Bogen der Brücke zerstört haben.«

Der Cimmerier schaute zurück, wo die letzten Soldaten über eine schwankende Hängebrücke aus Seilen und angekohlten Bohlen den zerstörten Teil der Brükke überwanden. Es konnten immer nur wenige gleichzeitig mit den Pferden und Gespannen am Zügel langsam und vorsichtig über den brausenden Fluß marschieren.

Vor dem eingestürzten Tor des Schlosses stand der kleine Baron Sigmarck mit einem Zeichenbrett und skizzierte eine Landkarte. Sein edler Kumpan, Baron Ottislav, beugte sich neben der Mauer über die Schulter eines offensichtlich nervösen Kavallerieoffiziers und betrachtete laut und ordinär fluchend die Knöchelchen des Würfelspiels. Als Conan an den Baronen vorbeiging, lächelte ihm der Kleine verschlagen zu. »Ich glaube, daß wir jetzt ungefährdet weiterziehen können, edler Favian. Ich schlage vor, wir behalten die bisherige Marschordnung bei.«

Die Zustimmung des Cimmeriers war kaum mehr als ein undeutliches Brummen. Dann sprang er auf den Streitwagen, wo Evadne schon wartete. Als er die Zügel ergriff und den Arm zum Signal hob, warf sie ungeduldig das blonde Haar zurück und sagte leise: »Wie üblich sind deine adligen Standesgenossen nicht erpicht darauf, an der Spitze zu reiten.«

»Stimmt.« Conan wartete, bis das Dutzend Reiter der Vorhut antrabte. »Aber mir ist es lieber, nicht in ihrer Gesellschaft zu sein und diese idiotische Maskerade aufführen zu müssen. Außerdem ist es eine Ehre, die Abteilung zu führen.«

»Ja, eine Ehre in der Tat!« Evadne lachte zynisch. »Die Frage ist nur: Können wir den Schurken in unserem Rücken trauen? Wenn die vordere Abteilung unseres Heerwurms auf den Feind trifft, bin ich mir nicht so sicher, daß das Hinterteil uns sofort zu Hilfe kommt. Und wen werden sie mit den Schwertern niedermachen? Den Feind oder uns?« Sie schüttelte den Kopf. »Dieser militärische Ausflug gibt den Baronen einen großartigen Vorwand, die Stärke Dinanders zu schwächen.«

»Das habe ich neulich auch schon gesagt, wenn du dich erinnerst. Aber keine Angst!« Der Cimmerier griff zum Schwert. »Sollten die Schufte versuchen, mich zu betrügen, werde ich beide mit einem Stich durchbohren!«

Evadne ging auf seine Prahlerei nicht ein. Ernst fuhr sie fort: »Aber viel mehr Sorge bereitet mir die Lage in Dinander. Ich habe Angst, daß die wacklige Allianz zwischen meinen Leuten und dem Adel nicht hält.« Jetzt wurde der Wagen schneller, so daß sie sich festhalten mußte. »Durwald beherrscht immer noch den Großteil seiner früheren Eisernen Wächter und könnte sich des Schlosses bemächtigen und selbst zum Baron machen, wenn er wollte. Ich hoffe inständig, daß meine Gefährten stark genug sind, um seinen Ehrgeiz zu zügeln, damit er nicht unsere gesamten Reformen zunichte macht.«

»Aber, Evadne, warum bist du dann nicht in Dinander geblieben, sondern mit mir geritten?« Conan musterte sie von der Seite. Der Wind ließ ihre langen blonden Haare wie ein Banner flattern. »Der Marschall war doch mehr als bereit, mit mir zu kommen, um mich zu beaufsichtigen. Doch du hast ihm abgeraten.«

Die schöne Frau in der schimmernden Rüstung wandte dem jungen Barbaren die tiefblauen Augen zu. »Glaubst du wirklich, daß ich euch beide mit diesen hinterlistigen Baronen alleinlasse? Das wäre ein zu großes Risiko gewesen. Nicht nur die Sicherheit unserer Stadt, sondern auch unsere Truppen, unser falscher Erbe, alles stand auf dem Spiel.« Dann blickte sie wieder auf die Straße. »Vor allem du — schließlich verkörperst du die Herrschaft.«

Nach kurzem Schweigen fuhr sie fort: »Außerdem könnte ich dir die gleiche Frage stellen, Conan. Warum hast du darauf bestanden, mitzureiten? Ich weiß, daß Cimmerier den Kampf mehr als Rosinenkuchen lieben; aber... ich spüre, daß dich noch etwas anderes dazu getrieben hat. Vielleicht persönlicher Ehrgeiz?«

Wenn Conan etwas zu gleichgültig mit den Schultern zuckte, bemerkte es Evadne offenbar nicht. »Ach was, Weib! Noch ein Tag Nichtstun in diesem wurmzerfressenen alten Kasten hätte mir den Verstand geraubt, und ich wäre so verrückt wie die arme Calissa geworden! Lieber sehe ich hier draußen dem Tod ins Auge und gehe in den Sümpfen Varakiels unter.«

»Verstehe.« Evadne betrachtete ihn jetzt doch mißtrauisch. »Vielleicht hat dir dein rauher barbarischer Verstand gesagt, daß dir deine primitiven Grunzlaute auf dem Schlachtfeld mehr Respekt und Gehorsam einbringen als in Dinander.« Dann schweifte ihr Blick wieder in die Ferne.

»Weißt du, Conan«, fuhr sie nach kurzer Zeit fort, »du nimmst es zu leicht, Baron zu sein. Du bist zwar kühn und machst dich in deiner Rüstung auch gut an der Spitze des Heers; aber es fehlt dir die Erfahrung als Befehlshaber. Am besten verhältst du dich still und richtest dich nach meinen Ratschlägen. Zum Beispiel da vorn, wo die Bäume bis zum Weg reichen.« Sie zeigte auf einen Hügel, wo sich die Straße zum Wald hinaufschlängelte.

»Ja, Evadne, ich weiß. Nachdem ich einmal an einem ähnlichen Ort mit den Rebellen Hetzjagd gespielt habe, steht mir der Sinn nicht nach einer Wiederholung.«

Der Cimmerier stieß einen schrillen Pfiff aus und zog die Zügel straff, um den Streitwagen anzuhalten. Die Offiziere gaben das Signal nach hinten weiter. Als alle standen, wartete Conan nicht auf seine Ratgeber, sondern richtete selbst das Wort an den Offizier neben ihm. »Schick zwei Späher an beiden Seiten der Straße durch die Wälder und zwei in der Mitte!« befahl er mit seinem barbarischen Akzent. »Sie sollen sofort Alarm schlagen, wenn sie eine Spur vom Feind entdecken.«

Während der Offizier die Reiter losschickte, schüttelte Evadne den Kopf. »Das war voreilig! Dein fremder Akzent wird die Gerüchte, daß du nicht der echte Favian bist, verstärken und die Moral der Truppe noch mehr untergraben.«

Conan zuckte mit den Schultern. »Besser, wenn sie jetzt herausfinden, daß diese Gerüchte wahr sind, als mitten in der Schlacht.«

Während sie warteten, daß die Späher ein gutes Stück Vorsprung gewannen, hörten sie Hufschlag. Sigmarck und Ottislav galoppierten mit jeweils zwei Bewaffneten im Rücken, herbei.

»Nun, Baron Favian, was soll diese neuerliche Verzögerung?« rief Sigmarck hochmütig vom Sattel herab. Zum erstenmal war er in Augenhöhe mit dem Cimmerier. »Haben wir nicht schon zuviel Zeit beim Überqueren des Flusses vertan?«

Evadne antwortete schneller als Conan. »Wir könnten leicht die Zeit vertun, die wir noch zu leben haben, wenn wir im Wald in einen Hinterhalt reiten.«

»Ha!« lautete Ottislavs Kommentar neben dem kleinen Sigmarck. »Man darf der Furcht nicht freie Zügel lassen, Blondschöpfchen!« Sein Schnurrbart zuckte höhnisch. »Wir müssen uns früher oder später doch dem Feind stellen, also warum gibst du deinem jungen Herrn nicht den Befehl weiterzu ...«

»Ich gab den Befehl zum Halten!« unterbrach ihn Conan. »Das ist mein Recht als Führungsoffizier. Wenn meine Geschwindigkeit euch nicht paßt, könnt ihr gern mit euren Leuten vorbeireiten!«

»Nein, nein, Baron — oder wer auch immer du bist.« Sigmarck musterte ihn scharf, als sähe er ihn zum erstenmal. »Kein Grund, die ganze Marschordnung zu ändern. Wir überlassen die Sache dir und deiner hübschen ... Ratgeberin. Aber vergiß nicht, als Oberbefehlshaber bestehen wir auf dem letzten Wort bei allen Entscheidungen über Kämpfe.« Der Aristokrat saß fabelhaft im Sattel. Jetzt versprühte er seinen Charme auf Evadne. »Euer Regime in Dinander ist zwar neu und irgendwie ... nun, zwanglos; aber dennoch unterliegt es den Traditionen, welche unser Nemedisches Reich regeln und alle Teile harmonisch zusammenarbeiten lassen.«

»Nicht immer harmonisch«, verbesserte Evadne ihn furchtlos. »Jedenfalls nicht, als dein Vater Armeen in den Sharken Bergen mobilisierte, um die westlichen Gebiete meiner Heimatstadt zu erobern. Er mußte mit Waffengewalt zurückgetrieben werden. Oder als du selbst mit deinen Truppen versucht hast, Ruthalia an die Macht zu bringen, bis König Laslos Erlaß sie verbannte und ...«

»Also, wirklich, Mylady, das ...« Doch Sigmarcks Protest wurde unterbrochen; denn der Cimmerier gab das Zeichen zum Vorrücken und schnalzte mit der Zunge, um die Pferde vor dem Streitwagen anzutreiben. Der Edelmann mußte ebenfalls angaloppieren, um mit Conan auf gleicher Höhe zu bleiben.

»Wenn wir in den Annalen des Ringens der Barone um die Macht blättern würden«, fuhr Sigmarck gleichmütig fort, »könnte auch ich einige Ungerechtigkeiten und Mißgriffe vor die Tür eurer Provinz legen, und mein edler Freund hier ebenfalls.« Sigmarck zeigte auf Ottislav, dessen schweres Roß etwas zurückgeblieben war. »Bei allem sollte man immer beide Seiten hören. Ich halte es für wenig weise, wenn eine Regierung, welche so jung und ... verletzlich ist wie die eure, alte Fehden ausgräbt.«

»Nein, in der Tat, das wollen wir nicht, Baron Sigmarck«, erklärte Evadne kalt, aber so laut, daß er sie hören mußte. »Wir wollen verläßliche Nachbarn sein, keine streitsüchtigen. Ich spreche selbstverständlich im Namen meines Lehnsherrn.« Sie neigte den Kopf zu Conan, welcher mit den Pferden beschäftigt war und so tat, als höre er nichts. »Unser Baron Favian ist ein Herrscher, der nach vorn blickt. Er nährt keine alten Zwistigkeiten.«

»O ja, das sehe ich«, meinte Sigmarck und nickte verschlagen lächelnd. »Er hat offensichtlich wenig übrig für die Vergangenheit eurer Stadt, auch wenig Verbindung dazu. Aber vielleicht hat euer Hof wegen dieser Neugestaltung mit kleinlichem Gezänk unter den einzelnen Parteien zu kämpfen. Das haben mir Vertraute berichtet.« Der Baron war ein hervorragender Reiter. Mühelos hielt er sich mit dem edlen Hengst direkt neben dem Rad des Streitwagens. »Ottislav und ich bieten euch jederzeit militärische Unterstützung, falls diese internen Rangeleien zu bedrohlich werden sollten. Unsere Stimmen haben auch weit über unsere eigenen Provinzen hinaus großen Einfluß, wie ihr wißt. Unsere Truppen sind jederzeit bereit, Freunden und adligen Standesgenossen beizustehen.«

»Im Namen von Lord Favian danke ich dir tausendmal.« Evadne nickte dem Reiter kurz zu. »Aber ich kann dir versichern, daß es in Dinander noch lange dauern wird, bis eine derartige Hilfe benötigt wird. Im Augenblick ist für uns — wie auch für euch — der Schlangenkult die Hauptbedrohung. Daher unterstützen wir auch eure Unternehmung. Unser Land hat immer schon etwas gegen die Ränke giftiger Vipern gehabt.« Sie verzog die Lippen zu einem schmalen Lächeln. »Sobald dieses Übel beseitigt ist, reiten wir heim, um ein starkes, unabhängiges Dinander zu schaffen.«

»Ha! Für eine Vertreterin des zarten Geschlechts sprichst du recht anmaßend«, tadelte Ottislav und fuhr dann schmeichlerisch fort: »Dein Baron kann sich glücklich schätzen, deinen Schutz zu genießen.«

»Allerdings! Und das, obwohl ich nur eine Frau bin.« Evadnes Sarkasmus stand dem des Barons nicht nach. »Schon viele meiner Feinde begingen einen Fehler, in dem sie vergaßen, daß die Esse, die Kochtöpfe schmelzen läßt, Schwerter hervorbringen kann und daß die Hand, die Wolle zupft, auch eine Bogensehne spannen kann.«

Das Wortgeplänkel zwischen der stolzen Frau in glänzender Rüstung und den Baronen setzte sich während der nächsten Zeit fort. Geschickt wehrte sie alle Drohungen und Schmeicheleien ab. Als die beiden Lords schließlich aufgaben und wieder nach hinten ritten, schickte Conan ihnen ein höhnisches Lachen über die vergeblichen Bemühungen hinterher. Doch Evadne fuhr ihn wie eine Wildkatze an. Die Barone hatte sie längst nicht so wütend angeblitzt.

»Du idiotischer Barbar! Warum reißt du vor ihnen dein Maul auf? Hältst du es vielleicht für komisch, diesen Intriganten deine Identität zu offenbaren? Geht es nicht in deinen dicken Schädel, daß sie nichtzuverachtende Feinde sind, deren Hinterhältigkeit uns noch ein Dutzend Jahre bedrohen kann?« Sie packte ihn am Hauberg und stieß ihn kräftig an. »Ich hätte wissen müssen, daß deine Sturheit eine Gefahr bedeutet. Und ebenso idiotisch war es, daß du deine alten Kumpane, diese Galgenvögel, aus dem Verlies befördert hast und ihnen unberechtigte Ehren zukommen läßt — wie dir selbst!« In ihren Augen glänzten jetzt Tränen der Wut. »Nun, Lord Conan, ich hoffe, dein Barbarenstolz ist befriedigt. Aber vielleicht hast du meiner Stadt den Todesstreich versetzt.«

Sie ritten schweigend weiter, nicht nur wegen Evadnes Wut, sondern auch weil das Gelände sich langsam änderte. Das Tal weitete sich zu einer üppiggrünen Weide, wo sich mehrere Flüsse vereinigten, um die Sümpfe Varakiels zu bewässern. Der Himmel verdunkelte sich und zeigte sich jetzt in einem unheimlich düsteren Graubraun.

Der Grund war eine riesige Rauchwolke. Das gesamte Land vor ihnen mußte in Flammen stehen. Quer über den östlichen Himmel zog sich dieser unheilverheißende Schleier, den die schwache Brise an diesem feuchtschwülen Tag nicht vertreiben konnte. Kupferfarbene Wolkentürme bildeten die Spitze. Wie Ungeheuer aus einer anderen Welt schienen sie sich mit den dunklen Wolkenwogen der Erde zu paaren, um neues Unheil hervorzubringen. An manchen Stellen wirbelten im unteren Gewölk schwarze Rauchschwaden: die Scheiterhaufen ganzer Wälder und Dörfer. Wenn dies das Werk des Schlangenkults war, bedeutete die Sekte tatsächlich eine große Gefahr.

Auch entlang der schnurgeraden Straße sah der

Cimmerier überall Spuren der Verwüstung. Vor der Überquerung des Flusses Urlaub hatten sie im Bergland viele Bauernhöfe und Hütten gesehen. Auch wenn der Viehbestand oft elend aussah und die Äcker und Felder kärglichen Ertrag verhießen, so lebte hier doch ein rauher Menschenschlag, der sich nicht so leicht unterkriegen ließ. Wahrscheinlich hatten die Menschen alle guten Tiere samt Frauen und Kindern in den Wäldern versteckt, um sie vor der plündernden Horde zu schützen. Aber hier in der fruchtbaren Tiefebene standen nur rauchende Ruinen, lagen flammengeschwärzte Obstgärten und Büsche. Die Feldfrüchte waren systematisch zertrampelt oder aus dem Acker gerissen worden. Diese Vernichtung legte sich schwer auf die Herzen der Soldaten; denn der Anblick bedeutete auch, daß sie selbst mit ihren Vorräten sparsam wirtschaften mußten.

»Wo in Croms Reich sind nur die Leichen?« fragte der Cimmerier Evadne und brach das Schweigen. »Im Schloß Edram dachte ich noch, man habe sie in den Fluß geworfen; aber hier gibt es keine Gräber, keine Menschenknochen, nur die faulenden Kadaver abgeschlachteter Tiere!«

Die blonde Kriegerin zuckte mit den Schultern. »Man sagt, daß bei früheren Ausbrüchen dieses Wahnsinns alle zum neuen Glauben übertraten, selbst Säuglinge und Greise, und daß alle ihr Heim verließen, um dem Ruf eines großen Propheten zu folgen. Angeblich gibt es kaum einen Mann oder eine Frau, die den Verführungskünsten widerstehen können, welche der große Lord Set seinen Jüngern bietet.« Evadne sprach ganz ruhig, während ihre Augen über den unheilverheißenden Horizont nach Süden schweiften. »Ich weiß nicht, ob sie das Land verwüsten, um uns den Nachschub zu erschweren, oder ob sie damit verhindern wollen, daß einer der Ihren desertiert. Die Taktik der verbrannten Erde ist angeblich uralt; aber bis jetzt habe ich nie geglaubt, daß sie tatsächlich angewandt wird.«

Sie schwieg einen Augenblick lang. Dann blickte sie Conan an. »Wenn man dieses Chaos sieht, kann man sich ausmalen, was uns bevorsteht. Das ist nicht das Werk einiger zerlumpter Ketzer! Nein, hier ist die gesamte Bevölkerung des Landes von diesem Fanatismus angesteckt worden und hat zu den Waffen gegriffen. Jetzt hat niemand mehr etwas zu verlieren. Ich weiß nicht, wie wir es schaffen wollen, sie zu besiegen.«

»Unter keinen Umständen können wir es uns leisten, nicht zu siegen!« Conan ruckte mit den Zügeln, um das Gespann anzutreiben. Dann warf er einen schnellen Blick nach hinten. Die Gesichter der Fußsoldaten hinter dem Streitwagen schimmerten gelblich im fahlen Tageslicht. Tiefe Sorgenfalten hatten sich eingegraben. Der Cimmerier wandte sich wieder an Evadne. »Diese Wahnsinnigen bedrohen die gesamte Provinz! Noch ziehen sie über die Berge unten im Süden; aber sie werden kommen. Vielleicht bedrohen sie auch noch weitere hyborische Länder. Selbst wenn sie ganze Imperien vor uns verschlingen, stehen sie doch eines Tages an unseren Grenzen. Und jetzt bietet sich uns die beste — vielleicht auch die einzige — Gelegenheit, ihnen Einhalt zu gebieten.«

Langsam ging die Sonne unter und färbte den düsteren Himmel stellenweise blutrot und schwefelgelb. Ein Kurier ritt von den Baronen zu Conan und fragte, wann man das Nachtlager aufschlage. Der Cimmerier und Evadne ließen ausrichten, daß man bis in die

Nacht weitermarschieren werde, um die Gefahr des Desertierens zu mindern.

Sie ritten weiter durch die verwüsteten Felder. Erst nachdem die Sonne wie ein rauchender blutiger Kessel im Westen untergegangen war, hielten sie an. Im Fakkelschein schlugen sie ein Lager auf. Da kein Holz für eine ordentliche Palisade mehr vorhanden war, nahmen sie Dornenbüsche. Conan und die Barone stellten in der Nacht doppelte Wachen auf. Diese sollten jede Gefahr von draußen melden, aber auch aufpassen, daß sich kein Soldat davonschlich.

14

BLUTIGE MORGENDÄMMERUNG

»Soldaten, treue Gefolgsmannen! Ich habe euch heute hier zusammengerufen, um euch an die Pflicht zu gemahnen, welche euch so weit von eurem Heim weggeführt hat. Ich seid diese vielen Meilen durch das verwüstete Land gezogen, um euren Baronen zu dienen. Vergeßt dies niemals! Ich, Sigmarck, habe einen heiligen Eid geschworen wie jeder von euch. Mein Eid bindet mich ebenso unwiderruflich an ein Ziel, wie euer Eid euch an mich und die anderen hier versammelten Barone bindet.

Seit wir heute mittag durch das Dorf Kletsk kamen, marschieren wir auf dem Besitz meines edlen Verbündeten, des Barons Attislav. Das Dorf war natürlich ebenso zerstört wie alle Bauerngehöfte und Wälder ringsum. Die Ernte des Barons ist vernichtet, seine Leibeigenen und das Vieh getötet oder in widerrechtliche Versklavung getrieben worden. Durch diesen Gewaltakt wurde die Harmonie der Herrschaft meines Freundes zerstört und er selbst zutiefst beleidigt!

Kein Baron kann eine derartige Beleidigung hinnehmen, auch nicht bei einem Standesgenossen. Daher habe ich Lord Ottislav mein Wort gegeben, ihm bei der Rache zu helfen und dafür auch meinen letzten Blutstropfen zu vergießen. Nicht nur meine Klinge, sondern die eines jeden Mannes unter meinem Kommando gehört ihm. Deshalb, meine getreuen Soldaten, seid ihr jetzt hier.

Es war ein harter Dienst. Das weiß ich. Vielleicht wird er morgen noch härter. Doch die Härte des Dienstes wird aufgewogen durch die Belohnung: Ihr gewinnt an Ehre und in der Hochachtung eures Barons. Vergeßt das nie, wenn ihr in die Schlacht zieht! Ruhm wird uns nach dem Sieg zuteilwerden; denn wir werden siegen.

Und jetzt mache ich Platz für meinen Freund, Baron Ottislav, der ebenfalls zu euch sprechen möchte. Danach werden wir auf den morgigen Sieg trinken!«

Dann stieg Sigmarck vom Streitwagen, auf dessen Sitzbank er während der Ansprache im Fackelschein gestanden hatte, um größer zu wirken. Der Wagen schwankte, als der hünenhafte Ottislav in schwerer Rüstung die Plattform betrat. Mit der üblichen spöttischen Miene musterte er die Soldaten, die mit pflichtbewußten Gesichtern zu ihm aufschauten. Dann sprach er.

»Ha! Männer der Länder im Osten! Nemedier! Ihr habt das Wrack eurer Heimat mit eigenen Augen gesehen. Eure Höfe, euren Besitz hat man geschändet und beraubt. Grauenvoll, das müßt ihr zugeben. Nun werdet ihr euch fragen, welch furchtbarer Feind dies unserem schönen Land antun konnte.

Nun, Nemedier, so dürft ihr nicht fragen! Diese Gedanken wären eines Mannes nicht würdig. Es gibt kein Grauen hier, vor dem man sich fürchten müßte; denn nichts kann sich mit dem Schrecken vergleichen, welchen eine nemedische Armee auf einem Rachefeldzug darstellt. Ihr seid das Entsetzen und die Bedrohung, ihr, meine gierigen Höllenhunde!

Diese Verwüstung ist nichts verglichen mit dem,

was wir mit den Feinden antun werden. Von diesem Augenblick an ist ihr Land und Besitz verloren. Ihre Weiber sind unsere Kühe, ihr Leben ist unser Spielzeug. Wir werden sie wie Gras niedermähen und in winzige Stücke dreschen, wie brüchiges Korn. Mit ihren Därmen werden wir die Klingen unserer Waffen schmieren. Ihre Köpfe werden wie grüne Kürbisse an unseren Sattelknöpfen baumeln.

Denkt immer daran, daß Blutvergießen im Krieg eine gesunde und natürliche Sache ist. Es reinigt das Blut und stärkt den Magen. Gewiß, einige von euch werden sterben, einige auch schwere Verwundungen davontragen; aber davon läßt sich kein echter Nemedier abschrecken. Ich rufe euch daher zu: Auf in die blutige Schlacht, betrachtet sie als ehrlichen Wettkampf.

Und nun übergebe ich das Wort an den jungen Favian, Baron von Dinander. Es sei denn, der junge Herr ist sprachlos. Willst du zu deinen Untertanen sprechen, Favian? Dann komm herauf!« Ottislav stieg vom Wagen und schaute den Cimmerier herausfordernd an.

Conan saß auf einer Kiste am Rand des Fackelscheins und verzog keine Miene. Da sprang Evadne neben ihm auf. »Ich hätte es wissen müssen, daß sie dies planen«, flüsterte sie wütend. »Bleib du hier, ich spreche an deiner Stelle.« Im nächsten Augenblick hatte sie sich auf den Wagen geschwungen. Die Soldaten murmelten und tuschelten bewundernd, als sie Evadnes schlanke Gestalt vor dem dunklen Himmel sahen.

»Nemedier, Freunde, ich spreche anstelle meines Lehensherrn, Lord Favian, dem Thronfolger in Dinander, zu euch. Er hält sich für keinen großen Redner.

Aber er möchte, daß ich euch folgendes sage: Wenn ihr morgen kämpft, dann kämpft ihr nicht nur für ihn, sondern auch für euch selbst, für eure Heimat und eure Lieben ...«

Evadnes flammende Rede wurde unterbrochen, als der Cimmerier plötzlich mühelos neben ihr auf den Wagen stieg. Er legte ihr den Arm um die Schultern. Die beiden boten im Fackelschein ein schönes Bild. Sie waren in der Tat ein stattliches Paar.

»Soldaten!« Conans Stimme schallte weit. »Ich stehe nicht als Baron vor euch ...«

Erstauntes Murmeln wurde laut. Viele hatten schon von dem Gerücht gehört, daß er kein echter Baron sei.

»... nicht einmal als Nemedier.«

Wieder machte Conan eine Pause. Sein Akzent bestätigte diese Worte.

»Ich stehe vor euch als Mann.«

Niemand erhob Einspruch. Alle warteten gespannt, was er noch zu sagen hätte.

»Als Mann kann ich zwischen Gut und Böse unterscheiden — jedenfalls versuche ich es. Und mit Sicherheit erkenne ich ein großes, ständig wachsendes Übel, wenn es mir ins Gesicht schlägt.« Wieder machte er eine Pause und wartete auf die Reaktion der Zuhörer. Die Soldaten nickten und murmelten beifällig.

»Ich bin während der letzten Tage mit euch marschiert und weiß — ebenso wie ihr —, daß wir es mit einem abgrundtiefen Bösen zu tun haben. Es geht um das Gift der Schlange.« Jetzt wurden einige Beifallsrufe laut.

»Als Mann weiß ich, daß ich eine Viper nur vernichten kann, wenn ich ihr mit dem Stiefel den Kopf zermalme.«

Danach sprang er vom Wagen und half Evadne beim

Absteigen. Die Soldaten diskutierten erregt und schwangen die Fäuste. Plötzlich stieß einer den Kampfruf »Favian!« aus. Viele nahmen ihn auf. Doch dann verstummte das Geschrei, und die Männer stritten erregt über die Richtigkeit des Namens.

Es war nicht klar, ob die Soldaten, die gejubelt hatten, Conans Rede wegen der Kürze oder des Inhalts schätzten. Die Begeisterung ging im allgemeinen Trubel am Vorabend einer Schlacht unter. Aus den schwerbewachten Fässern im Lager wurde Rum ausgeschenkt, allerdings nach Conans Meinung in sehr kleinen Mengen. Der Cimmerier kippte seine Ration mit einem Schluck hinunter und setzte sich dann wieder, ohne den vorwurfsvollen Blicken Sigmarcks und Ottislavs Beachtung zu schenken. Auch Evadne nahm schweigend neben ihm Platz.

Conan dachte über die letzten Ereignisse nach. Nachdem sie die Ruinen von Schloß Edram hinter sich gelassen und das erste Nachtlager im verwüsteten Land aufgeschlagen hatten, waren sie nochmals einen Tag lang schnell marschiert, bis sie sich immer weiter an die Mordbrenner herangearbeitet hatten. Die Asche der Häuser war dann noch warm gewesen, die Luft rauchiger. Gegen Abend hatten die Späher gemeldet, daß sie den Feind entdeckt hätten. Keine Flüchtlinge, keine Nachschublinien — nur Horden von Plünderern zu Fuß, die mit primitiven Waffen, Fackeln und Feuertöpfen über die Felder zogen. Auch heute abend sah Conan in der Ferne die rötlichen Streifen an den Wolken, wo Feuer im Süden und Osten emporflackerten.

Immer noch hoffte der Cimmerier, Ludya zu finden oder von ihr zu hören. Aber allmählich kam er zu der schrecklichen Überzeugung, daß zwischen ihm und dem fernen Varakiel im Norden keine Menschenseele mehr lebte. Doch nirgends stießen sie auf Leichen. Im Kirchhof des verwüsteten Dorfs Kletsk hatte man sogar frische Gräber aufgerissen, die Erde herausgeworfen, und die darin Liegenden waren zusammen mit den übrigen Dorfbewohnern wie vom Erdboden verschwunden.

Diese geheimnisvollen Umstände führten natürlich zu abergläubischer Furcht unter den Soldaten. Am schlimmsten war jedoch die Angst vor den Giftschlangen, die in dieser feuchten Gegend so ungewöhnlich zahlreich auftraten. Zum Glück war noch niemand gebissen worden. Es waren auch nur wenige Männer desertiert. Jetzt, tief im Feindesland, hatte wohl auch keiner mehr diesen Plan. Die Männer schienen zum Kampf bereit zu sein — vielleicht mehr als ihre Anführer.

Alle warteten nun auf die Morgendämmerung, um einen Feind anzugreifen, von dem sie nichts wußten. Die Barone waren so siegessicher, daß sie nur einen sehr schlichten Angriffsplan entwickelt hatten: beim ersten Tageslicht losmarschieren, dann Attacke von der Flanke und von hinten. Sie verließen sich ganz darauf, daß den Schlangenanbetern richtige Waffen und Rüstungen sowie die Ausbildung fehlten. Auch der Cimmerier hatte keine bessere Idee. Wenn die nemedischen Kompanien die Formation hielten, aber wendig waren, bestand durchaus die Möglichkeit, daß die paar hundert Soldaten zehntausend aufgesplitterte Feinde besiegten.

Der Cimmerier saß noch lange da und dachte zurück an die wilden Ereignisse in Dinander und die seltsame Schicksalswendung, die ihn hierhergeführt hatte. Natürlich könne er jederzeit fliehen, redete er sich ein. Eigentlich war es jetzt sogar ein Kinderspiel. Er brauchte lediglich aus dem Schein der Fackeln hinaus in die Dunkelheit zu wandern — um ein angebliches natürliches Bedürfnis zu befriedigen — und einfach nicht mehr zurückzukehren.

Aber im Grund seines Herzens wußte er, daß er bleiben würde. Er hatte vorhin die Wahrheit gesagt, als er zu den Soldaten gesprochen hatte. Diese Mordbrenner waren so übel, daß man sie vernichten mußte! Außerdem hegte er insgeheim immer noch die Hoffnung, seine alte Liebe wiederzufinden. Aber wo? Und welche Stellung würde er bei den Baronen und Leibeigenen Nemediens einnehmen, wenn er die Schlacht überlebte?

Ottislav und Sigmarck hatten sich schon längst in die Zelte zurückgezogen, als der Cimmerier immer noch grübelnd dasaß. Nur schwach zeigten die Fackeln an, wo sich die Wachtposten bewegten. Evadne hatte sich in eine Pferdedecke gewickelt und schlief zusammengerollt neben ihm auf dem Boden. Da es im Lager viele lüsterne Männer gab, hielt sie sich meist in Conans Nähe und in der Nähe einiger treuer Offiziere auf. Jetzt rührte sie sich und schlug die Augen auf. Stumm blickte sie einige Zeitlang zum rauchverhangenen sternlosen Himmel hinauf, ehe sie sprach.

»Vielleicht hattest du recht, Conan. Gestern habe ich dich verachtet, aber jetzt verstehe ich dich besser.« Vom Schlaf erquickt und ohne den Druck anderer Zuhörer, sprach sie freundlich. »Die morgige Schlacht ist wichtiger als die ganze Politik, ja vielleicht sogar wichtiger als Dinander.«

»Wenn wir sterben, war diese Schlacht für uns das wichtigste Ereignis im ganzen Leben.« Conan spähte in die Dunkelheit nach Feuern in der Ferne, konnte aber nichts ausmachen.

»Nein, du darfst nicht an den Tod denken! Führ unsere Soldaten gut!« Evadne setzte sich auf und zog die Decke fester um sich. »Du hast sie heute abend hervorragend motiviert. Jetzt werden sie dir, Conan, viel treuer folgen, als sie dies je bei Favian getan hätten. Sei du selbst! Mach dir nicht die Mühe, eine Rolle zu spielen.«

»Die Rolle ist sowieso ausgespielt.« Zum zehntenmal führte der Cimmerier den Becher an die Lippen, um sicher zu sein, daß er leer war.

»Du brauchst sie nicht mehr. Ich habe gesehen, wie erbittert du kämpfst — für und gegen unsere Sache. Du besitzt die Kühnheit, ein starker Führer in der Schlacht zu sein.«

»Ja, wenn schon nirgends sonst.« Conans düstere Stimmung lastete so schwer auf ihm wie die Nacht auf dem Lager. »Aber du, Evadne ...« Er schaute sie an. »Du bist klug genug, um das Land zu regieren, ihm Frieden zu bringen und die Geschicke von Höfen und Königreichen zu lenken. Bitte, paß morgen auf dich auf! Bleib zurück bei den Baronen und sorg dafür, daß sie uns nicht verraten. Du bist zu wertvoll, um in vorderster Reihe geopfert zu werden.«

Bei diesen Worten runzelte sie die Stirn. »Ich bin eine Kriegerin. Das hast du anscheinend vergessen. Ich habe der Tyrannei der Einharsons nicht mit süßen Worten ein Ende bereitet, sondern mit blutiger Klinge. Mein Platz ist bei der kämpfenden Truppe.«

Sie hielt jäh inne, als in der Nähe Schritte laut wurden. Ein Offizier, gefolgt von einem einfachen Soldaten, trat ins Licht und salutierte. Evadne steckte den Dolch wieder zurück in die Scheide, auch der Cimmerier legte das Schwert nieder. »Ja, Rudo, was gibt's?«

»Co ... Mylord, wir haben Patrouillen ausgeschickt,

wie du es befohlen hast. Jetzt bringt mir dieser Wachposten« — Rudo schob den Soldaten vor — »eine Meldung über Feindbewegungen im Osten.«

»Ach ja? Was hast du gesehen? Sprich schon, Mann!« fuhr Conan den Soldaten an.

»Mylord, wir haben nichts gesehen. Sie haben keine Fackeln getragen, und wir haben auch nicht gewagt, welche anzuzünden. Aber wir haben Schritte gehört — viele Menschen müssen auf beiden Seiten von uns dahinmarschiert sein. Und dann waren da noch so seltsame Geräusche ... vielleicht nur, wenn ihre Füße durchs Gras streiften; aber es klang genau wie ... wie zischende Schlangen.« Der Mann brach verlegen ab. »Wir ... wir haben uns in einem Graben zurück ins Lager geschlichen. Ich glaube, daß die Feinde die Lichter im Lager gesehen haben und vielleicht schon bei Morgengrauen angreifen.«

»Crom! Ich habe Sigmarck gesagt, daß seine Fackelzeremonie ein Fehler war.« Conan wollte die nächste Fackel ausdrücken, überlegte es sich aber wieder. »Rudo, was ist mit den anderen Zugängen zum Lager?«

»Noch kein Wort. Die letzte Patrouille, die wir nach Westen schickten, ist überfällig.«

»Crom und Hölle! Rudo, weck die Barone! Und du, Mann, lauf in alle Offizierszelte. Sie sollen die Soldaten zum Abmarsch vorbereiten — aber leise und ohne Licht. Volle Rüstung. Und sage ihnen, sie sollen die Stiefel wegen der Schlangenplage bis oben zuschnüren.«

Conan eilte mit Evadne zu ihrem gemeinsamen Zelt. Allerdings war ein Vorhang zwischen den Feldbetten gespannt. Während er Beinschienen und Helm anlegte, flüsterte sie zu ihm herüber: »Eine nemedische Elitelegion hat in diesem Kampf nichts zu befürchten. Die Schlangenanbeter haben bestimmt noch nicht militärische Taktik und Drill gelernt.«

»Nur genug, um Schloß Edram zu zerstören.«

»Nun, zumindest haben sie nicht mehr den Vorteil der Überraschung.«

»Stimmt. Aber wenn sie keine völligen Narren sind, haben sie uns inzwischen umzingelt.«

»Conan, erinnerst du dich, was du auf dem Schloß gesagt hast? Daß wir beide so ähnlich sind?« Ihre Stimme klang ungewöhnlich weich. »Heute abend habe ich gesehen, daß du — wie ich — das Zeug zum Führer hast. Ich kenne dich jetzt besser. Vielleicht wäre es sinnvoll, wenn wir uns verbünden und ...«

»Bei Ishtar! Euch Frauen überfällt die Lust wirklich zu seltsamen Zeiten!« fuhr Conan auf. »Ich würde dir ja gern den Gefallen tun, Evadne, aber in dieser Rüstung ist es ziemlich unbequem.«

»Das habe ich nicht gemeint!« Jetzt klang die Stimme wieder eisig. Dann Schweigen. »Allerdings könntest du mich nach der Schlacht noch einmal fragen.«

»Darauf kannst du dich verlassen!«

Da hörten sie bereits Sigmarck und Ottislav vor dem Zelt nach Conan rufen. »Seid still!« zischte der Cimmerier sie an, als er heraustrat. »Sonst ist der Feind ebensowenig überrascht wie wir.«

»Na und? Das spielt doch keine Rolle«, protestierte Sigmarck. »In dieser Dunkelheit kann keiner von uns etwas unternehmen. Wir machen uns jetzt fertig, und sobald es hell wird, greifen wir an. Das ist alles.«

»Du hast vor, hinter diesen lächerlichen Barrikaden aus Dornenbüschen zu warten, bis sie uns wie die Heuschreckenschwärme überfallen? Was tust du, wenn sie nicht angreifen, sondern einfach aus sicherer Entfernung Feuer und Schlangen auf uns schleudern?

Oder wenn sie selbst einen Verteidigungswall aufführen und uns aushungern?«

»Aha, ich sehe, daß der junge Baron den Wert besonnener Zurückhaltung schätzt!« Ottislavs Lachen klang unangenehm. »Aber wie sollen wir denn weglaufen, mein Junge, wenn das Lager umzingelt ist? Es wäre eine Katastrophe, wenn uns der Feind beim Wegschleichen erwischt, oder?«

»Wer hat etwas von weglaufen gesagt? Ich will beim ersten Tageslicht angreifen.« Conans Stimme klang wütend. »So können wir die Umzingelung durchbrechen und dann angreifen. Wozu haben wir die Kavallerie, wenn nicht zum Angriff, um den Feind aus dem Gleichgewicht zu bringen?«

»Aber wen und wo angreifen?« fragte Sigmarck empört. »Nach allen Richtungen gleichzeitig anzugreifen, ist doch schierer Wahnsinn! Wir würden unsere Kräfte zersplittern.«

»Wenn man eine Schlange vernichten will — worauf zielt man? Auf den Kopf! Sobald dieser zertreten ist, zuckt der Körper noch ein paarmal und stirbt dann«, erklärte Conan kurz und bündig. »Wir rücken auf die Führung der Feinde zu, die irgendwo im Osten sein dürfte, in der Nähe des Zentrums. In der Dämmerung wird das einfach sein. Wir befehlen den Männern, immer gegen die aufgehende Sonne anzugreifen. Sobald wir die ersten Reihen überrannt haben, können wir unsere Hauptkräfte an jeden beliebigen Punkt schikken, wo sie am meisten gebraucht werden.«

Evadne war vor das Zelt getreten und stand jetzt neben Conan. »Ein kluger Plan, Mylord — aber vergiß nicht, daß wir die Last des gemeinsamen Kommandos tragen. Ich finde, es wäre vielleicht besser, anfangs in der Defensive zu bleiben.«

»Nein, einen Augenblick, seine Idee ist gar nicht übel«, mischte sich Sigmarck ein. »Schließlich können unsere Eliteeinheiten bei einer ungeordneten Horde die Formation wahren, und bei einer Attacke behalten wir als Befehlshaber mehr Kontrolle als bei einer Verteidigung. Wenn wir Männer und Pferde mit einem Minimum an Lärm antreten lassen …« Er gab seinem Adjutanten einen Befehl. Der Mann nickte und ging.

»Ich beglückwünsche dich zu deinem Plan, junger Kriegsherr!« flötete Ottislav. »Du hast die besten nemedischen Tugenden berücksichtigt: Tapferkeit und Erfindungsreichtum! Ich stehe voll und ganz hinter dir.«

Jetzt herrschte reges, aber leises Treiben im Lager. Nur hauchdünne Kerzen wurden benutzt. Conan beaufsichtigte das Anspannen des Streitwagens und der wichtigsten Vorratswagen. Als er fertig war, tauchte am östlichen Himmel bereits ein schwacher grauer Streifen auf.

Im Lager herrschte tiefes Schweigen. Einige wenige hatten die Aufgabe, die Randstellungen im Norden, Süden, Osten und Westen kurzfristig zu halten. Sobald aber die Wagen nach Osten durchgebrochen wären, sollten sie durch die Bresche in der Umzingelung folgen.

Die falsche Morgendämmerung verblaßte. Eine Ewigkeit schien zu vergehen, bis der Tag wirklich anbrach. Den Männern wäre das Warten leichter gefallen, hätten sie eine Ahnung gehabt, was hinter der niedrigen Barrikade aus Dornenbüschen da draußen lauerte.

Conan stand mit Evadne auf dem Streitwagen. Lautlos spannte sie ihren schlanken Bogen und befestigte noch weitere Köcher mit Pfeilen an den Seiten.

Der Lenker stand bei den Pferden und sprach leise und beruhigend auf sie ein.

Endlich bohrten sich die ersten Sonnenstrahlen durch die dicken Wolkenschichten und setzten orangegelbe Farbtupfer auf die niedrig hängenden dunklen Wolkenschwaden. Conan sah, wie sich die Metallteile am Geschirr der Pferde rötlich färbten. Dann hörte er unterdrücktes Ächzen weiter vorn. Die Soldaten schafften die Barrikade beiseite. Er hob den Arm. Der Lenker stieg auf und ergriff die Zügel. Dann senkte der Cimmerier den Arm und rief einen Befehl. Trompeten erschallten, als der Streitwagen lospreschte.

15

DIE TAUSENDZÜNGIGE SCHLANGE

Anfangs sah der Cimmerier nur Weideland mit gelegentlichen Büschen vor sich. Dann holperten die Wagenräder über unsichtbare Hindernisse. Plötzlich tauchten überall im kniehohen Gras Schemen auf. Endlich bekam er den Feind zu sehen.

Im nächsten Augenblick drängten sie sich so dicht heran, daß der Streitwagen die Geschwindigkeit drosseln mußte. Die Pferde wieherten vor Wut und Angst, als der Lenker sie mit der Peitsche weitertrieb. Conan stach mit dem Speer nach allen Seiten auf die ineinanderfließenden Gestalten ein. Die Angreifer waren so nahe, daß er die Waffen nicht zu werfen brauchte. Er hörte, wie Evadnes Bogensehne neben ihm ständig surrte.

Hinter ihm donnerte die Kavallerie aus dem Lager heran. Schreie und Flüche verrieten, wie schnell sie ins Kampfgetümmel gerieten. Aber dann galoppierten einige Reiter in der Schneise hinter dem Streitwagen näher und überholten ihn sogar zu beiden Seiten. Damit war die Angriffsfront verbreitert.

Conan horchte angespannt nach hinten. Endlich glätteten sich seine besorgten Züge. Kriegsgeschrei aus hundert Kehlen erklang zum Klirren der Waffen. Die Fußtruppen rückten endlich vor! Gnadenlos mit dem Speer nach rechts und links und hinten stoßend, spähte er im Morgenlicht nach einem Zeichen, wo sich die Befehlshaber der Feinde befänden.

Er sah nichts; aber dann erblickte er etwas, das ihm kalte Schauer über den Rücken jagte. Die Sonne war ganz durchgebrochen und tauchte die Ebene in orangegelbes Licht. Jetzt sah er die Feinde, gegen die er die ganze Zeit über kämpfte. Diese Wesen, die lange Schatten im rötlichen Licht warfen, hatten schon lange aufgehört, Menschen zu sein.

Der Cimmerier hatte damit gerechnet, hagere Jünger Sets zu erblicken, mit wilden Augen und gespaltenen Zungen — so wie der arme Bursche in Ulfs Folterkammer. Aber dies waren echte Dämonen: Zischende Biester mit verzerrten Gesichtern sprangen empor, ohne an ihr Leben oder das ihrer Gefährten zu denken. Blitzschnell schwangen sie die Gabeln und Sensen gegen Männer und Pferde. Viele benutzten aber auch Schlangen als Waffen oder trugen sie als Schmuck um den Hals. Die Vipern ringelten sich in den verfilzten Haaren oder schmutzigen Kleidern.

Ekel stieg in ihm auf bei den Grimassen der Schlangenanbeter, durch welche sie reptilienähnlich wurden. Conan hätte schwören können, daß mehrere dieser Augen senkrechte Schlitzpupillen, wie bei Schlangen, aufwiesen.

Am grauenvollsten war es, als er einen Angreifer mit dem Speer durchbohrte und der Mann in Todesqualen den Mund aufriß. Statt einer Zunge schoß eine smaragdgrüne Viper hervor. Die lebendige Schlange war im Rachen verankert und schlug mehrmals — allerdings wirkungslos — die winzigen Fänge in den Speerschaft. Conan ließ die Waffe samt der ekelerregenden Last fallen und griff nach einem neuen Speer, um die nächsten Feinde abzuwehren.

Von überall brachen die schlangenzüngigen Teufel hervor. Auch Evadne stieß mehrmals einen kurzen Entsetzensschrei aus. Offenbar sah sie im fahlen Tageslicht ebenfalls grauenvolle Bilder. Es gab auch große Schwierigkeiten mit den Pferden, da diese Tiere eine angeborene Angst vor Schlangen haben. Zum Glück trugen die vier Rosse des Streitwagens Scheuklappen. Herdeninstinkt oder die starke Hand des Lenkers trieb sie weiter durchs Kampfgetümmel. Conan sah aber, wie mehrere Reiter in der Nähe aus dem Sattel geschleudert wurden, weil ihre Tiere vor den Schlangenzungen scheuten und in Panik gerieten.

Die nemedischen Fußsoldaten rückten langsam, aber geordnet vor. Naturgemäß kämpften sie mit der dämonischen Horde von Angesicht zu Angesicht und erlitten daher auch die größten Verluste durch Schlangenbisse und Sensenhiebe. Lieblingstaktik der Feinde war es, die Waffe des Gegners mit einer Hand zu pakken, ohne Rücksicht auf die scharfen Klingen, und ihm dann den Schild wegzureißen, um ihm auf engstem Raum den giftigen Todeskuß zu geben. Die wendigen Schlangen krochen mühelos durch die engen Sehschlitze oder Augenlöcher, so daß die Helme keinen Schutz boten. Und offenbar war ihr Biß immer tödlich.

Conan verfluchte sich im stillen, weil er bei seinem Schlachtplan nicht genügend an die Zauberkraft des Feindes gedacht hatte; aber die nicht faßbare Unmenschlichkeit der Schlangenanbeter hätte kein Stratege voraussehen können. Seltsam war auch, daß er jetzt, da sie durch den Hauptring der Umzingelung gebrochen waren, immer noch nicht entdecken konnte, wo die eigentliche Führung der Feinde stand. Nirgends waren Offiziere oder Feldwebel, die Befehle erteilten. Die Schlangenzüngler stürmten unermüdlich, mit blindem Eifer wie ein Mann vorwärts. Vielleicht hörten sie die Stimme des unsterblichen Set, welcher ihnen Anweisungen oder Versprechungen ins Ohr zischte.

Diese mystische Einheit bot dem cimmerischen Kriegsherrn nirgends eine Möglichkeit, zum entscheidenen Schlag auszuholen. Schließlich gab Conan dem Lenker den Befehl, zurück zum Lager zu fahren. Schon bald sah er, wie die Wagen mit dem Nachschub und die Nachhut in geordneter Formation vorrückten. Eine intakte, schlagkräftige Armee — aber ohne Angriffsziel! Wutschnaubend befahl er, wieder nach Osten zu fahren.

»Wenigstens haben wir den Durchbruch aus dem Lager geschafft«, sagte Evadne. »Das hätte bei diesen Tausenden von Schlangenanbetern leicht eine Todesfalle werden können.« Sie schob gerade mit der rasiermesserscharfen Pfeilspitze die Schlinge einer neuen Bogensehne in die Kerbe, da die vorige durch das viele Schießen ausgefranst war.

»Ja. Am besten ist es, wenn wir unsere Truppe ständig in Bewegung halten, dann kann sich der Feind nicht sammeln und über uns herfallen.« Der Cimmerier blickte über die wild kämpfende Kavallerie zur südlichen Flanke, wo die Schlangenanbeter ständig gegen die geschlossenen nemedischen Reihen anstürmten. »Aber wir müssen unbedingt ein richtiges Angriffsziel finden. Gegen diese wilden Horden vergeuden wir zuviel Kampfkraft.« Er trat auf die Bank des Streitwagens, um weiter sehen zu können. »Ja, da drüben! Schnell, fahr an den verkrüppelten Bäumen vorbei. Ich muß den Mann dort haben.«

Die kurze Pracht des Sonnenaufgangs war wieder verblaßt. Die gelbbraune Scheibe stand am rauchverhangenen Himmel im Osten. Wenn die Wolken stärker wurden, konnte man wahrscheinlich in einer Stunde die Richtung nicht mehr vom Sonnenstand ablesen. Der Cimmerier blickte nach Osten. Dort marschierte eine Gruppe durchs kniehohe Gras. Ein großer Krieger ging an der Spitze einem Streitwagen entgegen. Er stampfte wie alle anderen Schlangenanbeter wie im Trance unbeirrbar dahin. Seine silbrige Rüstung hatte Conans Aufmerksamkeit erregt.

Evadne folgte dem Blick des Cimmeriers und rief: »Aber das ist doch Ulf, der tote Junker von Schloß Edram! Dieser Lump!« Sie legte einen Pfeil auf die Sehne und zielte auf den Brustharnisch der Gestalt.

»Nein, nicht schießen!« Conan packte sie an der Schulter. »Wir brauchen einen Gefangenen, der uns zu den Anführern dieser Schlangenbrut führt. Ulf ist erst für kurzem zu ihnen übergelaufen. Vielleicht ist er noch nicht so weit gesunken wie der Rest. Fahr ganz dicht an ihn heran; aber paß auf, daß du ihn nicht überrollst«, befahl er dem Lenker des Streitwagens.

Der fette Junker war wohl für die Belagerung des nemedischen Lagers zu spät gekommen und stapfte jetzt stur vorwärts. Sein Langschwert schleifte am Boden. Als der Cimmerier mit dem Streitwagen an ihm vorbeipreschte, beschleunigte er die Schritte und hob das Schwert mit beiden Händen. Conan ließ scharf kehrtmachen und machte sich sprungbereit. Mit einem riesigen Satz flog er durch die Luft auf den Junker zu. Mit dem rechten Unterarm traf er Ulf an der Kehle. Das Langschwert segelte davon. Dann rollten beide Männer auf der Erde. Die Rüstungen klirrten.

»Ulf! Ergib dich, elender Tyrann!« Conan legte sich mit dem ganzen Gewicht auf den Junker. »Du bist mein Gefangener. Wenn du noch Wert auf deine Nase legst, dann mach's Maul auf und beantworte meine Fragen!« Der Cimmerier hielt ihm den Dolch vors Gesicht.

»Sa setha Efanissa!« Ulf stieß mit tückisch funkelnden Augen die rituellen Worte aus. Die gespaltene Zunge zuckte zwischen den trockenen Lippen. *»Hathassa fa Sathan!«*

»Das reicht!« Conan wurde beinahe übel bei dem Anblick. Er schlug mit dem Heft des Dolchs gegen den Helm. »Du bist Junker Ulf auf dem ehemaligen Schloß Edram. Du warst zwar ein Erzschurke, aber doch ein Mensch! Auch jetzt bist du noch ein Mensch — oder wirst es wieder sein —, und wenn ich diese zerschnittene Zunge eigenhändig zusammennähen muß! Antworte mir! Wer ist der Anführer des Schlangenkults?«

»Laa ... Lar! Larrchh!« Die Augen des Mannes schienen etwas klarer zu werden. Er wehrte sich nicht mehr; aber er hatte immer noch Mühe, die ungewohnten Laute mit der gespaltenen Zunge zu formen. »Larrhh isssst Priesssster!«

»Siehst du, das ist schon besser!« Jetzt drückte Conan ihm die Faust mit dem Dolch unters Kinn. »Und wo finde ich diesen Priester Lar? In welche Richtung muß ich reiten?«

»Osssten!« Ulf zerrte einen Arm aus der Umklammerung und deutete auf das Weideland. »Larrhh isss im Osssten. Osssten ... aiii!«

Beim Schrei Ulfs zuckte Conan zusammen. Er blickte nach unten. Eine kleine purpurrote Giftschlange war unter dem Brustharnisch des Junkers hervorgekrochen und schlug ihm gerade die Fänge in den Hals. Angewidert entfernte er sie mit dem Dolch. Doch schon hatte sich eine zweite Schlange aus dem Gras hervorgeschlängelt. Diese smaragdgrüne Viper grub die Giftzähne tief in die Wange des unglücklichen Junkers.

Ekel und Furcht packten den Cimmerier. Er sprang auf. Entsetzt sah er, wie weitere Schlangen sich durchs Gras wanden. Er steckte den Dolch weg und schlug der nächsten mit dem Schwert den Kopf ab. Dann erhob er die blitzende Klinge über Ulfs blau angelaufenem Gesicht. Mit einem mächtigen Schlag beendete er die Todesqualen des Junkers.

»Conan! Vorsicht!« Er drehte sich um. Ein Schlangenanbeter stürmte mit hocherhobener Axt auf ihn zu. Doch ehe der Cimmerier ihn mit dem Schwert erreichen konnte, stolperte der Mann und brach nach zwei Schritten zusammen. Ein Pfeilschaft ragte aus der Achselhöhle hervor.

»Warum hast du mich noch gewarnt, Evadne, wenn du den Mann schon im Visier hattest? Du triffst doch jedesmal ins Schwarze. Crom!« Plötzlich liefen mehrere Angreifer auf den Streitwagen zu, der in der Nähe hielt. Der Lenker lag wild um sich schlagend daneben. Sein Kopf steckte im Rachen einer großen Schlange, die jemand auf ihn geschleudert hatte. Die Rosse standen wiehernd da. Ein Feind hatte sich auf das Leitpferd geschwungen und kletterte jetzt zum Wagen. Evadne stand darauf und zielte auf ihn. Doch da hatten drei weitere Schlangenanbeter den Wagen beinahe erreicht.

»Mannananans schwarzes Blut!« Conan hoffte mit diesem Kriegsschrei ihre Aufmerksamkeit von Evadne abzulenken. Doch die drei drehten sich nicht um. Als der vom Pfeil durchbohrte Angreifer zwischen die Pferde fiel, schwang sich der erste hinten auf den Wagen. Evadne schlug mit dem Bogen auf ihn ein; aber er schwang unbeirrt die Sense.

»Du Hund Sets! Friß diesen Stahl!« Das Schwert des Cimmeriers spaltete ihn von der Schulter bis zur Lende. Ohne sich um den Toten zu kümmern, sprang Conan auf den Wagen, um Evadne beizustehen.

»Stirb, du Schlangenbrut!« Vom zweiten Feind blieb nur der Arm an der Wagenstange, der Rest sank ins Gras. Bei dem dritten Angreifer stieß der Cimmerier den Pfeil, der bereits aus dem Hals ragte, noch tiefer hinein und schleuderte ihn weit weg.

»Conan ... bitte ...« Evadne griff sich an die Brust und sank nieder. Ihre Hände färbten sich rot. »Ich bin getroffen.«

»Nein, lieg ganz still!« Der Cimmerier nahm die Zügel auf und versetzte den Pferden einen Hieb mit der Peitsche, um sie anzutreiben. Dann kniete er neben Evadne nieder. »Ruhig, ich verbinde dir die Wunde.« Es schnürte ihm die Kehle zu, als er sah, wieviel Blut über den Boden strömte. »Ich bringe dich zurück ...«

»Conan, hör mir zu ...« Die Stimme der schönen Rebellin wurde schwächer und ihr Gesicht blasser als die blonden Flechten. »Wenn du überlebst, mußt du nach Dinander zurückkehren. Versprich es mir!«

»Ja, Evadne.« Behutsam schob er den Arm unter sie, um sie etwas aufzurichten. »Wir werden beide dort in einem Triumphzug einziehen.« Aber es war zu spät. Ihr Kopf rollte zur Seite. Die schönen Augen blickten leer zum düsteren Himmel hinauf.

Der Cimmerier blieb noch einen Augenblick lang knien und hielt sie umfangen, als wolle er sie vor den Stößen des Wagens schützen. Dann legte er sie behutsam nieder, erhob sich und griff wieder zum Schwert.

Wie betäubt lenkte er den Streitwagen. Er nahm die zischenden Schlangenanbeter nicht wahr, welche ihn verfolgten. Weit hinten im Osten stieg eine schwarze

Rauchsäule empor. Er blickte zurück zum Lager. Einige der Reiter aus Dinander, in schwarzer Rüstung, machten Jagd auf umherstreunende Feinde. Dann hörte er, wie die Trompeten die Haupttruppe zum Sammeln unter den schlaff herabhängenden Bannern von Sigmarck und Ottislav rief.

Das war typisch für diese schurkischen, feigen Barone! Bei der ersten Gelegenheit nahmen sie ihre eigenen Interessen wahr, anstatt weiter vorzurücken, wie es ausgemacht war! Wenn sie nicht so weit zurückgeblieben wären, könnte Evadne vielleicht noch leben! dachte der Cimmerier verbittert. Aber dann schüttelte er den Kopf. Nein, er war auch schuld an ihrem Tod. Ihr letzter Wunsch ging ihm nicht aus dem Kopf. Doch jetzt mußte er umkehren, um die Interessen seiner Männer zu schützen, damit nicht die Krieger aus Dinander als einzige dem Feind anheimfielen.

Er trieb das Gespann zu größerer Eile an. Da bäumten sich plötzlich die Rosse wiehernd auf, so daß er gegen die Brüstung geschleudert wurde. Aus einer Niederung war ein nackter Mann gesprungen, welcher jetzt einen wilden Kriegstanz aufführte. Sein ganzer Körper war von Schlangen bedeckt.

Während der Cimmerier auf der glitschigen Plattform des Streitwagens festen Halt suchte, schwangen sich zwei zischende Verfolger herauf und stürzten sich gleichzeitig auf ihn. Er wollte sich befreien, doch schon stand ein dritter reptilienäugiger Angreifer vor ihm und schwang einen schweren Steinhammer. Blitzschnell sauste er auf den Helm des jungen Barbaren herab. Ein zweiter Schlag folgte, dann ein dritter, als sei Conans Kopf ein Pflock, den er in den Boden rammen wollte. Beim vierten Schlag schwanden dem Cimmerier die Sinne.

16

DER KOPF DER SCHLANGE

Gierige Flammen verschlangen alles. Wie ein riesiger Katarakt stürzten die Feuerfluten herab und breiteten sich aus. Sie wanden sich wie ein gequältes Tier oder unermüdliche Schlingpflanzen, welche Ableger ausschickten, die alsbald erblühten. Die sengende Hitze verriet Conan, daß der Set-Kult gesiegt hatte. Die Katastrophe hatte nicht nur die Ebene Nemediens, sondern die gesamte bewohnte Welt verschlungen. Jetzt schlugen überall die Flammen hoch und tanzten vor Freude über den Endsieg. Und sie würden damit bis in alle Ewigkeit fortfahren.

Aber vielleicht war doch noch nicht alles zerstört; denn tief drinnen schwebte in der Ferne ein Geist. Die wabernden Hitzeschleier ließen sein Gesicht verschwimmen; aber man sah dennoch, daß es wunderschön war: dunkle, strahlende Augen, wie unergründliche Traumseen, rosige Wangen, tiefrote Lippen, als hätten sie soeben noch den Saft von Granatäpfeln geschlürft. Aus dem Feuer schaute das Gesicht heraus und strahlte die Zufriedenheit aus, alles zu wissen, und gleichzeitig grenzenlose leidenschaftliche Sehnsucht.

War es die verlorene Evadne? Nein, dunkle Locken umrahmten die Züge. Aber dennoch war das Gesicht vertraut und lieb. Fröhlich lächelte es, als nehme es das Geschick der Welt ohne Groll hin.

Ludya!

Der Schock des Namens riß den Cimmerier aus der Betäubung. Er lag in geronnenem Blut auf dem Streitwagen. Conan schloß die von der Hitze des Feuers ausgetrockneten Lider. Selbst diese geringfügige Bewegung löste schmerzende Stiche im Kopf aus. Als er mühsam den Kopf hob, um mehr von der Umgebung zu sehen, traf ihn der Schmerz wie ein weiterer Schlag mit dem Steinhammer.

Stöhnend sank er zurück und versuchte, sich im schmerzenden Kopf auf eine einzige Tatsache zu konzentrieren: Auf der anderen Seite eines großen Feuers saß eine geschminkte, lächelnde junge Frau, die Ludya war.

Als die Schmerzen langsam verebbten, nahm er eine Bewegung in der Nähe wahr. Eine schleppende hohe Stimme drang an sein Ohr.

»Ja, das ist in der Tat ein hervorragender Streitwagen! Bei weitem besser als unser alter Heukarren.« Ein Junge sprach. Offenbar war er zu Beginn des Stimmbruchs, denn mehrmals schnappte die Kinderstimme über. »Endlich kann ich Euch ein Gefährt bieten, wie Ihr es verdient, Mylady! Wir werden Kissen und Teppiche darauflegen, damit Ihr es bequem habt.«

»Das wäre schön, Lar.« Die antwortende Stimme war Conan vertraut. Er versuchte sich zu erinnern, und sofort begannen wieder die schrecklichen Kopfschmerzen.

»Aber zuerst muß er gereinigt werden«, sagte die Knabenstimme. »Eine Frau hat darauf ihr Blut vergossen, hat man mir erzählt. Welch trauriger Verlust. Jetzt kann sie nie mehr eine der unsrigen werden.« Der Sprecher näherte sich dem Cimmerier. »Aber in diesem Mann ist noch ein bißchen Leben. Auch wenn er sich von den Wunden nicht erholt, können wir ihn für unsere Sache einspannen.«

Conan spürte, wie jemand vorsichtig auf den nicht von der Rüstung geschützten Unterarm drückte. »Verfluchter Hund ... Faß mich nicht an ... Ich schreie und schleife dich mit in die tiefste Hölle!«

Die Drohung verlor etwas an Wirkung, da der Cimmerier sie nur stöhnend leise über die Lippen brachte, während er sich auf die Seite rollte, um an den Dolch zu gelangen. Die stechenden Kopfschmerzen raubten ihm fast die Sinne. Kein Dolch, und die Piepsstimme blieb neben ihm. Jetzt merkte er, daß er im Freien lag und daß es Tag war, welcher allerdings durch die schweren Wolken am Himmel sehr dunkel war, wodurch das Feuer stärker strahlte.

»Schäm dich, Bursche! Deine Drohungen beirren mich überhaupt nicht. Warum müßt ihr Hyborier ständig Gewalt anwenden?« Lar ging ungeduldig vor den Flammen auf und nieder. Als er sich ereiferte, kippte seine Stimme wieder um. »Euer grundloser Angriff kostet auf beiden Seiten viele Leben — unzählige Seelen, welche mit Freuden unserer Sache gedient hätten.« Er schüttelte den Kopf. »Selbstverständlich könnt ihr uns niemals aufhalten; aber dennoch betrauere ich diesen Verlust. Es wäre soviel einfacher, wenn ihr versuchen würdet, uns zu verstehen.«

»Verstehen?« Conan packte die Stange des Wagens und zog sich mühsam so weit hoch, daß er saß. »Da wir von Verlusten sprechen — deine Heerscharen ziehen wie ein Heuschreckenschwarm durchs Land. Sie brennen und töten alles und alle, die sie nicht stehlen können!« Er blinzelte zu der Gestalt hinüber, welche vor den emporzüngelnden Flammen stand. Plötzlich gesellten sich zwei stämmige Burschen dazu.

»Das ist eine weitverbreitete Wahnvorstellung«, sagte Lar laut und blickte zu Ludya hinüber, die auf weichen Kissen saß, ob sie ihn auch hörte. »Wie die meisten Menschen in diesen dekadenten Zeiten legst auch du viel zuviel Wert auf vergängliche Dinge. Du hast die Kraft wahren Glaubens vergessen. Im Vergleich mit ihm bedeuten materielle Güter und persönliche Bindungen nichts.«

Conan antwortete nicht. Er hatte genug damit zu tun, den schmerzenden Kopf einigermaßen gerade zu halten.

Ganz vorsichtig bewegte er Finger und Zehen. Unter den überhaupt nicht neugierigen Augen von Lar und seinen Leibwächtern schob er ganz langsam den verbeulten und aufgeplatzten Helm vom Kopf. Teilweise hatten sich die scharfen Metallränder in den Haaren verfangen.

Nur noch ein kleiner Ruck! Jetzt war er von der Last befreit. Zu seiner Beruhigung stellte er fest, daß sein Gehirn nicht unter freiem Himmel lag. Die Platzwunden würden in zwei Wochen verheilt sein — falls Crom ihm soviel Zeit ließ! Er warf die Helmreste beiseite und richtete die Augen auf die Feinde.

Der Junge sah überhaupt nicht so grauenvoll aus, wie Conan es vom Propheten dieses entsetzlichen Kults erwartet hatte. Er wirkte so unschuldig, daß der natürliche Impuls des Cimmeriers verflog, ihn auf der Stelle zu erwürgen. Schließlich war er doch nur ein Kind an der Schwelle jener mystischen Verwandlung in einen Mann. Der blonde Junge hatte ein feingeschnittenes — vielleicht eine Spur zu hochmütiges — Gesicht. Allerdings verliehen ihm der mit goldbestickte purpurrote Umhang und die schwere Goldkrone ein weibisches Aussehen. Er bewegte sich so unbefangen, als habe er ein absolut gutes Gewissen. Nein, dieses Kind war keine Bedrohung!

Die beiden Leibwächter waren hünenhafte Gestalten. Einer war wie ein Schmied gekleidet, der andere wie ein Pelztierjäger. Beide schienen kräftig, aber nicht übermäßig intelligent zu sein. Sie standen nur stumpfsinnig da, bereit, jeden Befehl auszuführen. Wie ihr jugendlicher Führer hatten auch sie keine abstoßenden Zeichen Sets. Allerdings hielten sie den Mund geschlossen, so daß Conan nicht wußte, ob darin eine flinke gespaltene Zunge verborgen war.

Regungslos standen sie hinter ihrem Herrn und Meister am Feuer, hier mitten auf der weiten Ebene. Der wolkenverhangene dunkle Himmel über ihnen verriet weder die Tageszeit noch eine Richtung. Das Lager war dürftig. Es bestand aus einem mit Schlangen und anderen mystischen Symbolen bemalten Zelt, einem ziemlich klapprigen Ochsenkarren, auf dem ausgeblichene bunte Kissen und Teppiche lagen. Außer seinem Streitwagen sah der Cimmerier nur noch eine offene Truhe mit Essen und Weinschläuchen.

Seine erschöpften Pferde waren in der Nähe angepflockt und grasten mit mehren anderen Pferden an einem seichten Bach, der sich durchs Weideland schlängelte. Nirgendwo konnte er die wilde Horde der Schlangenanbeter entdecken. Er hörte auch keinen Schlachtenlärm oder Trompeten. Das Grauen des Morgens konnte ein Alptraum sein, wären da nicht die Blutspuren auf seiner Rüstung und auf dem Wagen gewesen.

Zögernd heftete Conan den Blick auf die Frau. Es widerstrebte ihm, ins Feuer zu blicken, aber noch mehr in ihr Gesicht. Er hatte beinahe Angst. Nicht vor ihrer sinnenraubenden Schönheit, sondern wegen ihrer unerklärlichen Anwesenheit im Bannkreis des Bösen. Vorsichtig tauchte er in diese wie Schlehen so schwarzen Augen ein. Doch ihm leuchtete daraus die gleiche Unschuld wie aus denen des jugendlichen Sektenführers entgegen.

Ludya ruhte auf einer Bahre mit Kissen vor Lars buntem Karren. Sie war sorgfältig gekämmt und geschminkt. Die Kleidung war so gewählt, daß die weiblichen Reiz möglichst unverhüllt zur Geltung kamen. Sie wirkte so aufreizend wie eine Kurtisane in den königlichen Gemächern in Belverus. Um Hüften und Busen waren goldene Streifen mit Fransen geschlungen. Die schönen langen Beine steckten in hauchdünnen Pumphosen. An den Füßen trug sie Sandalen. Goldketten blitzten um die Taille, an den Knöcheln und auf der Stirn. Ihre Figur war immer noch so üppig, wie Conan sie in Erinnerung hatte; aber die Sonne hatte die Haut gebräunt, so daß sie jetzt beinahe goldbraun schimmerte. Der Cimmerier konnte nicht erkennen, ob die Striemen von Favians Peitsche immer noch den Rücken verunzierten; aber ihre entspannte Haltung zeigte ihm, daß sie seelisch die Schrecken im Schloß überwunden hatte.

»Wie ich sehe, hast du ein Auge für die Schönheit meiner Ludya«, sagte Lar neben ihm. »Sie ist meine hochverehrte Gefährtin, das einzige Laster, das ich mir gönne. Setz dich zu ihr und mach ihre Bekanntschaft. Hier, auf den Kissen wirst du bequemer liegen.« Der Junge trat zum Karren, holte einige Kissen und legte sie neben Ludya auf den Boden. »Unterhalte unseren Gast gut, mein Liebling. Lehre ihn auf deine liebevolle Art die Weisheit unseres Glaubens. Ich muß mich inzwischen um einige Kleinigkeiten kümmern.«

Dann küßte Lar sie schnell und unschuldig auf jede

Wange. Als Conan dies sah, war ihm klar, daß der Junge Ludya nicht so als Frau behandelte, wie ein erwachsener Mann es getan hätte. Er behandelte sie wie ein Kind, das die Lieblingspuppe herausputzt. Wahrscheinlich hing er auch mit der Liebe an ihr, die Knaben normalerweise für die Mutter oder eine ältere Schwester empfinden.

Lar trat zu Conan und nahm ihn am Arm. »Komm, sei nicht scheu!« Der Cimmerier schüttelte die Hand des Jungen ab, folgte ihm aber gehorsam. Er kam sich so willenlos wie die beiden Leibwächter vor.

»Hier sind Obst, Käse und Wein«, sagte Lar und zeigte auf die Truhe. »Eßt und trinkt nach Herzenslust. Ich möchte heute am Tag der Schlacht nichts essen. Mein Magen ist irgendwie verstimmt.« Dann wandte er sich an die Leibwächter. »So, kommt, ihr zwei Lakaien, und helft mir, den Streitwagen zum Bach zu ziehen.«

Der Cimmerier stand stumm neben Ludya. Die Wunden schmerzten beinahe unerträglich. Hinzu kam noch die Angst, jeden Augenblick im duftenden Haar oder zwischen den rot geschminkten Lippen der Schönen eine Schlange hervorzüngeln zu sehen.

»Conan, hab keine Angst! Ich weiß, daß du es bist. Setz dich neben mich!« Ludya winkte ihm anmutig. »Als man dich herschaffte, dachte ich zuerst, du seiest Favian. Ich hielt dich für tot und freute mich. Dann aber hast du dich bewegt und Lar geantwortet. Als ich deinen harten Akzent hörte, dachte ich, mir zerspränge das Herz vor Freude.« Lächelnd preßte sie die Hände auf den kaum verhüllten Busen, um den Worten mehr Nachdruck zu verleihen. »Aber nun ruh dich aus, Liebster. Ich werde mich sofort um deine Wunden kümmern. Das brauche ich ja nun nicht mehr.« Sie holte zwischen den Kissen einen scharfen Krummdolch hervor und legte ihn vor sich auf den Boden.

»Aha, Ludya! Offenbar hat nicht nur ein Weib zu Favian einen Dolch mitgenommen!« Conan konnte trotz der Schmerzen das Lachen nicht unterdrücken. Mühsam ließ er sich neben ihr nieder. »Kein Wunder, daß sein Leben so kurz war.«

»Was? Ist er tot? Und hast du jetzt seinen Platz in Baldomers Herzen eingenommen?« Ludya packte den Cimmerier bei den Schultern. Ihm schwanden beinahe die Sinne, als er in diese tiefschwarzen Augen blickte und ihren Duft einsog.

»Langsam, Mädchen, laß mich los, damit ich Luft holen kann!« Er schob sie auf Armeslänge weg, ließ aber eine Hand auf der weichen Schulter liegen. »Beide Einharsons sind tot. Eine Frau, die dir sehr ähnlich ist, hat die Tyrannen getötet...« Mit vielen Pausen und ziemlich ausschweifend berichtete er Ludya von den Ereignissen, die sich seit ihrer Verbannung im Schloß zugetragen hatten. Dabei sparte er allerdings sein Abenteuer mit Calissa sorgfältig aus. Während er erzählte, umsorgte ihn Ludya. Er ließ sie aber die Wunden nicht auswaschen. Dann band sie mit einem Lederriemen eine Kräuterkompresse um den schmerzenden Kopf.

»... und so ist Evadne gestorben. Ich könnte diese Barone aufschlitzen, weil sie zurückgeblieben sind und mich vorn im Stich ließen.« Der Cimmerier schüttelte Ludyas liebevolle Hände ab. »Aber nun erzähl du mir, wie es dir in der Heimat ergangen ist. Wie bist du zu den Schlangenanbetern gekommen?«

»Lars Wagen hat meinen auf dem Weg getroffen. Ich habe meine Heimat oder die Eltern nie gesehen.« Sie schüttelte den Kopf, als könne sie sich nur undeutlich an alles erinnern. »Damals war ich vor Haß fast wahnsinnig. Ich hatte starkes Nervenfieber. Lar quälte mich nicht mit Fragen. Er stellte auch sonst keine Forderungen an mich. Er behielt mich nur an seiner Seite und sorgte für mich — wie ein echter Freund. Wir reden meist über unwichtige Dinge: den Gesang der Vögel, die Wellen, die der Wind im Steppengras hervorbringt. Diese Kleider« — ohne zu erröten, zeigte sie darauf — »sind kostbare Geschenke von seinen Anhängern.«

»Aber was ist mit den Märschen und Belagerungen?« fragte Conan. »Dein junger Busenfreund ist ein erstaunlich guter General.« Er blickte zum Bach hinüber, wo Lar kritisch beäugte, wie seine Knechte Blut und Schmutz vom Streitwagen wuschen. »Er hat ein Zehntel Nemediens erobert. Inzwischen machen sich die Brythunier bestimmt auch schon Sorgen seinetwegen.«

Ludya zuckte mit den Schultern. »Davon weiß ich nichts. Er läßt mich im Zelt zurück, wenn er die vorderen Linien inspiziert. Befehle erteilt er wenig. Er hat auch kaum Leute, welche diese ausführen könnten. Die Menschen folgen ihm willig. Sie würden für seine Sache mit Freuden ihr Leben opfern.«

»Ja, wegen der schwarzen Macht der Zauberei!« Conan schaute ihr ernst ins Gesicht. »Verschließ nicht die Augen, Ludya! Du weißt doch, daß hier eine viel größere Macht als der kleine Lar am Werk ist — sie ist so alt und so böse wie der Schlangengott persönlich.« Er verzog angeekelt das Gesicht. »Lars Anhänger werden zu Wesen, die weit unter den Menschen stehen. Sie tragen die Schandmale des Bösen ...«

»Ich weiß nur, daß er die seltsame Macht hat, die Menschen zu verwandeln«, gab Ludya zu und nickte.

»Ich glaube, daß er mich nur aus einer Laune heraus als Mensch weiterleben läßt.«

»Wahrscheinlich bist du die einzige, die sich ihm freiwillig angeschlossen hat und nicht durch einen zauberischen Schlangenbiß dazu gebracht wurde.« Der Cimmerier suchte in ihrem Gesicht nach Zustimmung. »Siehst du jetzt, Ludya, daß er nicht der strahlende Retter ist? Er ist ein übler Sklavenhändler.«

»Na und? Wer ist das nicht?« fragte Ludya empört. Ihre Augen funkelten wieder so wütend wie früher. »Welcher Führer in diesem riesigen Gefängnis Nemedien herrscht nicht über armselige Sklaven? Ach was, in ganz Hyborien! Welcher Ehemann erniedrigt nicht seine Frau? Welcher Junker gewährt seinen Leibeigenen mehr freien Willen als das Aussuchen von Sklaven?« Sie schüttelte die dunklen Locken. Ihr Mund war zu einem zynischen Lächeln verzogen. »Welcher Baron, Mylord Conan, zeigt die Liebe zu seinen Untertanen anders als daß er ihnen die Gliedmaßen abschneidet oder sie aufschlitzt?« Sie ballte wütend die Fäuste. »Zumindest glauben Lars Anhänger, daß sie glücklich sind! Zumindest sind sie darüber hinweg, daß alle ihre Hoffnungen enttäuscht werden und daß ihre Würde mit Füßen getreten wird!«

Im nächsten Augenblick warf sie sich dem überraschten Cimmerier in die Arme und barg das tränenüberströmte Gesicht an seiner Rüstung. Dann schluchzte sie herzzereißend.

»Na, schon gut, Liebste. Es muß ja nicht immer so bleiben«, sprach ihr Conan Trost zu. Dann schaute er zu Lar hinüber. Der Junge stand am Bach und hatte offensichtlich keine Ahnung, welch heiße Tränenfluten hinter seinem Rücken flossen. »Die Lage in Dinander hat sich verändert«, fuhr Conan fort. »Jetzt besteht dort die Möglichkeit, daß alles besser wird. Du kannst mit mir zurückkehren.«

Ludya hob das gerötete Gesicht. »Ich weiß nicht, ob ich mitkomme. Ich habe hier bei Lar einen Platz gefunden ...« Dann klammerte sie sich wieder an den Cimmerier. »Aber du mußt dich vor ihm in acht nehmen, Conan. Er kann dich mit einer einzigen Berührung töten. Ich habe gesehen, wie man böse alte Schamanen und Hexen als Gefangene vor ihn brachte. Er wirft etwas in ihr Gesicht, dann sagen sie ihm etwas ... und dann sterben sie. Aber, Vorsicht! Da kommt er!«

Conan blickte über das weit herabgebrannte Feuer hinweg. Die beiden Leibwächter zogen den Streitwagen, auf dem Lar stolz saß. Ludya holte ein Holzkästchen heraus und erneuerte schnell die Schminke. Conan nahm sich eine getrocknete Wurst aus der Vorratstruhe und steckte sie in den Mund. Das Kauen tat im Kopf scheußlich weh. Ansonsten peinigten ihn die Wunden nicht mehr über Gebühr. Kurz ehe der Wagen bei ihm war, griff er zum Weinschlauch und nahm einen kräftigen Schluck. Die Leibwächter legten Reisig auf, um das Feuer wieder zu entfachen, damit der Wagen schneller trockne.

»Schaut nur, welch prächtiges Gefährt dies für mich und mein Gefolge abgeben wird!« Mit jungenhaftem Schwung sprang Lar vom Wagen und lief zu seinem Gefangenen. »O teurer Baron, ich hoffe, du hast nichts dagegen, daß ich den Streitwagen benutze; aber du brauchst ihn ja nicht mehr.« Dann lachte er plötzlich schallend. »Auf unserem Marsch liegen viele große Städte vor uns. Ich befürchte, daß die vornehmen Damen und Herren meinen alten klapprigen Karren abfällig betrachten würden.«

Conan aß die Wurst und betrachtete Lar mißtrauisch. »Dann planst du, weiter nach Süden zu ziehen?«

»Ja, natürlich!« Lar nickte eifrig. »Im Süden und Westen liegen die Gebiete mit den meisten Einwohnern, der fruchtbarste Boden für unsere Lehre. Allerdings habe ich auch vor, später nach Osten und Norden ebenfalls Missionare zu schicken, ja, bis in die entferntesten Winkel der Welt.«

»Das kommt, nachdem du meine Gefährten hier besiegt hast, oder?« fragte der Cimmerier vorsichtig. »Wie läuft's denn so da draußen? Weißt du das?«

Lar schaute mit ernsthaftem Gesicht über die leere Ebene, als fände die Schlacht direkt vor seinen Augen statt. »Deine Seite ist dem Untergang geweiht, fürchte ich. Deine Barone verlieren immer einen Mann, wenn ich fünf Jünger einbüße.«

»Aha.« Conan nickte. Er glaubte dem Jungen. »Ihre Soldaten sind hervorragende Krieger, aber zahlenmäßig weit unterlegen. Aber kannst du dir denn derartig hohe Verluste leisten? Auch wenn du eine große Schar befehligst?«

»Keine Angst. Sollte sich das Gleichgewicht verändern, ist das nur vorübergehend.« Lar lächelte strahlend und reckte sich vor dem Feuer. »Jeden Tag werden meine Jünger stärker — sowohl im Glauben als auch in der Kampfstärke. Ehrlich, ich sollte euch Nemediern dankbar sein ...« Wieder lachte Lar schrill. »Denn ihr bringt mir Waffen, Rüstungen und neue Anhänger. Dies alles werde ich später für die Verwirklichung unserer Ziele gut gebrauchen können.«

Conan rutschte unruhig auf den Kissen hin und her. Die ruhige Zuversicht des Knaben machte ihm Sorgen. »Aber die Truppe, mit der du heute kämpfst, ist im Vergleich zu denen der Könige im Süden winzig.«

»Stimmt.« Lar nickte und betrachtete den Cimmerier nachdenklich. »Du warst doch schon im Süden, oder? Zweifellos könntest du mir viel erzählen, was mir später hilft.« Er griff in eine Falte der Tunika. Seine Augen waren immer noch auf den Cimmerier geheftet. »Aber nein! Was könnte vor uns liegen, das stärker als unser Glaube und die uralten Weisheiten unserer Sekte sein könnte?« Er grinste plötzlich verschmitzt und stellte sich näher ans warme Feuer.

»Die Magie, die du einsetzt, ist sehr mächtig.« Conan nahm noch einen tiefen Schluck aus dem Weinschlauch. Er war entschlossen, den Jungen auszuhorchen. »Sie muß sehr, sehr alt sein.«

»O ja, das ist sie.« Lar lächelte jungenhaft den Cimmerier und Ludya an, die an Brot und Käse knabberte. »Viel älter als die Städte, welche bald ihre Tore aufreißen werden, um uns willkommen zu heißen. Ja, älter sogar als die Menschheit. Älter als diese Ebene, die Hügel dahinter und die ehrwürdigen Berge, welche diese Hügel kreißten!« Da Lar in Begeisterung geriet, schnappte seine Stimme ständig über. »Als das erste Geschöpf aus dem Urschleim kroch, bestand unser Glaube bereits. Seine Stärke wohnt auch heute noch in uns.«

»Ein uralter Glaube, in der Tat«, sagte Conan. Er überlegte, ob er dem Jungen eine Klinge an den Hals setzen und ihn so als Geisel benutzen könne, um die Leibwächter abzuwehren. Aber wie sollte er sich gegen die Zaubertricks des kleinen Burschen schützen? »Hat eure Religion viele heilige Stätten und Tempel?«

»Tempel!« Offenbar fand Lar diese Frage sehr komisch; denn er krümmte sich stumm vor Lachen. Dem Cimmerier ging das eigenartige Benehmen des Jungen langsam auf die Nerven. Um sich zu beruhigen, griff er zum Weinschlauch und wartete, bis Lar sich wieder gefaßt hatte.

»Nun, es ist in der Tat so, daß die Alten in der Wüste im Süden Bollwerke unserer Religion errichteten«, erklärte Lar. »Das waren erhabene Bauten und Mausoleen, welche einem alten Land, das Stygien heißt, heute noch zur Zierde gereichen. Aber die wahren Tempel unsres Glaubens ...« Sein Gesicht verzog sich wieder zu einem Grinsen. Er nahm die Krone ab und kratzte sich am Kopf. »Also, die ältesten Tempel sind hier in unseren Köpfen!« Mit einem Falsettquieken beendete er die Rede und ging zum Streitwagen, um die Krone dort unter seinen Habseligkeiten zu verstecken.

Dann kehrte er zum Feuer zurück. »Siehst du, Baron, die Verehrung unseres großen Gottes lebt im Verstand eines jeden Sterblichen, auch wenn dieser es nicht weiß.« Lar sprach voll Enthusiasmus. »Vielleicht erinnerst du dich nicht; aber die alten Legenden sagen es uns: Die Schlange ist der Erzeuger des Menschen! Die Transformation fand zwar in grauer Vorzeit statt, doch die alte Weisheit ist geblieben. Die menschliche Haut und die Haare sind nur dünne Verkleidung über den schimmernden Schuppen von Sets Kindern!«

»Was meinst du? Willst du behaupten, daß die Menschen von den Schlangen abstammen?« Conan legte den Weinschlauch beiseite. Die großsprecherischen Behauptungen dieses Jungen im Stimmbruch gingen ihm jetzt zu weit. »Also, das ist ausgemachter Blödsinn! Wo hast du diesen Scheiß gelernt?«

»Ich sagte dir doch: Es ist alles in uns! Brr, dieser Nordwind ist heute besonders kalt.« Lar stocherte mit einer Eisenstange im Feuer und schickte die Leibwächter, mehr Reisig zu holen. »Verstehst du denn nicht, daß es deshalb so leicht ist, die Menschen zu unserem

Glauben zu bekehren und daß deshalb unsere Sekte unweigerlich triumphieren wird?« Wieder lachte er beinahe hysterisch. »Alles, was wir einst waren, sind wir jetzt. In uns allen schlummert das Reptiliengehirn. Sobald man den alten Glauben zurückbringt, erwacht es!«

»Verflucht, Junge, du sprichst in Rätseln!« Vom Wein erhitzt und beunruhigt durch die Wendung, welche das Gespräch genommen hatte, stand Conan auf und trat vorsichtig zu Lar ans Feuer. In seiner riesigen Hand verbarg er das Brotmesser; aber er war noch nicht sicher, ob er es benutzen würde. »He, Junge, warum stehst du so nahe bei diesem Höllenfeuer. Du versengst dir die Beinkleider. Und jetzt erklär mir noch einmal, wie du behaupten kannst …« Die Worte blieben ihm in der Kehle stecken, als er Lar sah. Der Junge hatte wieder das starre Grinsen auf dem Gesicht, obwohl es dafür keinen ersichtlichen Grund gab. Die Haut sah wie verbrannt aus. Brandblasen bildeten sich. Dann überzog ein weißer Schleier Lars Augen. Die Gesichtszüge veränderten sich unheimlich.

Die Haut wurde dünn und brüchig. Dann platzte sie, so daß man an mehreren Stellen die glänzenden rautenförmigen Schuppen sah, die darunterlagen. Sie schimmerten feucht, wie bei einer neugeborenen Schlange. Jetzt wand und krümmte sich Lar, um dem Schlangenkörper in seinem Innern das Ausschlüpfen zu erleichtern. Krampfartig riß der Junge sich die sterblichen Reste von Haut und Haaren ab. Die Hände verformten sich zu blaugrauen Reptiliengliedmaßen. Eine dicke gespaltene Zunge zuckte aus dem Mund und spuckte rötliche Hautfetzen aus.

Ludya stieß bei diesem grauenvollen Anblick einen markerschütternden Schrei aus. Dann holte sie tief

Luft. Conan ließ das nutzlose Messer fallen und griff zu der Eisenstange, mit der Lar im Feuer gestochert hatte. Die Spitze der Stange glühte weißrot. Der Cimmerier holte aus und schlug immer wieder auf den Kopf des neugeborenen Ungeheuers ein. Orangerote Feuerkreise zuckten bei jedem Hieb durch die Luft. Zischend sank der Reptilienspuk in sich zusammen.

Im nächsten Augenblick kamen die Leibwächter zurück. Conan versetzte dem Pelztierjäger einen Schlag übers Kinn, so daß dieser bewußtlos in die Flammen stürzte. Seine Fellbekleidung fing sofort Feuer. Jetzt wollte sich der Schmied auf den Cimmerier stürzen. Wie ein Bär näherte er sich Conan.

Ludya war inzwischen kampfbereit in die Hocke gegangen, was bei ihrer erotischen Kleidung etwas komisch wirkte. Blitzschnell hatte sie dem Schmied mit dem Krummdolch einen tiefen Hieb in die nicht vom Lederwams geschützte Schulter versetzt. Obwohl wenig Blut floß, war das Gesicht des Hünen schmerzverzerrt. Er taumelte und fiel stumm zu Boden.

Mißtrauisch betrachtete Conan die leblose Gestalt. »War die Klinge vergiftet?« Ludya schüttelte den Kopf. Sie war blaß vor Entsetzen. »Nun, dann wurde der Tod des Mannes durch den seines Meisters verursacht.« Conan schaute auf die Ebene hinaus. »Hoffen wir, daß Lars Jünger alle seinem Beispiel folgen.«

Er schaute wieder auf die Leiche des Propheten hinunter, die am Rand des Feuers schmorte. Der Kopf war so zermalmt, daß man weder menschliche Züge noch die einer Schlange erkennen konnte.

Plötzlich bewegte sich etwas in den purpurroten Falten des Umhangs. Ein krötenähnliches Geschöpf hüpfte hervor und wollte fliehen. Blitzschnell spießte der Cimmerier das Tier auf und stieß es in die Glut. Es zuckte kurz, dann verschwand es in einer zischenden Dampfwolke.

»Vielleicht lauern hier immer noch Gefahren«, sagte Conan. Er nahm die zitternde Ludya in die Arme. Dann ließ er die Augen mißtrauisch umherschweifen. »Ich hoffe, daß Lar gelogen hat und wir hier vor Sets Macht in Sicherheit sind. Aber was so lange auf die Erweckung gewartet hat, kann jederzeit wieder aufwachen. Wir müssen dafür sorgen, daß alles im Lager ordentlich beseitigt wird, vor allem die sterblichen Überreste.«

Die beiden machten sich ans Werk. Als sie fertig waren, hing immer noch ein fahler Himmel über der Ebene. Sie spannten die Pferde vor den Streitwagen und fuhren los, um zu sehen, was sich auf dem Schlachtfeld ereignet hatte.

17

DIE HEIMKEHR

»Na, habe ich es nicht gesagt, Barone? Ein kurzer erfolgreicher Feldzug — und nun zurück in die Heimat!« Lord Sigmarck saß auf einer halb eingefallenen Mauer aus Feldsteinen und hob den Becher an die Lippen. Er nahm einen tiefen Schluck, ehe er seine Mitstreiter wieder anschaute. »Unsere Männer haben sich tapfer geschlagen, finde ich. Sie verdienen ein Willkommensfest nach der Rückkehr, mit Wein und Weibern.«

»Ha! Das soll mir recht sein — allerdings war der Feind weit weniger schlimm, als man mir vorher weismachen wollte.« Ottislav stolzierte sogar in der warmen Mittagssonne mit seinen Pelzen umher. Jetzt warf er einen mißmutigen Blick zu den Soldaten hinüber, welche es sich unter den Bäumen am Straßenrand etwas bequem gemacht hatten, um zu essen und zu trinken. »Es hat auch erstaunlich wenig Verluste gegeben.«

Conan saß neben Ludya auf der Mauer. Bei der letzten Bemerkung zuckte er so zusammen, daß seine Rüstung klirrte. »Crom! Was bei den haarigen Teufeln der Hölle redest du da?« Wütend blickte er zu den bis fast zur Hälfte reduzierten Reihen seiner Soldaten. »Ich wünschte, die Toten wären unter unseren Kompanien gleichmäßiger verteilt! Meine Krieger aus Dinander haben den Sieg keineswegs leicht errungen!« Er musterte die Barone mit finsteren Blicken.

Einen Augenblick lang herrschte peinliches Schweigen. Dann sagte Ottislav beschwichtigend: »Ach, Baron« — weder er noch Sigmarck benutzten weiterhin den Namen Favian —, »mach dir doch keine Vorwürfe! Es ist schließlich nicht überraschend, daß ein unerfahrender junger Kriegsherr in der Schlacht schwere Verluste hinnehmen muß, während die Älteren glimpflich davonkommen. Auch du wirst das im Lauf der Zeit lernen.«

»Du Schuft!« Conan sprang auf und griff zum Schwert. »Ich hoffe, daß die Zeit mich niemals lehren wird, hinter den Linien zu warten und mich vor dem Feind zu fürchten.«

»Beruhige dich!« Sigmarck hob die gepflegte Hand. »Vergiß nicht deine Würde als Lord. Und du, Ottislav, hör auf, den jungen Kriegsherrn so herauszufordern. Siehst du nicht, wie sehr ihn die Verluste schmerzen? Und das mit Recht.« Der schlanke Mann lehnte an der Mauer und sah dem Cimmerier ganz ruhig in die Augen. »Ich möchte dir vor allem mein Mitgefühl über den Tod deiner Freundin Evadne aussprechen. Sie war eine bildschöne Frau.«

Ehe Conan die richtigen Worte fand, um ihm zu antworten, rief Ottislav höhnisch: »Ha! Ich würde an seiner Stelle den Kopf nicht hängen lassen, Sigmarck. Offensichtlich hat er immer das Glück, irgendwelche hübschen Weiber aufzulesen.«

Wäre Conans Schwertgriff das Genick eines Menschen gewesen, wäre es unter dem Griff des Cimmeriers gebrochen. Ludya legte ihm schnell die Hand auf den Arm und flüsterte ihm zu:

»Bitte, Conan, bleib ruhig! Fang keinen neuen Krieg an. Denk an deine erschöpften Männer!«

Der Cimmerier warf den beiden Baronen einen vernichtenden Blick zu und ging. Ludya hielt sich an seinem Arm fest.

Sie hatte sich nach dem Verlassen von Lars Lager umgezogen und trug jetzt ein sittsames Kleid aus Spitzen und Seide. Sie benahm sich auch viel zurückhaltender als früher auf dem Schloß. Die schrecklichen Erlebnisse und Entbehrungen hatten ihr hitziges Temperament offenbar etwas abgekühlt. Sie gab sich auch in der Liebe dem Cimmerier nicht mehr so unbefangen sinnlich hin. Dennoch blieb sie für die müden Krieger ein erfreulicher Anblick, ein warmer, farbenfroher Fleck in der blaßgrünen Ebene. Lächelnd erwiderte sie die Grußworte, die ihr die Soldaten zuriefen, während sie mit Conan zum Streitwagen ging.

Als die beiden, nach Lars Tod, die Truppen der Barone wiedergefunden hatten, war der Kult der Schlangenanbeter besiegt. Die Krieger, welche bereits Reptilien glichen, waren gleichzeitig mit dem Ende ihres Führers leblos zusammengebrochen. Ihre Körper verwesten unnatürlich schnell. Offenbar konnten sie die Zauberkräfte, die in ihnen wirkten, nicht ertragen.

Die Menschen, deren Körper nur oberflächlich verändert waren, senkten die Waffen und wanderten wie betäubt ziellos umher. Die Nemedier schwärmten aus und machten sie mit Leichtigkeit nieder.

Es gab aber auch Sektenmitglieder, die überhaupt nicht von der Magie Sets gezeichnet waren. Diese gewannen im Augenblick von Lars Tod ihren Menschenverstand wieder und kämpften ums Überleben. Allerdings war ihr Widerstand nicht sehr stark. Viele suchten ihr Heil in der Flucht. Sie wollten offenbar nur heim zu ihren Höfen im Norden. Mehrmals mußte Conan seinen Offizieren Einhalt gebieten, damit sie nicht alle diese armseligen Flüchtigen töteten.

Als die letzten Schlangenanbeter tot oder geflohen waren, lösten sich die dunklen Wolken langsam auf, und das Land sah wie früher aus. Conan versammelte die restlichen Krieger aus Dinander. Obgleich sie erschöpft waren, freuten sie sich über den Sieg und zollten ihm für seine Führung Lob. Wie er verachteten sie die Barone und deren Soldaten ganz offen und hatten sich auf dem Heimweg von ihnen ferngehalten. Jetzt, als Conan sein Gespann antrieb, schwor er, daß er in der Zukunft noch weniger mit den feigen Adligen zu tun haben wollte.

»Wir müßten eigentlich gegen Abend Dinander erreichen«, meinte Ludya. »Wenn du bis dahin den Frieden wahren kannst, dürfte er viele Jahre weiterbestehen. Wenn die neue Regierung in der Stadt so wacklig ist, wie du sie mir geschildert hast, kann sie sich keinen neuen Krieg leisten.«

»Ja, du hast recht.« Conan nahm die Zügel in eine Hand und zog mit der anderen Ludya an sich. Evadne hatte er nie soviel Zuneigung gezeigt. »Natürlich habe ich keine Ahnung, was uns in der verfluchten Stadt erwartet ... oder ob sie überhaupt noch steht. Aber ich schwöre dir:

Wenn auch nur noch zwei Ziegel aufeinanderstehen, werde ich dort Lord sein!« Er lachte. »Jetzt bin ich kein falscher Baron mehr, sondern habe die Macht, die mir zuvor fehlte. Ob ich wollte oder nicht, habe ich nicht nur Haferschleim gegessen und Bogenschießen gelernt, sondern auch die Kunst der Staatsführung.

Jetzt kehre ich mit einem Heer und einem Sieg nach Dinander zurück. Kein Aristokrat und kein Rebell können mir etwas vormachen. Ich sage dir etwas, Mädchen, ich werde diese Nemedier davon abbringen, einander zu peinigen — und wenn ich ihnen dazu die Schädel einschlagen muß.«

Ludya stimmte in sein Lachen ein. Mit frohen Augen blickte sie über die sonnenbeschienenen Wiesen hinaus. Die Soldaten hinter ihnen fanden das Lachen ihres Kriegsherrn ansteckend und stimmten ein Marschlied an. Die beiden Liebenden auf dem Streitwagen schmiedeten engumschlungen Pläne für die Zukunft, während sie dem Lied zuhörten.

»Und weißt du, Ludya, sobald ich im Schloß richtig Fuß gefaßt habe, kann ich dir alles bieten. Am schlimmsten war es, solange ich den Baron spielen mußte, daß ich niemanden hatte, mit dem ich mich richtig unterhalten konnte, niemanden, dem ich trauen durfte. Aber wenn du erst meine Baronin bist ...«

»Conan, warte einen Augenblick! Bitte, denk nach, ehe du sprichst.« Die junge Frau legte ihm den Finger auf die Lippen, um ihn zum Schweigen zu bringen. »Hältst du es für klug, jetzt schon Versprechungen zu machen?« Sie schaute ihn aus den dunklen Augen ernst an. »Für gewöhnlich werden die Bettgenossinnen von Prinzen und Baronen aufgrund politischer Überlegungen gewählt: um Königreiche zusammenzuschmieden und um Erben für die Titel zu sichern. Vielleicht mußt auch du eine solche Verbindung eingehen, um deine Herrschaft zu festigen ... zum Beispiel eine Heirat mit Calissa Einharson. Auch wenn sie, wie du sagst, den Verstand verloren hat, wäre diese Verbindung doch denkbar. Natürlich nur nach außen hin. Ich wäre glücklich, wenn ich mit dir zusammen wäre, sobald die Öffentlichkeit es nicht sieht ...« Beim Sprechen schob sie die Hand an seinem Bein hinauf, um den Worten Nachdruck zu verleihen.

»Nein, Liebste, sag so etwas nicht! Ich habe Baldomer, Calissas Vater, getötet! Würde ich jetzt die Tochter heiraten, wäre das eine zu große Beleidigung für sie — verrückt oder nicht verrückt.« Er lachte, doch es klang verbittert. »Und überhaupt werde ich, wenn ich Herrscher bin, mein eigenes Schicksal und das der Provinz steuern und mich nicht von hinterlistigen Höflingen beeinflussen lassen.« Er zog sie innig an sich. »Nein, Ludya, du bist mir die liebste Frau. Du bist fröhlich, einfach, direkt und warmherzig. Ist es nicht komisch — damals hast du nachts im Bett davon geträumt, einen Baron zu heiraten, und dein Wunschkandidat lag direkt neben dir.«

Der Nachmittag war warm. Die Soldaten marschierten jetzt die Hügel hinab. Vor ihnen breitete sich das Tal aus. Ganz hinten sah man bereits die Stadtmauern von Dinander über den Bäumen. Keine unheilverheißenden Rauchsäulen stiegen über den Dächern auf. Conan sah nur die üblichen Rauchfähnchen aus den Läden der Gerber, Bäcker und Schmiede. Keine fremden Heerscharen zogen plündernd durchs Land. Die Sklaven, die auf den Feldern neben der Straße arbeiteten, knieten nieder und legten die schmutzigen Hände ehrerbietig auf den Boden, als der Streitwagen vorbeifuhr. Schon bald rauschte der Fluß neben ihnen. Skiffs und Boote aus Weidengeflecht, die mit Leder überzogen waren, tanzten auf den Wellen.

Schließlich ragte vor ihnen das mächtige Stadttor in der dunklen Mauer auf. Heute war es geschlossen. Nur das Türchen für die Fußgänger stand offen. Zwei Stadtwachen waren dort postiert. Vom Wehrgang schauten viele Gesichter herab, darunter auch mehrere Offiziere. Offensichtlich hatten die Boten, welche Conan vorausgeschickt hatte, die Stadt von seinem Kommen benachrichtigt.

Der Cimmerier hörte, wie die Offiziere der beiden Barone ihren Soldaten befahlen, stehenzubleiben. Sie hielten sich vorsichtshalber außer Schußweite der Langbogen, welche auf den Wehrgängen warteten. Conan marschierte jedoch mit seinen Mannen geradewegs bis zu der steinernen Rampe, die direkt vor das Tor führte.

Dort gebot er mit erhobener Hand Halt. Sofort glitten die Torflügel auseinander. Wie Donnerhall schallte der Willkommensjubel den heimkehrenden Soldaten aus der Stadt entgegen.

»Siehst du, Geliebte, wir sind hier willkommen!« Conan kniff Ludya schnell, dann hob er den Arm, um das Signal zum Weitermarschieren zu geben. Doch keine Rüstung oder Waffe klirrte, kein Stiefel knallte. Er zügelte das Gespann vor dem Streitwagen und blickte sich erstaunt um.

Alle Soldaten Dinanders standen in starrer Formation. Er runzelte die Stirn. Doch da rissen alle wie auf ein abgesprochenes Kommando hin die Schwerter heraus und reckten sie in die Höhe. Dann erschallte im Chor sein Name.

»Co-nan! Co-nan!«

Mit ohrenbetäubendem Lärm schlugen die Krieger mit den Schwertern gegen die Schilde und Rüstungen. Wieder brauste Jubel aus der Stadt auf.

»Crom möge euch retten, ihr Hunde! Auch Ulla liebe euch auf ewig!« Zum erstenmal, seit man den Cimmerier in Dinander ins Verlies geworfen hatte, fühlte er sich frei von Zweifeln und unbeschwert. Lächelnd schaute er Ludya an. »Hast du gehört, Ludya? Weißt du, was das bedeutet?« Er preßte sie an sich. »Sie haben mich offen mit meinem Namen begrüßt! Jetzt haben wir in Dinander nichts mehr zu befürchten.« Wieder hob er den Arm. Diesmal marschierten alle geschlossen hinter ihm durchs Stadttor.

Conans Triumphmarsch war viel beeindruckender als der Baldomers am Vortag seines Todes. Während der letzten Tage hatten sich in der Stadt die Gerüchte über die Schreckenstaten des Schlangenkults beinahe überschlagen. Daher war die Siegesnachricht ein Quell noch größerer Freude. Außerdem war es der erste Feiertag unter der neuen Regierung. Die Menschen konnten ohne die Unterdrückung und Angst feiern, unter der sie so lange leiden mußten.

Daher waren die Lustbarkeiten auch wild und ausgelassen. Staat und Kirche duldeten die Ausschweifungen. Huren und verworfene Ehefrauen tanzten nur halb bekleidet vor den Tavernen. Beherztere Paare badeten gemeinsam nackt in den öffentlichen Brunnen. Horden Betrunkener liefen Hand in Hand durch die Straßen und sangen schmutzige Lieder. Volkstanzgruppen stampften im Takt auf dem Hauptplatz und durch enge Gassen.

Allerdings wurde Conan mit seinen Soldaten auch von ebenso vielen tränenfeuchten Gesichtern gegrüßt wie von lachenden. Der Feldzug hatte einen hohen Blutzoll gefordert. Witwen und Mütter klagten laut.

Aber die allgemeine Ausgelassenheit war verführerisch und siegte bald. Blumen und zarte Tücher regneten auf die Krieger herab, auch noch einige delikatere weibliche Bekleidungsstücke. Überall stillte man ihren Durst mit Wein, Ale und heißen Küssen. Wenn die Parade ins Stocken kam, wurden jedesmal einige harte Kämpfer von weichen Händen fortgezogen.

Conans Offiziere hatten auch nicht das Herz, die Männer angesichts derartiger Verlockungen hart an die Kandare zu nehmen. Als sie sich dem Schloß näherten, hatten sich schon die meisten Soldaten verzogen. Nur wenige Wagen und Kavallerieoffiziere begleiteten den Streitwagen des Kriegsherrn. Die Offiziere wollten nur ihre Rosse in den Ställen unterbringen, um sich dann selbst schleunigst ins wilde Vergnügen zu stürzen.

Conan hatte auf dem Weg eine Weinflasche erbeutet, die er häufig und lange an die Lippen führte, aber auch Ludya freigebig anbot. Daneben bemühte er sich, etwas von den Gesprächen der Offizier aufzufangen, welche dicht hinter ihm trabten. »Was hast du gesagt, Kamerad?« rief er dem direkt hinter dem Wagen zu. »Was hast du eben über Sigmarck und Ottislav gesagt?«

»Verzeihung, Mylord.« Der Offizier beugte sich über den Sattelknopf und schrie, um sich bei dem Lärm verständlich zu machen. »Ich habe gehört, daß die Barone nicht weiter zur Grenze marschiert sind, sondern vor unserer Stadtmauer lagern.«

»Ach ja?« Conan dachte kurz nach. »Nun, die Stadttore sind doch verschlossen, oder? Sie können nicht hereinkommen.«

»Jawohl, Mylord. Der Ständige Befehl lautet, kein fremdes Militär in die Stadt zu lassen.«

»Gut! Zweifellos werden sie morgen früh abrükken.« Der Cimmerier wandte sich wieder Ludya zu. »Wenn wir im Schloß sind, werde ich den verfluchten Schurken, Crom möge sie verschlingen, Erfrischungen bringen lassen. Jetzt stellen sie keine Gefahr mehr für uns dar. Sie sind zu wenige, um die Mauern zu erstürmen.«

»Nein, das nicht.« Ludya blickte ihn aus vom Wein leicht getrübten Augen an. »Es sei denn, jemand öffnet ihnen das Tor.«

Die Massen säumten die Straßen bis zur hölzernen Schloßbrücke. Das Tor stand weit geöffnet. Zu Conans Überraschung war der Schloßhof mit Blumen und Büschen in Töpfen festlich geschmückt. Allerdings ging es hier unter den strengen Augen der Wachtposten etwas gesitteter zu. Als der letzte Soldat sein Pferd zu den Stallungen ritt, fuhr Conan den Streitwagen vor die breite Treppe. Dort warteten berittene Offiziere der Stadtwache. Er stieg vom Wagen und hob Ludya schwungvoll herab.

Sie schritten über die Terrasse. Da kamen ihnen die Würdenträger des Hofs zur Begrüßung entgegen. Marschall Durwald sah mit dem neuen Brustschild der Roten Drachen prächtig aus. Der greise Lothian schritt gebückt unter der Last der Prunkgewänder. Der Priester Ullas mit dem Schwert an der Seite wurde von Mitgliedern des Reformrats in neuen roten Uniformen begleitet. In der Mitte ging eine schlanke Frauengestalt.

Sie trug ein langärmeliges, weit ausgeschnittenes Gewand mit Schlitzen, das weder prächtiger noch bescheidener als die Festkleider anderer Frauen in der Stadt war. Ein Seidentuch bedeckte ihren Kopf. Doch dann entdeckte Conan das blitzende Amulett mit den sechs Dolchklingen an der schweren Goldkette, das zwischen den Brüsten hing. Calissa. Ihr Gesicht war blaß und hager geworden, seit er sie zum letztenmal gesehen hatte.

Verstohlen wollte er zum Schwert greifen; aber da umklammerten ihn Arme von hinten. An der Kehle spürte er eine kalte Klinge, ebenso im Rücken, wo der Brustharnisch aufhörte. Mit der Rüstung hätte er sich wohl befreien können; aber da sah er, daß mehrere eisig dreinblickende Wachoffiziere Ludya ebenfalls ihre

Dolchspitzen an den Hals hielten. Von seinen getreuen Soldaten war nur noch eine Handvoll im Hof. Sie sahen der Verhaftung überrascht zu, ohne aber zu seiner Befreiung vorzustürzen.

»Endlich ist der elende Thronräuber in unserer Hand!« rief Calissa laut. Ihre Stimme klang weniger melodisch, als der Cimmerier sie in Erinnerung hatte. Wahrscheinlich durch das viele Schreien etwas abgenützt, dachte er. Ihr Gesicht war zu einem grimmigen, haßerfüllten Lächeln verzogen. Doch die dunklen Augen glitzerten durchaus intelligent. Sie schien bei klarem Verstand zu sein.

»Hier, das ist der falsche Baron, welcher als Leibwächter meine Familie verraten hat, und daneben steht sein angemaltes Spielzeug, unsere frühere Küchenmagd!« Calissa trat vor die beiden und musterte sie mit offensichtlichem Abscheu. »Eine Schande, daß diese heimtückische Meuchelmörderin Evadne tot ist. Ich hatte auch für sie den Befehl zur Festnahme unterzeichnet.«

»Calissa, ich will lieber kämpfen, als mir deine Beleidigungen weiter anhören.« Der Cimmerier richtete sich kerzengerade auf. »Und was Evadne betrifft — sie starb in Ehren. Sie gab ihr Leben im Kampf für Dinander.«

Calissa verzog höhnisch die Lippen. »Das taten mein Vater und mein Bruder auch! Eine passende Entschädigung also!« Dann wandte sie sich ab. »Na schön, Cimmerier, ich danke dir, daß du den Schlangenkult vernichtet hast. Allerdings hätte das jeder fähige Befehlshaber geschafft. Doch wenn du glaubst, daß ein einziger glücklicher Streich dir die Stadt erkauft ... Wenn du so kühn bist anzunehmen, daß Dinander vor einem hergelaufenen Barbaren aus dem

Norden, einem Emporkömmling mit Blut an den Händen, das Haupt beugt, nun dann kannst du darüber lange nachdenken, wenn du in Ketten hier im Schloß liegst!«

Während Calissas Haßtirade standen die Edlen und Rebellen ruhig hinter ihr und schienen ganz ihrer Meinung zu sein. Vergeblich suchte der Cimmerier in ihren Gesichtern nach einem Zeichen des Unwillens oder der Hoffnung für ihn. Ihm war klar, daß sie mit Calissa ein Abkommen geschlossen hatten, sobald die edle Frau ihren Verstand wiedererlangt hatte. Wenn man Dinander davon überzeugen konnte, eine Herrscherin zu dulden, war die Tochter aus dem Geschlecht der Einharsons die logische Wahl und sehr viel passender für die Stellung an der Spitze des Staats als ein Fremder. Ja, der Cimmerier hatte ihre übernatürliche Bestimmung als Herrscherin selbst bestätigt, als er ihr das Zauberamulett überstreifte, um ihre untoten kriegerischen Ahnen zurück in die Krypta zu treiben.

Offensichtlich war sich Calissa ihrer Zuhörerschaft ganz sicher, denn sie setzte zu einer längeren Rede an. Sie trat auf die Seite, um die im Schloßhof versammelten Bürger der Stadt besser zu sehen.

»Der heutige Tag wurde zu einem Freudentag erklärt, Volk von Dinander! Nie dürft ihr ihn vergessen! Und jetzt ist unsere Freude um so größer, da wir eine zweite, noch schlimmere Bedrohung von unserer Stadt abgewendet haben.« Sie zeigte auf Conan und Ludya. »Ich verspreche euch, daß diese Gefahr nicht länger über uns schweben wird!

Ich danke Ulla, daß er die Krankheit von mir genommen hat, welche mich niederwarf. Welch ein Glück ist es für unsere Provinz, daß diese edlen Ratgeber die alten Traditionen wahren wollen und mir, als der Baronin von Dinander, den Treueid geleistet haben. Damit haben sie der Gerechtigkeit in unserem Land die Krone aufgesetzt. Ein weiteres Glück für uns war, daß unsere edlen Nachbarn, die Barone Sigmarck und Ottislav, uns während der letzten Wirren durch Geheimkuriere von der schändlichen Verschwörung unterrichteten, welche uns alle unter die Knute eines skrupellosen cimmerischen Abenteurers bringen sollte!

Nein, mein Volk, die Lektion, welche uns die Geschichte erteilen wollte, ist klar! Mein Vater und mein Bruder sind tot; aber ihre Mörder dürfen Dinander nicht regieren! Die Herrschaft des blutigen Schwertes ist vorüber!« Sie hob beschwörend die Hände zum Himmel und machte eine kurze Pause.

»Aber dieses Schurkenstück hätte niemals Erfolg gehabt«, fuhr sie fort. »Dinander hätte nie und nimmer einen gewöhnlichen Barbaren als Herrscher auf dem Thron geduldet. Der König in Belverus hätte es niemals zugelassen. Unsere Verbündeten, die Barone der Nachbarprovinzen, können sich mit diesem Thronräuber nicht abfinden. Jetzt — in dieser Stunde — lagern sie vor den Toren unserer Stadt. Sie haben uns ihre Hilfe zugesagt, falls wir sie brauchen, um diesen Schurken zu entlarven. Hätte er es durch irgendeinen üblen Trick geschafft, an die Macht zu kommen, hätten sie die Stadt belagert, und hundert Kompanien wären an ihre Seite geeilt. Doch nun, da wir alles im Griff haben, werdet ihr sehen, daß unsere Freunde morgen friedlich abziehen.«

Calissa machte wieder eine Pause. Sie schwankte sichtbar vor Erschöpfung. Doch dann griff sie sich an die Brust und fuhr verbissen fort: »Durch meine Vorfahren bin ich eine Einharson und damit eure Herrscherin — auch kraft dieses Zauberamuletts.«

Die Goldkette war nicht mehr verkürzt, so daß Calissa sie jederzeit abstreifen konnte. Conan schauderte bei dem Gedanken an die Folgen dieser Handlung. Jedoch noch hielt sie die sechs Dolche fest umklammert.

»Es ist eine alte unheilige Tradition, welche ich von ganzem Herzen verachte!« rief sie mit letzter Kraft. »Aber ich bin nicht frei davon — und ihr alle auch nicht. Ich versichere euch, daß ich jederzeit seine Macht einsetzen werde, um Dinander vor Anarchie oder einer fremden Tyrannenherrschaft zu schützen.«

Sie ließ das Amulett los. Conan atmete erleichtert auf. Einige Zuhörer anscheinend ebenfalls. Aber wahrscheinlich wußte keiner besser als der Cimmerier, was es bedeutete, wenn das Amulett vom Hals eines lebenden Einharson entfernt wurde: Die rachelüsternen Einharsons aus der Krypta würden sogleich ihre Sarkophage verlassen!

Calissa war mit ihrer Schmährede noch nicht am Ende. »Ihr habt selbst gesehen, wie triumphierend dieser Opportunist aus dem barbarischen Norden in unsere Stadt eingezogen ist, voll der Erwartung, daß wir unsere Freiheit ihm und dieser billigen Hure an seiner Seite überantworten würden. Ihr habt gesehen, wie die rechtmäßigen Autoritäten ihm Einhalt geboten: ich mit der vollen Unterstützung dieses Rats. Gibt es einen unter euch, welcher für ihn ein gutes Wort einlegen kann?« Sie musterte die Menge mit wilden Blicken. »Ich frage euch, ist einer hier anwesend, welcher Zweifel hegt, daß eine Frau in Dinander herrschen kann? Wenn ja, möge er jetzt vor mich treten und mir dieses Recht absprechen.«

Das betretene Schweigen dauerte so lange, daß Conan es schließlich nicht mehr aushielt, sondern rief: »Das ist genug, Calissa! Alle haben jetzt gesehen, daß du noch blutrünstiger und grausamer bist, als es dein Vater je war!« Die Wachen preßten ihn an Armen und Schultern nach hinten. Er konnte sie nicht abschütteln. »Wie willst du deine Rache an mir stillen? Soll mein Blut auf diesen Steinen vergossen werden, damit alle sehen, daß es nicht blau genug für einen Lord von Dinander ist? Und was ist mit der unschuldigen Ludya, welche du einst vor dem Tod gerettet hast?«

Calissa wandte sich totenbleich vor Erschöpfung, aber mit einem triumphierenden Lächeln dem Cimmerier zu. »Ich bin nicht so grausam, dir die Umarmung des Weibes zu rauben, nach welchem du so verlangst. Kettet sie im Verlies aneinander!« befahl sie. Dann trat sie wieder zu ihren Ratgebern. »Jetzt können wir mit dem Fest fortfahren.«

18

DAS SCHWERT EINHARS

»Bei der Erntemutter fruchtbarem Schoß! Ich wußte, daß es eine Schinderei werden würde, als ich einwilligte, diese Stadt zu regieren!« Calissa, Baronin von Dinander, trat blinzelnd und unfrisiert aus dem dunklen Schlafzimmer ins Vorzimmer, welches bereits von der Morgensonne etwas erwärmt wurde. »Aber muß ich so früh damit anfangen, noch ehe einer meiner Untertanen aufgewacht ist? Ja, ehe die letzten Herumtreiber sich schlafen gelegt haben?«

Sie zog das grüne Gewand eng um sich und ließ sich auf dem weichen Diwan gegenüber den Stühlen nieder, auf denen Durwald, der alte Lothian, der Rebellenpriester und zwei weitere Rebellen saßen. »Uff!« stieß sie hervor und griff nach dem schweren Amulett, das auf ihrer Brust hing. »Ich fühle mich so hinfällig wie die brüchigen Überreste meiner Vorfahren, die sich zweifellos unten in der Familiengruft ruhelos in ihren Sarkophagen drehen.«

»Aber Mylady, so seht Ihr keineswegs aus.« Der greise Lothian verbeugte sich höflich. »Das wart Ihr auch nicht gestern abend, als Ihr mit den Kaufleuten und Höflingen getanzt habt. Ich wünschte, ich hätte meine alten Knochen riskiert, um mit Euch einen dieser wilden Rundtänze zu drehen.«

Calissa lächelte und zog den mit Silber eingelegten

Kamm durch die zerzausten Locken. »Gestern abend hatte ich auch Anlaß zur Freude, Lothian. Meine Feinde entwaffnet, meine Stadt friedlich — da kam ich mir wieder wie ein kleines Mädchen vor.«

»Aber Mylady, Ihr seid doch noch ein junges Mädchen«, schmeichelte Marschall Durwald. Als er Calissas mißtrauischen Blick auffing, fuhr er schnell fort: »Was Gesundheit und Schönheit betrifft. Ich sprach nicht von Euren weiblichen Reizen. Ihr bezaubert nicht nur alle Eure Untertanen, sondern auch jeden von uns, der Euch dienen darf.«

Calissa überhörte die persönliche Anspielung und musterte den Marschall eisig. »Es wäre gut, wenn du dich erinnerst, daß ich auch Kriegsherrin bin, Durwald, wenn nötig, führe ich den Oberbefehl über die Armee. Im Augenblick ruht allerdings auf mir die Sorge um das Wohl des Staats. Und das, obwohl ich mich noch nicht ganz von meiner Krankheit erholt habe. Ob ich je wieder in der Lage sein werde, mich den Freuden eines jungen Mädchens hinzugeben, wird von den kommenden Ereignissen entschieden werden.« Sie fand ein graues Haar in den roten Locken und riß es sofort aus. »Eins ist sicher: Wenn ich dieser Stadt gut dienen will, darf ich mich von Männern weniger ablenken lassen als die Frauen der Einharsons vor mir.«

»Ein tapferer und selbstloser Vorsatz, Mylady«, warf der Priester mit dem Schwert ein. »Er hat uns gestern durch die Krise getragen.«

»In der Tat.« Durwald lächelte zufrieden. »Mit dem Barbaren sind wir schnell fertig geworden. Die Stadt war so im Festtaumel, daß es ihr nichts ausgemacht hat. Meine Offiziere haben mir keinerlei Unzufriedenheit gemeldet, nicht einmal unter den Soldaten, welche mit ihm auf dem Feldzug waren.«

»Nein, als ich den Jubel beim Tor hörte, befürchtete ich Unruhen, aber offensichtlich kam es nicht dazu.« Lothian schüttelte nachdenklich den Kopf.

»Ja.« Durwald lachte. »Sigmarcks Spion hat mir erzählt, daß das ganze Gebrüll von dem Offizier Rudo angestiftet wurde. Der Mann hat mit dem Cimmerier im Kerker gesessen, ehe der ihn herausholte und in der Armee unterbrachte. Ich ließ den Galgenstrick gestern überwachen. Meine Leute erwischten ihn, als er die Kasse in einer Biertaverne plünderte. Jetzt sitzt er wieder im Kerker, wo er auch hingehört.« Der Marschall nickte. »Ich wette, daß keiner der anderen Heimkehrer heute in der Lage ist, für den Barbaren zu sprechen.«

»Diese Lektion sollte man nie vergessen«, sagte Calissa ernst. »Mein Vater hat es am eigenen Leib verspüren müssen, daß nichts so launisch ist wie der Pöbel. Ich hoffe, daß ihr das nie herausfinden müßt.«

»Aber jetzt ist alles ruhig in der Stadt, Mylady«, warf der Priester beschwichtigend ein. »Ich kann bezeugen, daß die ehemaligen Rebellen mit unserer gemeinsamen Regierung durchaus zufrieden sind. Meiner Meinung nach ist unsere Stellung sicher.«

»Stimmt«, pflichtete ihm Lothian bei. »Selbst die Flucht des Barbaren, irgendwann letzte Nacht, stellt keine ernsthafte Bedrohung für uns da, weil ...«

»Was?« Das blasse Gesicht Calissas verlor noch mehr Farbe. Sie ließ den Kamm fallen. »Was sagst du da?« Sie blickte in die Runde. Keiner der Männer schien überrascht zu sein. »Conan ist entkommen! Und was ist mit seiner Hure, dieser Ludya? Ist sie ebenfalls weg?«

Durwald nickte nur. »Irgendwie haben die beiden die Nachtwache in die Zelle gelockt und bewußtlos geschlagen. Mit einem abgebrochenen Tischbein haben sie die Kette aus der Wand gebrochen.« Der Marschall senkte den Kopf, als wolle er sich für die Unfähigkeit seines Wachtpostens entschuldigen. »Man hat den Fluchtweg bis in den Keller des Schlosses verfolgt. Offenbar sind sie durch einen alten Gang entkommen, von dem niemand mehr wußte. Er beginnt in der Krypta Eurer Familie.«

»Und wann wurde Alarm gegeben?« Während Durwalds Bericht war Calissa aufgesprungen und lief hektisch vor dem Fenster auf und ab. »Sind die Roten Drachen ausgeschickt worden? Was melden die Wachen an den Stadttoren?«

Lothian betrachtete sie und rang hilflos die welken Hände. »Die Flucht wurde erst vor kurzem entdeckt, Mylady. Wir hielten es für das beste, uns erst mit Euch zu beraten, ehe wir Alarm gaben. Die Torwachen haben wegen des Fests Nachzüglern die ganze Nacht über erlaubt, die Stadt zu verlassen. Das habe ich jedenfalls gehört.«

»Nun, dann gebt endlich Alarm! Und warum um alles auf der Welt seid ihr so niedergeschlagen zu mir gekrochen?« Calissa warf allen vernichtende Blicke zu. »Habt ihr etwa geglaubt, daß ich wieder den Verstand verliere? Wolltet ihr mich auf die Probe stellen?« Wutentbrannt folgte sie Lothians Blick zur geschlossenen Tür, hinter der mit Sicherheit Wachen warteten. »Und wem wird die Armee gehorchen? Das wüßte ich gern. Den Ratgebern oder der wahnsinnigen Baronin?«

»Mylady, wir wollten Euch lediglich zu bedenken geben, daß ein Alarm zum jetzigen Zeitpunkt unter der Bevölkerung womöglich große Unruhe auslösen könnte«, sagte der Priester Ullas besänftigend. »Es wäre besser abzuwarten und ...«

»Abwarten!« Calissa brach in ein unkontrolliertes wildes Gelächter aus. »Um diesem Thronräuber Zeit zu geben, wieder seine verräterischen Fäden zu spinnen und die gesamte Stadt gegen uns aufzuwiegeln? Dieser Mann ist kühn und stark. Habt ihr nicht auch gesehen, wie er Männer in voller Rüstung wie Kegel hinwegfegte? Ich warne euch: Diesen Cimmerier darf man nie unterschätzen!« Sie lief wieder auf und ab, so daß sich das Gewand blähte. »Wenn er vor der Stadt lauert, können wir mehrere Abteilungen losschicken, die ihn im ganzen Land jagen sollen. Dann fordert Sigmarck und Ottislav auf, ebenfalls Leute auszusenden — falls er nicht bereits in ihre Zelte gekrochen ist und ihnen im Schlaf die Kehlen durchgeschnitten hat, als wären sie Frühlingslämmer!«

»Mylady!« Empört richtete sich der greise Lothian auf und sagte mit ungewöhnlich fester Stimme: »Die Barone um Hilfe zu bitten, würde unsere Schwäche bloßlegen. Können wir es uns leisten, daß die Barone unsere Provinz unter dem Vorwand einer Militärmission plündern?« Er schüttelte den Kopf. »Die letzte Meldung lautete, daß Sigmarck und Ottislav ihr Lager abbrechen. Wenn wir über diese unglückselige Flucht Schweigen bewahren, lassen sie uns vielleicht in Frieden.«

»Schweigen bewahren!« schrie Calissa. Ihre Augen glänzten wie im Fieber. »Könnt ihr denn nicht verstehen, was dieser Mann meiner Familie ... und mir angetan hat? Wie könnt ihr ihn entfliehen lassen und dann von mir erwarten, daß ich schweige?«

Durwald erhob sich von seinem Stuhl. »Mylady, ich weiß nicht, was Ihr mit dem Barbaren tun wolltet. Es wäre aber nicht sicher gewesen, ihn hier lange hinter Schloß und Riegel zu halten. Dieser Mann ist gewalttätig und kann nicht gezähmt werden. Seine Gefangenschaft hätte unweigerlich zu Konflikten geführt. Wir wären gezwungen gewesen, ihn zu töten, und hätten damit aus ihm einen für uns sehr lästigen Märtyrer gemacht.« Leidenschaftslos fuhr er fort. »Ihr habt ihn als falschen Baron öffentlich entlarvt. Ohne blaues Blut kann er nie in Dinander herrschen. Zum Glück ist er zu unreif, um uns zu entmachten. Außerdem fehlt es ihm dazu an persönlichem Ehrgeiz. Er wird einfach davonlaufen. Und damit« — der Marschall ließ mit der Hand eine unsichtbare Luftblase platzen — »ist auch unser Problem aus der Welt geschafft.«

Calissa senkte den Kopf. Die Flut der roten Locken fiel nach vorn und verbarg ihr Gesicht. Der Priester stand auf und legte ihr tröstend die Hand auf die Schulter. »Es ist alles gut, Mylady. Wie Ihr selbst gesagt habt: Die Kette des Blutvergießens ist jetzt vorüber.«

»Nun gut!« Sie hob das tränennasse Gesicht und schaute ihre Ratgeber an. »Laßt sie laufen!«

Die Sonne schien auf die Berge im Süden, wo Conan und Ludya zum erstenmal Rast machten. Viele Stunden waren seit ihrer Flucht aus Dinander vergangen. Der strahlendblaue Himmel spiegelte sich in dem kleinen See. Smaragdgrün leuchtete das Gras, auf dem ihr gestohlener Apfelschimmel weidete.

Das Paar saß am Ufer. Conan schlug mit einem scharfen Stein auf den Eisenring um Ludyas Handgelenk, das sie mit einem Stück Stoff umwickelt hatte. Der Klang des klirrenden Metalls drang weit über das Wasser. Als der Ring endlich zersprang, brummte der Cimmerier zufrieden. Mit dem abgebrochenen Schwert weitete er die Lücke.

Conan trug nur einen einfachen Kilt über der Tunika und Sandalen. Ludya hatte das Gewand aus Seide und Spitzen abgelegt und genoß den warmen Sonnenschein auf der nackten Haut. Nachdenklich spielte sie mit der freien Hand im Wasser.

»Conan, du hättest mir vorher von deinen Liebesabenteuern mit den Frauen von Dinander erzählen sollen. Wenn ich über dich und Calissa die Wahrheit gewußt hätte, wäre ich niemals so frech mit dir in die Stadt geritten.«

Conan zuckte mit den Schultern. »Was gibt es da schon viel zu erzählen? Calissa war ein warmherziges Mädchen, wie du selbst weißt. Aber dann hat sie plötzlich den Verstand verloren und mir die Schuld für alles gegeben.« Er schüttelte den Kopf. »Vielleicht ist es besser, daß die arme Evadne vor ihrer Rache verschont blieb. Calissa hätte sie mit Sicherheit foltern oder vergiften lassen.«

»Conan, Calissa liebt dich!« sagte Ludya traurig. »Wenn du jemals wieder ein Lord bist, mußt du lernen, deine Frauen besser in Schach zu halten. Du hättest mit Calissa über Dinander herrschen können — oder auch mit Evadne, nach allem, was du mir über sie erzählt hast. Aber niemals mit mir.« Sie stieß einen tiefen Seufzer aus. »Weißt du, ich glaube, daß Calissa eine bessere Herrscherin abgibt als ihr Vater.«

»Das muß sie auch, wenn sie sich an der Macht halten will.« Conan bog jetzt den Eisenring auf und nahm den Lappen von Ludyas wundem Gelenk. »Sie wird nicht mehr durch das Gewicht ihrer untoten Vorfahren auf dem Thron gehalten.«

»Was meinst du, Conan? Hat das etwas mit der Totengabe zu tun, die du aus der Krypta mitgenommen hast?«

»Ja, es ist das Schwert des alten Einhar!« Der Cimmerier hielt die zerbrochene Klinge hoch in die Luft. Das vertraute Symbol der gekreuzten Doppelparierstangen am Heft blitzte im Sonnenlicht. Irgendwo zwischen Schloß und See hatte er die Edelsteine herausgebrochen und schätzen lassen, so daß jetzt die Fassungen wie blinde Augen aussahen.

»Das ist der Ursprung des Zaubers!« Conan warf das Heft mit der abgebrochenen Klinge von einer Hand in die andere. »Calissas Amulett ist ihm nachgebildet. Siehst du es? Der alte Baldomer hat es wie ein Heiligenbild angebetet.« Der Cimmerier stand auf und schleuderte die unheilbringende Reliquie aus grauer Vorzeit weit hinaus in den See. Dann nahm er die eiserne Kette und den Ring und warf sie hinterher. Das Wasser spritzte auf, kräuselte sich leicht, und dann lag der See wieder glatt wie ein Spiegel vor ihnen. »Wenn der alte Einhar mal wieder sein Schwert erheben und seine toten Nachkommen in eine Schlacht führen will, muß er aber ziemlich weit laufen, um es wieder zu finden.«

»Möglich; aber die Angst wird noch eine ganze Weile in der Provinz bleiben.« Ludya blickte besorgt auf den See hinaus. Dann strich der Cimmerier ihr sanft über den Rücken. Dort waren keine Narben von Favians Peitschenhieben zu sehen. Ihr Verschwinden war die einzige bleibende Erinnerung an Lars Zauberkünste. »Ich bin jedoch zuversichtlich, daß Calissa den Talisman noch brauchen wird.«

»Und wenn, berührt uns das nicht mehr.« Conan reichte der schönen Nemederin die Hand und zog sie hoch. »Komm jetzt, Mädchen! Wir haben noch einen weiten Weg vor uns. Hast du wirklich noch nie die reichen Städte im Süden gesehen? Dort gibt es Schätze, wie du sie dir im Traum nicht vorstellen kannst. Ein Dieb kann dort reicher sein als ein Baron, und eine Frau mit Klugheit und Charme kann in ungeahnte Höhen aufsteigen. Komm, ich werde dir alles zeigen. Die Welt wartet auf uns.«

Epilog

DER STREITWAGEN

Im Osten Nemediens, wo die satten grünen Weiden am Rand von Varakiel zu einer trockenen Hochebene ansteigen, erstreckt sich ein unbewohnter und unbesiedelter Landstrich. Die Bauern und Hirten scheuen diese Gegend, weil sie glauben, daß dort kein Getreide wächst und daß das verseuchte Gras ihr Vieh krank macht und sterben läßt.

Es geht das Gerücht um, daß einst an diesem Ort eine schreckliche, verhängnisvolle Schlacht stattfand. Hatte dieser Platz nicht auch etwas mit der von Dämonen geschickten Seuche zu tun, welche vor einigen Jahren das Land entvölkerte? Bei dieser Frage wendet das abergläubische Landvolk schnell den Kopf beiseite und verstummt. Die meisten schlagen mit der offenen Hand gegen das Handgelenk. Diese seltsame Geste soll symbolisieren, wie man mit einer Klinge einer Schlange den Kopf abschlägt.

Niemand reitet in diese verrufene Gegend, da es anderswo auch viel Wild gibt. Die ausgefahrenen Karrenspuren machen einen weiten Bogen darum. Doch würde ein Reisender sich ins Zentrum dieser Wüstenei vorwagen, stünde er vor einem seltsamen Mahnmal: In einem breiten Ring liegt über ein Dutzend Erdhügel. Die ehemaligen Scheiterhaufen sind inzwischen von Büschen bewachsen. In jedem liegen rostige, zerbrochene Rüstungen, Skelettreste und Schädel, welche erkennen lassen, daß sie von Menschen stammen.

Falls der Besucher die Warnung des äußeren Kreises nicht versteht oder willentlich mißachtet und den Innenraum betritt, stößt er dort auf einen kleineren Scheiterhaufen. In diesem liegt neben verkohlten Holzplanken und Metallbeschlägen eines primitiven Streitwagens nur ein Skelett, dessen Knochen zersplittert sind. Auch dieser Grabhügel ist längst begrünt und bietet dem Auge des Betrachters keine Sensationen. Doch wenn der Wind über die Hochebene pfeift und die Blätter zurücktreibt, blitzt darunter blankes Gold auf, reingewaschen von Regenschauern. Wenn man nun noch näher herantritt, kann man ein starres Smaragdauge darin entdecken.

So liegt die Schatulle in Form eines Schlangenkopfs, die Gabe Sets, wieder von der Welt der Menschen vergessen in einer einsamen Gegend. Betet, daß dies ewig so bleiben möge!

CONAN-SAGA

Robert E. Howard / Lin Carter / Lyon Sprague de Camp ·
Conan · 06/3202

Andrew J. Offutt · Conan und der Zauberer · 06/4006

Andrew J. Offutt · Conan der Söldner · 06/4020

Andrew J. Offutt · Conan und das Schwert von Skelos · 06/3941

Lyon Sprague de Camp · Conan und der Spinnengott · 06/4029

Robert E. Howard / Lin Carter / Lyon Sprague de Camp ·
Conan von Cimmerien · 06/3206

Poul Anderson · Conan der Rebell · 06/4037

Robert E. Howard / Lyon Sprague de Camp ·
Conan der Pirat · 06/3210

Karl Edward Wagner · Conan und die Straße der Könige · 06/3968

Robert E. Howard / Lin Carter / Lyon Sprague de Camp ·
Conan der Wanderer · 06/3236

Robert E. Howard / Lyon Sprague de Camp ·
Conan der Abenteurer · 06/3245

Lyon Sprague de Camp / Lin Carter · Conan der Freibeuter · 06/3972
(urspr. 1972 erschienen als Conan der Bukanier unter der Nummer 06/3303)

Robert E. Howard / Lyon Sprague de Camp ·
Conan der Krieger · 06/3258

Lyon Sprague de Camp / Lin Carter / Björn Nyberg ·
Conan der Schwertkämpfer · 06/3895

Robert E. Howard / Lyon Sprague de Camp ·
Conan der Thronräuber · 06/3263
(urspr. 1971 erschienen als Conan der Usurpator unter derselben Nummer)

Lin Carter / Lyon Sprague de Camp · Conan der Befreier · 06/3909

Robert E. Howard / Lyon Sprague de Camp ·
Conan der Eroberer · 06/3275

Robert E. Howard / Björn Nyberg / Lyon Sprague de Camp ·
Conan der Rächer · 06/3283

Lyon Sprague de Camp / Lin Carter · Conan von Aquilonien · 06/4113

▷

CONAN-SAGA

Lyon Sprague de Camp / Lin Carter · Conan von den Inseln · 06/3295
Lyon Sprague de Camp / Lin Carter · Conan der Barbar · 06/3889
Robert Jordan · Conan der Verteidiger · 06/4163
Robert Jordan · Conan der Unbesiegbare · 06/4172
Robert Jordan · Conan der Zerstörer · 01/6281
Robert Jordan · Conan der Unüberwindliche · 06/4203
Robert Jordan · Conan der Siegreiche · 06/4232
Robert Jordan · Conan der Prächtige · 06/4344
Robert Jordan · Conan der Glorreiche · 06/4345
John Maddox Roberts · Conan der Tapfere · 06/4346
Steve Perry · Conan der Furchtlose · 06/4663
Leonard Carpenter · Conan der Renegat · 06/4664
John Maddox Roberts · Conan der Champion · 06/4701
Steve Perry · Conan der Herausforderer · 06/4745
John Maddox Roberts · Conan der Marodeur · 06/4781
Robert E. Howard · Conan und der Schatz des Tranicos · 06/4915
Robert E. Howard / Lyon Sprague de Camp ·
Conan und die Flammenklinge · 06/4930
John Maddox Roberts · Conan der Draufgänger · 06/4959
Roland Green · Conan der Wagemutige · 06/4988
Leonard Carpenter · Conan der Kriegsherr · 06/5044
Leonard Carpenter · Conan der Held · (in Vorb.)
Steve Perry · Conan der Unbezähmbare · (in Vorb.)
Leonard Carpenter · Conan der Angreifer · 06/5143 (in Vorb.)
Steve Perry · Conan der Landsknecht · (in Vorb.)
Steve Perry · Conan der Schreckliche · (in Vorb.)
Leonard Carpenter · Conan der Große · (in Vorb.)
Roland J. Green · Conan der Beschützer · (in Vorb.)
John Maddox Roberts · Conan das Schlitzohr · (in Vorb.)
DAS CONAN UNIVERSUM von *Erhard Ringer* · 06/4908